초콜릿

초콜릿

Le carnet de GRAUKU

지음_소피 라로쉬 | 옮김_강현주

서문_미셸 바바라 펠레티어

이 이야기는 자신이 원하는 삶을 살고자 했던 어린 소녀의 소망에 관한 이야기입니다.

마농.

행복해지고 싶은 평범한 소녀.

하지만 결코 평범하지 않은 어린 소녀.

마농은 자니 혹은 마리 클레르, 카롤린느, 멜리사입니다. 마농은 너무나도 사랑받기를 원하는 친구이자 연인, 소녀, 여자이지만…… 무엇보다 자기 자신을 사랑하지 못하는 모든 소녀입니다. 나는 마농이었고 마농이며 늘 마농일 것입니다.

이 책의 서문을 써 달라는 요청을 받았을 때 나는 즉시 수락했습니다. 그러기는 했지만, 날이 갈수록 책을 읽기 위한 시간을 내기가 점점 더 힘들었습니다. 아마도 내가 책에서 발견하게 될 것들로부터 스스로를 보호하고 싶었나 봅니다. 26년 동안 조용히 내 삶을 지탱해 온 이 우주 속에서, 내가 이 정도까지 무언가에 몰입하리라고는 상상해 본 적이 없었습니다. 나라는 존재는 거울, 체중계, 은신처, 채식주의 등 모든 것에 순식간에 익숙해졌습니다. 그리곤 마침내 행복의 열쇠를 찾았다고 생각했습니다. 마땅히 사랑받을 것이라고 믿었습니다.

나는 너무 작거나 너무 큰 옷을 버렸습니다.

그리고 늘 다시 시작했습니다. 매주 월요일마다.

그러던 어느 날 '빼기' 시작했습니다.

나는 당황했습니다.

나는 쓰러졌습니다.

다시 일어나기가 힘겨웠습니다. 너무나도…….

그래서 천천히, 나 자신을 드러냈습니다. 그것은 놀랍고 고통스러운 일이었습니다. 그리고 나는 그 말을 들었습니다. 이미 들었던 말들이었지만, 이번에는 귀 기울였습니다. 모든 일렁임, 흔들림, 체중의 '변화'가 정상이었다는 사실을 알게 된 것이 얼마나 다행인지 모릅니다. 이젠 체중이 2킬로쯤 늘어도 나는 여전히 '사랑받기에 충분하다'는 것을 알게 되었습니다.

마농은 언젠가 자신이 될 수 있는 모습이 아니라 있는 그대로의 모습을 사랑해야만 한다는 것을 알게 될 것입니다. 그런 다음 자신이 마땅히 사랑받을 수 있다는 사실을 이해하게 될 것입니다. 변해 갈 모습이 아니라 있는 그대로의 모습으로 말입니다.

나는 어쩌면 마농이 될지도, 마농일지도 모릅니다. 아니…… 나는 마농이었습니다. 나는 지금 세 박스의 옷을 가지고 있습니다. 일 년 동안 체중이 요동칠 때마다 각각 다른 박스의 옷이 필요할 테니까요! 나는 항상 이 강박을 가지고 살아가겠지만, 행복은 결과가 아니라 선택하는 과정에 있다는 것을 마침내 깨달았습니다.

초콜릿이요? 나는 초콜릿을 무척이나 좋아했고, 지금도 좋아하고 있으며, 앞으로도 좋아할 것입니다!

미셸 바바라 펠레티어_배우

친구들에게

너희와 나,
우리는 삶을 초월한 우정으로 연결되어 있어.

이 소설에 등장하는 모든 인물은 허구입니다.
초콜릿만 빼고.

프롤로그

만약 모든 것이 이상하게 흘러가고 있다면,
그건 내가 더 이상 내 엉덩이에 대해 당당하게 생각할 수
없게 되었기 때문이다. 이런 엉덩이를 끌고 다니는 것은
이미 너무 힘든 일이 되어 버렸다.

'엉덩이'라는 단어를 사용하고 싶진 않았다.
'엉덩이'는 문학적으로 '세련되고 멋진 단어'가 아니다.
하지만 고상한 단어는 이 이야기에 어울리지 않는다.
만일 멋지고 깔끔한 표현을 원한다면,
아마 다른 이야기를 선택해야 할 것이다.
리사, 아름다운 리사, 날씬한 리사의 분주한 일상을 읽던지
그녀의 친구인, 역시 예쁘고 날씬한
쥐스틴의 이야기를 읽는 것이 나을 것이다.
너무 뚱뚱한 마농의 이야기는 던져두고 말이다.
내가 할 이야기는 엉덩이에 관한 이야기다.
그렇다고 해서 외설적이거나 코믹한 이야기는 아니다.

1
장

모든 것은 시월의 어느 목요일 수영장에서 시작되었다. 나는 탈의실로 들어갔다. 아, 탈의실! 도대체 해결이 안 되는 이 덩치 문제. 허리둘레 정도의 길이지만 허벅지까지 가리기엔 모자란 작은 수건. 직사각형의 천 조각이 내 지방 덩어리를 간신히 감추고 있었지만, 그 아래 있는 두 개의 살덩어리는 꿀렁거리며 존재감을 과시하고 있었다(나는 내 몸이 정말 싫다). 나는 얼마든지 다시 말할 수 있다. 하지만 그 모습을 다시 보여 주는 것은 불가능하다. 나도 안다. 나도 노력했다. 옷을 갈아입기 위해서 옷장의 문을 여는 동안 나는 한 손으로 간신히 수건을 붙잡고 있었다. 수건이 내 손가락 사이에서 미끄러져 나가는 것을 느끼는 순간 '찰칵' 하는 소리가 들렸다. 목소리를 한껏 낮추고 있지만 의기양양한 듯 웃음을 참지 못하는 목소리. "내가 찍었어." 그 아이들은 사진을 찍었다.

누구야? 내가 돌아서는 순간, 문이 다시 닫혔기 때문에 누군지 알 수 없었다. 적어도 두 명 이상인 건 확실했다. 게다가 그 아이들은 탈의실 한 칸에 함께 들어갈 수 있었다.

별거 있겠어? 하지만 내 엉덩이, 맞아. 내 뚱뚱한 엉덩이. 그 아이들은 카메라가 내장된 작은 핸드폰에 내 엉덩이를 담았다. 놀라운 기술이다! 그 아이들은 그 사진을 간단히 '뚱뚱한 엉덩이'라고 불렀다. 그리고 그 시월의 목요일에 '뚱뚱한 엉덩이'는 퍼져 나가기 시작했다. 문자로도 보내지고 메일로도 전송되었다.

이 일로 인해서 무시무시한 내 뒷모습을 똑바로 볼 수 있었다. '뚱뚱한 엉덩이'라고 내 이마에 써 붙여 놓기라도 한 듯이, 나를 모르던 아이들까지 나를 그렇게 부르기 시작했다. 하지만 나는 놀림받는 데 이미 이골이 나 있었다. "큰 엉덩이 좀 움직여 봐.", "큰 엉덩이 좀 치워 줘." 이미 오래전부터 오빠 가뱅이 나에게 지겹게 했던 말이다. 대학생인데도 오빠는 대화 내용이 늘 한심하다.

내 엉덩이 사진이 내 이름과 함께 퍼지고 있다는 사실을 알기까지 단지 몇 시간으로 충분했다. 마음씨 착한 누군가가 마침내 나에게도 그 사진을 보내기로 결심하기까지는 며칠이 걸렸지만 말이다. 물론 발신자는 밝히지 않았다.

마침내 보았다. 내 뒷모습을 보고야 말았다. 내가 다른 사람들보다 식탐이 많은 것은 맞지만, 이 작은 사진을 나는 인정할 수가 없었다. 그래서 나는 부모님 침실에 있는 전신 거울을 욕실로 끌고 왔다. 그런 다음 욕실 문에 달린 커다란 거울과 마주 보게 세웠다. 실물을 확인해야 했다. 이건 또 다른 문제다! 상체는 마르고 하체는 뚱뚱해서 너무도 균형이 맞지 않는 내 몸을 보았다. 그리고 구석구석 살펴보았다. 뭐가 잘못되었을까. 허벅지 안쪽 피부는 마치 오렌지 껍질 같았다. 과학적인 확인은 끝났다. 나는 허벅지 살이 맞닿는 바람에 붙지 않는 두 발 사이의 거리를 재어 보았다. 사십 센티미터! 뚱뚱한 허벅지, 뚱뚱한 엉덩이. 솔직히 말하면 그게 다였다.

하지만 그뿐만이 아니었다. 내 뚱뚱한 엉덩이는 단순히 살찐 엉덩이가 아니라, '빅토리아 시크릿'에 대한 참을 수 없는 모욕이었다. 하지만 그건 나였다. 이 사진을 찍은 나쁜 년들은 내 엉덩이가 이렇게 뚱뚱한 줄 몰랐을 것이다.

아침이면 가끔(이틀 중 하루, 사흘 중 이틀, 나흘 중 사흘 정도), 몸무게에 대한 불편한 감정들이 잠에서 깨는 순간부터 나를 괴롭혔다. 나는 뚱뚱했다. 식탐이 많기 때문이다. 나는 살을 빼야만 했다. 하지만 먹고 싶은 것이 많았다. 나의 하루는 이런 생각으로 시작되었다. 그리고 전쟁이 시작되었다. 공식적으로 다이어트 중이었지만 나는 초콜릿을 양껏 먹고 싶었다. 충동을 견디지 못하고 닥치는 대로 먹어 치우는 괴물처럼. '마농'이 내보이고 다니는 온화한 미소 뒤에 도대체 누가 숨어 있는 것일까?

엉덩이 사진이 퍼지기 시작한 날, 나는 울지 않았다. 내 수치심 따위는 초콜릿으로 묻어 버렸다. 초콜릿 두 판…… 사실은 세 판이었다. 그리고 솔직히 말하면 나는 이런 모욕, 이런 진실, '뚱뚱한 엉덩이'에 익숙했다. '뚱덩이' 그리 나쁘지 않은데? 내 닉네임으로 그럴듯하지 않을까? 어쩌면 생각보다 덜 아플지도 모른다. 아무튼, 이렇게 뚱덩이라는 닉네임의 모험을 이야기하는 게 더 쉬울 듯하다.

"나는 뚱덩이입니다." 나는 혼자 반복해서 중얼거렸다.

바로 그날 블로그를 만들었다. 나는 다른 사람의 블로그를 방문해서 그들의 고민이 무엇인지 엿보는 습관이 있다. 이 세상 모든 비만인이 서로 손 잡을 수 있다면! 이제, 내 인생을 망가뜨리고 있던 이 뚱뚱한 엉덩이에서 벗어나기 위한 첫발을 내딛기로 결심했다. 나는 수영장에서 찍힌 사진을 업로드하고 짧은 소개 글을 덧붙였다.

나는 뚱덩이입니다.

바로 그다음 날, 내 글에는 이미 댓글이 달려 있었다. 사진에 대한 악플 역시 달려 있었다. 하지만 대다수는 위로해 주고 격려해 주는 글이었다. 동정하는 걸까?

그들의 메시지로 비추어 볼 때 역시 비만으로 고통받고 있는 이 낯선 사람들을 위해서 나는 블로그를 쓰기 시작했다. 그리고 블로그는 나의 비밀스러운 일기가 되었다. 나는 글 쓰는 것을 좋아했고 잘 썼다. 저녁마다, 마치 내가 제출한 작문에 프랑스어 선생님이 표시해 준 첨삭을 보는 것처럼 기쁜 마음으로 댓글을 읽었다. 댓글은 내 자존감을 위로해 주었지만, 그 어떤 해결책도 제시해 주지 못했다.

2주가 지난 후에 나는 학교 앞에서 길을 건너다 또다시 놀림을 받았다.

"야, 뚱뚱한 엉덩이. 수영복 두 개를 붙여서 만들어 입은 거니?"

모르는 아이 1이 내게 말했다.

"말해 봐, 그런데도 살이 삐져나왔어!"

모르는 아이 2가 말했다.

둘은 마구 웃어 댔다. 그 아이들은 심지어 내가 누구인지도 모른다. 내가 너무 무거워서 아스팔트라도 꺼지게 했다면 모를까, 그 아이들은 아무런 이유 없이 나를 공격했다.

집으로 돌아온 나는 찬장 문을 열고 두 개의 커피 상자를 꺼내 그 안에 숨겨 놓았던 초콜릿을 통째로 입안에 쑤셔 넣었다. 정말 바보 같은 짓이다. 그렇지 않은가? 이런다고 해서 해결되는 건 아무것도 없다. 그 순간, 나 자신을 합리화시키려고 애써 보았다. 그런 다음 죄책감을 느꼈고, 영문도 모르는 엄마를 차갑게 대하고 내 방으로 도망쳐 버렸다. 울고 싶었다. 무엇 때문인지 알 수는 없었다. 놀림 때문이었는지 초콜릿 때문이었는지. 하지만 정말로 더 이상 견딜 수가 없었다.

엄마도 느꼈을 것이다. 엄마는 방문을 가볍게 노크했고, 심지어 내 대답을 기다렸다가 방 안으로 들어왔다. 그런 다음 침대 끝에 걸터앉았다. 엄마는 고리타분하고 상투적인 말로 나를 위로했다. "너의 내면은 너무도 아름다워.", "운동이라도 해 보렴." 엄마는 가만히 내 머리카락을 쓰다듬으며 낮은 목소리로 말했다.

"우리는 해내고 말 거야. 걱정하지 마."

사실 나는 이 '우리'라는 단어가 좋았다. 어쩌면 엄마에게 기댈 수 있을 거라고 생각했는지도 모른다. 그래서 엄마가 기적 같은 해결책을 제안하지 않은 것에 감사했다. 새로운 비법이랍시고 '강판에 간 당근'이나 '거의 무가당'과 같은 식이요법 같은 걸 말이다. 나는 이미 해 볼 만큼 해 봤다!

"우리는 해내고 말 거야."

…… 이번에도 믿어 보겠다고 다짐했으며, 이내 마음이 편안해졌다(나는 자신을 속이는 데 있어서 챔피언이다). 자리에서 일어나 컴퓨터를 켰다. 그리고 내 블로그 주소를 입력했다. 그런 다음에 분노를 마음껏 쏟아 냈다. 내가 얼마나 지쳤는지를 이야기하고, 내가 얼마나 혼란스러운지 설명했다.

 10월 16일, 뚱덩이의 글

내가 다른 사람들과 나 자신에게 미스터리한 존재가 되었다는 것은 끔찍한 기분이다. 살을 빼고 싶은 욕구와 먹고 싶은 욕구 사이의 끊임없는 갈등으로 내가 얼마나 괴로운지 그 누구도 상상할 수 없을 것이다. 이 두 가지 욕구는 꼭 함께 찾아온다. 다른 사람이 되고 싶은 욕구가 강해질수록 초콜릿에 대한 갈망 역시 더욱 강해진다. 이것이 내 모든 문제에 대한 결론이다. 그리고 내 모든 불행의 씨앗이기도 하다. 그래서 'M'과 '뚱덩이'는 내 인생을 놓고 서로 싸운다. 나는 날씬해지고 싶다. 그래서 마침내 내가 되고 싶다. 살이 100그램 빠지면 세상이 내 것이 된 것 같다. 그러면 나는 다시 무너져서 게걸스럽게 먹어 대고, 그 후에는 내가 영원히 뚱덩이로 남을 것이라고 탄식한다. 내가 어떻게 생겼는지조차 모르겠다. 내가 정말로 누구인지 더 이상 알 수가 없다. 'M'일까, '뚱덩이'일까? 둘 다일까?

예전에는 잘 지냈던 것 같다. 그때도 내 배가 뚱뚱하다는 느낌은 있었지만, 분명히 나 자신을 잘 속였던 것 같다. 예전 사진에서 보이는 해변에서의 행복한 얼굴, 교실에서의 미소가 말해 주고 있다. 그러다가 열 살 무렵부터 살이 찌기 시작했다. 은밀하게. 뒤에서부터, 마치 내가 감춰 놓고 게걸스럽게 삼키는 초콜릿처럼. 언젠가 옷 가게 점원이 엄마에게 나에게 맞는 바지를 찾으려면 부인복 코너로 가 보라고 친절하게 말해 준 적이 있다. 그때 내 나이는 열두 살 반이었다. 그때부터 변덕스러운 다이어트가 시작되었다. 2킬로 빠지고 나면 다시 3킬로가 쪘다. 내 체중은 정말 리듬감이 있다.

나는 씁쓸했지만 만족스러운 기분으로 다시 읽어 보았다. 내 삶과 내 몸을 내가 원하는 방식으로 만들지는 못했지만 적어도 그것에 대해 이야기하는 방법은 알고 있었다. 마농이 어떻게 그렇게 자주 뚱뎅이가 되는지 설명할 수 있었다. 그리고 뚱뎅이가 마농을 어떻게 고통스럽게 하는지도.

삼십 분이 겨우 지났을 무렵에 '킬로드라마'라는 사람이 나에게 댓글을 남겼다. 킬로드라마? '킬로kilo'와 '드라마drama'를 합쳐서 만든 닉네임 같은데 몸무게에 관한 적절한 표현이라고 생각했다. 물론 댓글을 받은 것이 처음은 아니지만, 특히나 그가 사용한 몇몇 표현들이 마음에 와 닿았다.

📝 킬로드라마가 답글을 남겼습니다

《 넌 할 수 있어. 왜냐하면 나도 해냈거든. 그리고 네가 뚱뎅이라면 나는 거덩이였어. 😊 》

2
장

블로그에서 늘 그렇게 하듯이, 나는 내 게시물에 달린 킬로드라마의 댓글에 답을 하면서 대화를 시작했다. 나는 이 소녀에게서 많은 것을 기대하지 않았다. 곰곰이 생각해 보면 이 아이가 쓴 댓글의 어조가 좋았던 것 같다. 어쨌든, 길거리에서 또다시 난데없는 언어폭력을 당하고 더 강해진 초콜릿 위기를 겪은 후로 나는 더 이상 큰 위험을 무릅쓰고 싶지 않았다.

 뚱덩이가 답글을 남겼습니다

《 나는 살을 너무 빼고 싶어. 그리고 다시 한번 이번이 마지막 다이어트

가 되었으면 좋겠어. 😁 »

킬로드라마는 어리둥절한 평결을 내렸다.

📓 킬로드라마가 답글을 남겼습니다

 《 미안하지만, 내가 너를 위해서 할 수 있는 건 없을 것 같아. 살을 빼는
것이 네가 원하는 전부라면, 내가 너를 위해 할 수 있는 일은 없어. 나는 네
가 덜 천박하고 덜 가벼운 줄 알았는데. 😕 »

 무슨 말을 하고 있는 거지? 킬로드라마는 내 신경을 거스르기
시작했고, 그래서 나는 킬로드라마를 이해시키기로 결심했다. 내
블로그에 댓글을 남기려면 킬로드라마는 이메일 주소, 킬로드라
마@hotmail.com를 입력해야 했을 것이다. 됐어! 나는 이 아이의
집으로 찾아가서 이 문제에 대해 개인적으로 해결해 볼 것이다. 블
로그 창을 닫고 이메일에 로그인했다. 그런데 갑자기 생각이 바뀌
었다. 나는 핫메일에 접속해 이 아이의 주소와 어울리는 내 이메일
주소를 새로 만들었다. 뚱덩이@hotmail.com. 이제 메일을 주고받
을 수 있다!

메일 쓰기

안녕, 킬로드라마.

다른 블로그에나 가서 놀아. 난 이미 당할 만큼 당했으니까. 😣

뚱덩이.

킬로드라마의 대답은 솔직히 나를 놀라게 했다.

 새로운 메일이 있습니다

이것 봐, 뚱덩이.

돌아와. 네가 정말로 원하는 것이 무엇인지 알게 되면 언제든지 돌아와.

킬로드라마.

"그런 거였군, 그래." 나는 기분이 상해서 모니터를 흔들었다. 메일 교환이 생각했던 것보다 더 심란해졌다. *이런 멍청이! 이런 바보! …… 그래, 뚱덩이는 저속하게 굴 권리가 있어! 적어도 그 정도는 해도 돼, 그렇지 않아? 뚱뚱하고 무례하다면, 그건 정말…… 너무한 걸까?* 다음 날 아침, 눈을 뜨는 순간부터 이 생각을 떨칠 수 없었다. 토요일 아침이라 침대에서 더 뒹굴 수도 있었지만 나는 사방으로 뒤척이는 것을 그만두었다.

아침을 먹다가 엄마에게 털어놓을까 잠시 생각했다. 분명히 엄마는 내가 다시 마음먹기를 인내심을 가지고 기다리고 있었다. 어쩌면 엄마는 나의 다음 다이어트를 위해 검증된 다이어트 프로그램들의 목록을 이미 쭉 뽑아 놓았는지도 모른다. 아니, 엄마는 나에게 아무런 도움이 되지 않을 것이다. 의심할 여지없이 라파엘이 훨씬 더 위로가 될 것이다.

"여보세요, 라파엘? 나야. 너 오후에 뭐 할 거니?"

"쇼핑몰에 갈 거야, 너는?"

가장 친한 친구가 전화벨이 울리자마자 내 전화를 받았다는 사실이 정말 위로가 되었다. 그렇기는 했지만 마지막 순간까지 내 기분을 말하지 않고 참았다.

"나도 갈게, 괜찮지?"

"좋아, 내가 찜해 둔 스커트를 보여 줄게. 그런데 스커트가 너무, 너무……."

너에게 너무 크다고? 그건 이제 놀랍지도 않다. 라파엘은 내가 뚱뚱하고 볼품없는 만큼 날씬하고 예뻤다. 심지어 자신이 너무 말랐다고 생각했다. 물론 나에게 그런 생각을 말한 적은 없다. 하지만 라파엘이 뼈가 앙상한 무릎을 드러내고 싶지 않아서 너무 짧은 스커트를 입지 않는다는 사실을 나는 이미 알고 있었다. 나라면 뼈가 앙상한 무릎 따위는 아무런 걱정거리도 되지 않았을 텐데! 오히려 드러내고 다녔을 것이다! 기다리는 동안 나는 들어가지도 않을 탈의실 커튼을 라파엘을 위해서 쳐 줄 것이다. 이번에도 또.

스커트는 정말 너무 짧았다. 적어도 라파엘은 그것을 싫어했다. 그러자 점원이 손님들에게 늘 하는 멘트를 날리기 시작했다.

"이 스커트는 손님을 위해 만들어졌네요." 그러자 라파엘이 스커트를 다시 집어 들었다.

"그런데 좀, 아니 괜찮을까? 아, 아니야. 아…… 모르겠어요."

라파엘이 길게 고민하는 동안 나는 쭉 둘러보았다. 내 몸에 맞을 바지가 있는지 찾아보았다. 무엇보다 내 육중한 엉덩이와 허벅지 역할을 하는 두 개의 기둥이 들어가면서 동시에 아주 날씬한 내 허리에 꼭 맞을 수 있는 바지. *뚱덩이에게 기적을.*

헛된 기대감으로 더 지체할 필요가 없었다. 그런 바지는 존재하지 않는다. 대체로 내가 입는 옷은 허벅지 중간까지 올리기가 상당히 힘들다. 심지어 뚱뚱한 엉덩이를 공략해 보는 영광을 누려 보지도 못한다. 한번은 평소보다 조금 더 세게 바지를 추켜올렸다. 그 바람에 뒤 솔기가 터지고 말았다. 나는 함께 갔던 엄마에게도 차마 말하지 못하고, 아무 일도 없었다는 듯이 선반 위에 바지를 다시 내려놓았다. 하지만 사십오 킬로 정도 나가 보이는 점원이 완전히 겁에 질린 표정으로 내 살들이 저지른 테러로 발생한 의심스러운 소음을 눈치채고 말았다(그것에 대해 큰 소리로 변상을 요구하지 않았지만, 그녀만의 방식으로 나에게 눈치를 주었다). 우리가 매장을 나갈 때까지 나는 등 뒤로 그녀의 따가운 시선을 느꼈다.

이번에도 바지를 찾을 수 없었다. 골반이 특히 넓게 나온 바지는 없었다. 그래서 상의 쪽으로 관심을 돌렸다. 하나를 골라 입고 있던 티셔츠 위에 겹쳐 입어 보았다. 그러자 옷은 마치 병따개처럼 변했다. 분명히 디자이너가 의도하지 않은 효과였을 것이다. 나는 화를 내며 옷을 벗어 던지고 라파엘에게로 돌아갔다.

"저거 입어 봐. 저게 제일 좋아."

선하신 주님께서 마른 몸에 대해 콤플렉스를 갖다 붙인 것은 뚱보들을 위로하기 위한 것일까? 뚱덩이는 기분이 더 나아지지 않았다. 라파엘과 조금 더 둘러보다가 라파엘을 먼저 돌려보냈다. 버스를 타려는 순간에 라파엘을 버리고 혼자 쇼핑몰로 돌아가기 위해서 공책 사는 것을 깜박했다는 핑계를 댔다. 그런 다음 이번에는 백화점으로 향했다. 초콜릿 코너로.

옷 가게를 나오는 순간부터 나는 욕구에 사로잡혔다. 솔직히 말해서, 뚱뚱한 몸 때문에 빈손으로 상점에서 나올 수밖에 없었을 때 사람들은 자신의 미래를 암울하게 느낄 것이다. 그렇지 않은가? 하지만 나는 아니다. 내 비만은 식욕을 더 강하게 만들었다. 내 영혼 깊이 초콜릿을 갈망했다. 나는 포장지를 똑바로 보았고, 내 손가락 아래에서 찢어지는 알루미늄 종이 소리를 들었고, 내 입에 닿자마자 입안에서 녹는 감촉을 느꼈다. 한입 가득……. 아냐, 나는 이래서는 안 돼. 이렇게 해서는 내 문제를 해결할 수가 없어. 도대체 백 그램의 칼로리는 얼마나 될까. 내 몸을 생각한다면 백 그램을 몇 번 정도 삼키면 될까?"

뚱뎅이는 합리적 논쟁이라는 방패를 휘두르려는 시도를 꽤 했다. 하지만 방패는 또다시 부서지고 말았다. 어쩌면 그것이 가장 고통스러운 일이었을 것이다. 완전히 지치게 만드는 내면의 투쟁을 끝내고 나면, 나는 또다시 폭식을 하고 만다. 내가 초콜릿을 내려놓는 경우가 생긴다고 하더라도, 늘 그렇듯이 승리는 너무 짧았다. 그 후의 패배는 항상 더 씁쓸하다. 그날 저녁 역시 살에 집중하느라, 다시 한번 전투에서 패배했다. 전쟁에서 졌기 때문에 나는 집에 도착하기도 전에 다 삼켜 버리게 될 두 판의 초콜릿을 응시했다. 이 분야의 진정한 챔피언인 나는 첫 번째 초콜릿을 분명히 버스에 오르기도 전에 끝내 버릴 것이다. 나는 멍한 시선으로 초콜릿 상자를 열고서, 아무튼 초콜릿을 삼켰다. 문득 내 블로그에 남긴 킬로드라마의 댓글이 떠올랐다. "체중 감량이 네가 원하는 전부라면 나는 너를 위해 아무것도 할 수 없어." 그 아이는 그렇게 썼었다.

초콜릿을 우걱우걱 삼키면서 뚱덩이는 블로그에 새 게시물을 올리기로 결심했다.

3장

어떻게 설명할까? 이 집착을 어떻게 말할까? 아니, 말하지 말자! 나는 간결한 글에 만족하기로 했다.

 10월 17일, 뚱덩이의 글

초콜릿을 잊고 싶다. 초콜릿을 줄이거나 억제하거나 극복하는 것이 아니라 초콜릿을 잊어버리자. 내 기억에서 그 존재를 지워 버리자. 내 머리를 아프게 하는 그 달콤함을 영원히 지워 버리자.

 킬로드라마가 답글을 남겼습니다

《 이제, 네가 왜 초콜릿을 잊고 싶은지 얘기해 봐. 》

킬로드라마는 내 블로그에서 잠시도 눈을 떼지 않았는지 새 게시글에 즉시 댓글을 달았다! 나는 내 식단에 대해서 줄줄이 읊지 않았다. 반대로 즉흥적으로 지어냈다. 이 성가신 생각들을 표현하기 위해 적절한 단어들을 찾으면서 현실을 감추었다. 그 순간 갑자기 나를 덮치고 끈질기게 고문하는 욕구로부터 느닷없이 공격당했다. 자유로워지기 위해 위약금을 내듯 나는 카카오 복용량을 삼켰다. 앞으로 무너지지 않은 날들이 이어지게 하기 위한 짧은 일탈이다.

 메일 쓰기

안녕, 킬로드라마.

또다시 네 수신함에 끼어들어서 미안해. 이유를 알 수는 없지만 나는 이런 이야기를 내 블로그에 올리고 싶지 않아. 분명 너무 사적인 내용이라 그럴 거야. 나는 다른 사람들에게 내 이야기를 읽게 하고 싶지는 않아. 가끔 초콜릿을 먹지 않고 며칠을 보내는 일이 있기도 해. 그리고 그럴 때면 마치 세상이 내 것인 것 같아! 행복하고 두려울 것이 없고 아주 날씬해진 것 같은 기분이 들어……. 그런 다음 다시 처절하게 큰 실패를 하게 되지. '단 한 조각'만 감사히 먹겠다고 생각하고서, 당연히 한 판을 다 삼키고 그것도 부족해서 초콜릿 자매들뿐만 아니라 딸들까지 먹어 치우게 돼. 그렇지 않을 경우엔 내 노력의 결과를 확인하기 위해서 체중계에 올라가곤 하지만, 그때마다 크게 실망하게 돼. 초콜릿을 먹어서 살이 찐다면, 초콜릿을 먹지 않으면 당연히 살이 빠져야 하는 것 아냐!

마지막 문장이 이 아이를 웃게 한 것이 틀림없다.

 새로운 메일이 있습니다

안녕, 뚱덩이.

내가 자주 지적하는 것이 사실은 부당할 거야! 나는 네가 초콜릿을 잊을 수 있도록 돕고 싶어. 완전히. 초콜릿에 대한 입맛이 뚝 떨어지도록(이 말이 농담처럼 들리겠지만, 나는 믿어). 오직 네 결심에 달려 있어. 일단 결심을 하고 나면 초콜릿이라는 단어는 너에게 더 이상 어떤 맛도 떠올리게 하지 못할 거야. 하지만 조심해. 한 번 결정하면 되돌릴 수 없으니까.

킬로드라마.

추신_이메일은 괜찮아. 사실 그게 나도 편해. 나도 나서고 싶어

하는 사람은 아니거든. ☺

되돌릴 수 없다고? 이 아이는 나를 고통에서 해방시켜 주겠다고 제안하면서 이러한 해방이 되돌릴 수 없는 문제이니 조심하라고 한다! 어쩌면 이 제안이 킬로드라마에게는 거북할 수도 있는 문제지만 나에게는 아무런 문제가 되지 않는다. 나는 여러 각도에서 문제를 생각해 보려고 해도 소용없었다. 나에게는 단지 초콜릿을 완전히 끊었을 때의 긍정적인 결과만이 떠올랐다. 실패할 경우를 생각한다 하더라도 내가 두려워할 것이 뭐가 있겠는가?

 메일 쓰기

나는 후회하지 않을 거야. ☺

뚱덩이.

 새로운 메일이 있습니다

그렇다면, 시작하자! 문방구에 가서 작은 수첩을 한 권 사. 네가 좋아하는 색깔을 고르고 재질이 마음에 드는지 종이를 만져 봐. 쉽게 말해서 시간을 들여서 고르라는 말이야. 방법은 간단해. 집으로 돌아온 후에 너는 수첩에 잊고 싶은 음식의 이름을 적게 될 거야. 네

경우에 그것은 초콜릿이겠지. 조심해. 이 수첩에 한 번 기록된 것은
지울 수 없어. 이 수첩으로 효과를 보고 싶다면, 너는 이제 어떠한 경
우라도 초콜릿이 조금이라도 든 제품을 가까이하면 안 돼. 일단 수
첩에 적고 나면 완전히 끊게 되거나 완전히 재발해서 살이 더 찌게
되거나, 둘 중의 하나야!

킬로드라마.

이건 좀 우스꽝스럽지 않을까? 아닌 척할 필요는 없어. 난 너희
들이 비웃는 소리가 다 들리니까. 그래, 내 사진을 핸드폰에서 핸
드폰으로 전송하면서 비웃고 있는 너희들 말이야. 이 방법이 바
보 같다고 생각하지? 하지만 나는 이 방법을 믿어야만 할 이유
가 더 많다. 킬로드라마가 내 편이라는 것을 메일을 통해 느낄 수
있었다.

월요일 저녁에 나는 학교 가는 길모퉁이에 있는 문방구에서 예
쁜 청록색 수첩을 샀다. 그 후로 며칠 동안 오랫동안 잊고 지냈던
내면의 평화를 경험했다. 나는 수첩을 침대 옆 협탁에 두었다. 엄마
에게 털어놓고 싶기도 했다. 나는 이제부터 아무 때나 군것질하는
습관을 그만둘 것이다. 그래, 나는 해내고 말 거야! 하지만 엄마
에게 내가 결심하게 된 동기가 무엇인지 말하지 않을 것이다. 나는

동기를 찾았고, 그것으로 충분한 거야. 그렇지 않을까?

물론 나는 여전히 초콜릿을 생각하고 있었다. 하지만 이번에는 다르다. 나에게는 무기가 생겼기 때문에 더 이상 공격이 두렵지 않았다. 적도 그것을 감지했을 것이고 더 이상 공격을 시도하지 않을 것이다.

그러던 어느 목요일 저녁 무렵, 학교를 나오려는데 라파엘이 리자와 쥐스틴과 이야기를 나누는 모습을 목격했다. 예쁘고 날씬한 리자, 사랑스럽고 호리호리한 쥐스틴과 말이다. 대화 내용이 들리지는 않았지만 라파엘이 적극적인 모습이었다. 라파엘은 나에게 손을 살짝 흔들고 다시 대화 속으로 돌아갔다. 가까이 다가간 순간, 나는 라파엘의 인상이 살짝 찌푸려지는 것을 보고 말았다.

"얘들아, 안녕! 뭐 해?"

"안녕."

쥐스틴과 리자는 갑자기 흥미를 잃은 듯한 말투로 나에게 대답했다. 그 아이들은 내가 질문할 틈을 주지 않으려고 경계하는 눈치였다. 이 두 명의 미의 여왕은 뚱덩이의 기분 따위는 신경 쓰지 않았다.

"라피, 우리 제안에 대해서 생각해 봐." 두 아이는 자리를 떠나면서 말했다.

'라피'라고? 갑자기 그들이 꽤 친해진 듯했다. 이 상황을 불편해 하는 라파엘을 나는 따지는 듯한 눈빛으로 쳐다보았다.

"아무것도 아니야." 라파엘은 흔들리는 시선으로 얼버무렸다.

"쥐스틴과 리자의 제안이 아무것도 아니야? 너 장난하니?"

가능한 한 가벼운 말투로 말하려고 노력했다. 결국, 심각한 일은 일어나지 않았다. 아무런 문제도 없었다.

"좋아. 쥐스틴이 열다섯 번째 생일 파티를 할 거래. 그래서 나를 초대했어."

"그거…… 그거 멋지구나." 나는 힘겹게 말했다. 뚱덩이 머리 위로 커다란 먹구름이 밀려오는 기분이었다. *조심해. 소나기가 쏟아지고 번개가 칠 거야. 그런데 너는 왜 그렇게 화가 난 표정이니?*

라파엘이 나를 똑바로 쳐다보며 말했다.

"마농, 너는 초대받지 못했어. 파티에 많은 사람들, 쥐스틴의 오빠 친구들까지 올 거래. 쥐스틴에게 너를 초대했는지 물었는데 아니라고 했어. 인원수를 제한해야 해서 말이야."

초대받은 손님들에게 일인당 허용된 몸무게라도 있는 거야? 이제는 뚱덩이의 머리 위로 비가 마구 쏟아져 내렸다.

"하지만 신경 쓸 필요 없어. 나도 어쩌면 파티에 갈 수 없을지도 몰라. 너도 알다시피 우리 부모님은 지난 수학 시험 성적이 좋지 못한 걸 마음에 들어 하지 않으셨잖아."

라파엘은 이 거짓말을 마치 삼키듯 말했으며 억지로 미소를 지었다. 나는 정말로 초콜릿을 3.5톤 정도 삼키고 싶었다. 그래서 수첩을 생각했다. 그리고 당분간은 쥐스틴과 리자 때문에 나 자신을 고문하지 않기로 결심했다. 나에게는 다른 할 일이 있다.

4
장

이 청록색 수첩은 무엇이 특별할까? 특별한 점은 아무것도 없다. 이 수첩은 내 영어 공책이나 스페인어 공책과 같은 문방구에서 산 지극히 평범한 것이었다. 단지 수첩에 '초콜릿'이라는 단어를 쓰는 것만으로 내가 초콜릿의 맛을 영원히 잊을 수 있다는 말을 어떻게 믿을 수 있을까? 하지만 나는 킬로드라마를 믿었다. 어쨌든, 나는 '일 분당 먹어 치울 수 있는 초콜릿 개수' 기록을 지워버릴 준비를 하면서 기분이 불편했다. 더 이상 우물쭈물할 시간이 없었다.

완전히 비합리적이라고 하더라도 모든 기회를 내 것으로 만들 필요가 있다. 필통 안쪽에서 내가 제일 좋아하는 펜을 찾아냈다. 그리고 수첩의 첫 페이지를 펼쳤다. 종이를 꾹꾹 눌러서 평편하게 만들었다. 초. 콜. 릿. 세 글자. 맞춤법이 틀릴 가능성도 없다. 내가 보기에 모든 것이 너무 단순하고 너무 빨랐다.

나는 수첩을 왜 다시 덮었을까? 모르겠다. 겉표지의 한가운데를 노려보다가 '뚱덩이의 수첩'이라고 적어 넣었다. 이제 훨씬 더 좋아졌어! 나는 수첩을 다시 펼치고 빠르게 써 넣었다.

초콜릿

그리고 괄호 안에 날짜를 추가했다.

초콜릿(10월 30일 목요일)

나는 어쩌면 내 인생을 영원히 바꾸게 될지도 모른다! 이것이 이 게임의 목적이기도 하지 않을까?

그리고 기다렸다. 정확한 이유는 모르겠지만 뚱덩이는 이 수첩이 효력을 발휘하기까지 약간의 시간이 걸린다고 확신했다. 이 모든 의식을 진행하는 동안 나는 과거 나를 수없이 괴롭혔던 욕구를 잊어버렸다. 그것에 대해 다시 생각해 보았지만 훨씬 덜 힘들었다. 초콜릿. 싫다. 리자와 쥐스틴은 나쁜 년이고 라파엘은 배신자라는 사실이 안타깝지만 말이다. 나는 카카오를 복용하지 않고서도 견뎌 낼 필요가 있었다. 초콜릿이 나를 살찌게 한다거나 고통스럽게 해서가 아니다. 단지 내가 수첩에 적었기 때문이다.

나를 시험해 보고 싶었다. 그래서 주방으로 들어가 첫 번째 찬장을 열었다.

"마농, 뭐 하는 거니?"

엄마가 주방으로 뒤따라 들어왔다. 마치 주방에 감시카메라를 달아 놓기라도 한 것처럼. 시험 중이었기 때문에 나는 뒤돌아보지 않은 채 엄마에게 대답했다.

"초콜릿을 찾고 있었어."

"아! 마농, 안 돼, 제발!"

'마농, 안 돼, 제발!' 뚱덩이는 동정과 비난이 뒤섞인 엄마의 잔소리를 이제 거의 외울 지경이다. 잔소리의 목적은 늘 뚱덩이로 하여금 초콜릿을 내려놓게 하거나 그렇게 하지 못하더라도 죄책감을 줘서 뚱덩이의 즐거움을 망치는 것이었다.

하지만 엄마, 초콜릿은 이미 오래 전에 나의 즐거움 목록에서 빠졌어요. 아주 잠시 나는 엄마에게 지금 하고 있는 이 시험 과정

에 대해 설명하는 모습을 상상해 보았다. 그 순간의 내 표정이 엄마를 기분 상하게 한 듯했다.

"그게 재밌니?"

웅, 엄마. 나는 엄마가 내 수첩에 대한 이야기를 듣고 어떻게 반응할지 상상해 보았어. 그리고 솔직히 말하면 그건 생각만 해도 웃겨!

"아니, 전혀 재밌지 않아."

엄마에게 거짓말을 했다(재빨리 엄마가 만족할 만한 핑계를 찾아야만 한다).

"의지를 가지고……."

아, 의지! 난 마법의 단어를 말하고 말았다!

"나는 초콜릿을 먹지 않을 거야. 나는 확인하고 싶었을 뿐인데, 엄마가 내 집중력을 망친 것 같아서 두려워!"

이 말에 어울리는 몸짓을 하면서, 나는 초콜릿의 냄새를 맡아 보고는 다시 찬장에 올려놓았다. 마지막으로 찬장 문을 닫았다.

"이게 다야."

나는 엄마에게 대수롭지 않은 듯이 말했다.

아무런 말도 하지 않은 채, 엄마는 내가 방으로 되돌아가는 모습을 지켜보았다. 나도 뒤돌아보지 않았다. 하지만 엄마를 똑바로 쳐다보며 자극해 보고 싶기도 했다. *나를 내버려 둬! 늘 그랬듯이 내 문제를 나 혼자 해결하도록 내버려 두란 말이야! 엄마는 내가 궁지에서 벗어나려고 나 자신과 싸우고 있는 모습이 안 보여?* 아니다, 엄마는 볼 수 없다. 만일 내가 수첩의 위력을 시험하기 위해서 이 초콜릿 앞에 우두커니 서 있었다고 말한다면, 엄마는 내가 얼마나 잘못된 믿음에 빠져 있는지 잔소리를 퍼부을 것이다. 그래서 나는 한마디도 하지 않고 엄마가 실망감에 탄식하도록 내버려 둔 채 방문을 닫아 버렸다. 그느라 나는 초콜릿에 대한 욕구를 다 잊어버렸다.

잠시 동안 뚱덩이는 마치 친구뿐만 아니라 최소한의 기준을 잃어버린 듯이 혼란스러웠다. 눈물이 뺨 위로 흘러내렸다. 이번에는 기쁨의 눈물이었다. 내가 확실히 초콜릿을 끊은 것일까?

 메일 쓰기

안녕, 킬로드라마.

이제 됐어. 나도 수첩을 쓰기 시작했어. 나는 네가 시키는 대로 했어. 첫 페이지에 '초콜릿'을 적어 넣었고, 그래서 이제는 더 이상 초콜릿을 먹지 않을 거야.

나는 시작했어. 겁이 나. 누군가에게 털어놓고 싶지만 누구에게 털어놓아야 할지 모르겠어. 엄마는 아니야! 내 가장 친한 친구도 아니야……. 내 남자 친구에게? 농담이야! 나 같은 뚱보에게 어떻게 남자 친구가 있겠니! 네가 원하지 않겠지만 나는 너에게 편지를 쓸 거야. 분명 자주. 내 글을 읽어 줘. 만일 내가 힘들어하고 지쳐 간다면, 나를 응원해 줘. 마침내 날씬해져서(누구나 꿈을 꿀 수는 있잖아!) 내가 초심을 잃어버린다면 내가 처음에 어땠는지 일깨워 줘.

　뚱뎅이.

　그날 저녁 식탁에서 엄마는 내가 엄마를 또다시 실망시켰다는 사실을 일깨워 주려고 애를 썼다. 하지만 엄마의 노력은 나에게 아무런 영향을 미치지 않았다. 나는 엄마가 어설프게 감춰 둔 초콜릿에 더 이상 손을 대지 않을 것이라고 말해 주고 싶었다. 하지만 엄마는 나를 믿지 않았을 것이다.

5
장

과거에 내 일상은 초콜릿에 대한 충동에 의해 좌우되었다. 공식적으로 오전 7시에 알람이 울렸고, 오전 7시 25분에 아침 식사를 마치고, 5분 만에 샤워를 하고, 오전 7시 50분에 집을 나섰다. 늘 그랬다. 하지만 뚱덩이, 그 아이는 일어나자마자 초콜릿에 대한 첫 번째 욕구와 싸웠다. 아니, 솔직해지자! 나는 공식적으로 매일 아침 적어도 3분 동안은 다이어트 중이었다. 그 사실을 나 자신에게 확인시키기 위해서 나는 매일 몸무게를 쟀다. 체중계는 나에게 점점 더 무거운 형을 선고했고 나는 내 행실을 고치겠다고 다짐했었다…… 그런 다음 우유 그릇에 코코아 한 스푼을 넣는 순간 그

다짐은 깨졌다(단지 코코아만 넣었다고 나는 맹세할 수 있다!). 가루가 녹을 시간도 주지 않고 내 숟가락은 여전히 둥둥 떠 있는 덩어리들을 맹렬히 추격했다. 그러고 나면 초콜릿에 대한 욕구가 되살아났다. 나는 학교로 가는 버스에서 한 정거장 먼저 내렸는데, 그것은 단지 빵집에 들러 초콜릿을 사기 위해서였다. 그래, 뚱뚱이는 걷는 즐거움 역시 알고 있었던 거야! 가끔은 라파엘이 먼저 버스에 타고 있는 것을 보고 실망하기도 했다. 그럴 때면 차마 '내가 복용할 초콜릿'을 사러 갈 수가 없었다. 그리고 하루 종일 그 생각만 했다.

쉬는 시간이나 하교 시간 10분 전이면 무슨 수업이든지 간에, 그 욕구가 다시 깨어났다. 복도에 있는 자판기로 달려가 '선택해 주셔서 감사해' 하는 모습을 상상하고, 자판기 바닥으로 초콜릿이 떨어지는 소리를 듣고 나서야 비로소 그 욕구로부터 해방되었다. 돈을 가지고 오지 않는 방법으로 스스로를 자제해 보려고 했지만 그럴 때마다 나는 친구에게 돈을 빌리는 방법을 찾았다. 자, 나에게 동전을 빌려줄 사람 있니? 나는 버틸 때보다 무너질 때가 더 많았다. 나는 여전히 고통스러웠다. 내 인생에 청록색 수첩이 끼어들기 전까지는.

초콜릿을 먹지 않기로 한 첫날에 나는 식탁으로 갔다…… 배가
고픈 채로. 무엇을 먹을지 가벼운 고민을 하며 배에서 꼬르륵꼬
르륵 소리가 나는 것을 들어본 지가 언제였던가. 아, 내가 잊을 수
있을까?

수요일에 엄마를 따라 슈퍼마켓에 갔다가 다시 한번 엄마를 당
황하게 만들었다. 나는 초콜릿 코너에 가만히 서서 모든 제품들을
꼼꼼히 살펴보았다. 다양한 포장재, 다채로운 색상, 제조사의 약
속을 주의 깊게 보았다. '훨씬 더 부드러운', '보다 바삭바삭한',
'더 감미로운' 온갖 즐거움을 보장한다는 그들의 약속에 나는 기
분이 좋았다. 내가 모두 먹어 본 것들이었다. 그래서 그 맛이 느껴
지는 듯했던 걸까? 아무튼, 이제 나에게는 추억일 뿐이다. 하지만
'저지방' 초콜릿에는 자꾸 신경이 쓰였다. 사람들을 속이려는 것일
지 모르겠지만 완전히 거짓말은 아닐 것이다. 하지만 초콜릿이 살
찌게 하지 않는다면 뚱덩이는 지금 여기에 이렇게 서 있지도 않을
것이다.

"마농, 뭐 하고 있니?" 엄마가 걱정했다.

내 문제를 해결하고 있어요. 엄마, 나는 승리를 맛보고 있어요.
나는 지금 더도 덜도 아니고 단지 포장 코너에 서 있다고 생각하
고 있어요. 포장지 안에 아무것도 들어 있지 않아요. 단지 텅 빈

포장 상자일 뿐.

"아무것도 아니야. 갈게!"

우리는 초콜릿이 들어간 제품은 하나도 사지 않은 채 슈퍼마켓을 나왔고, 엄마는 평온한 표정으로 그 일이 나에게 힘들지 않았다는 사실을 이해했다. 엄마는 아무 말도 덧붙이지 않으려고 조심했다. 더 다행스러운 일은 내가 이 새로운 단계를 차분하게 즐기고 싶어 했고, 그 사실은 나 자신도 여전히 놀랍다.

금요일, 나는 초콜릿 없이 8일을 버티는 기록을 세웠다. 나도 그 사실을 믿을 수가 없었다. 수첩에 적어 넣으면 그 음식은 '내 인생에서 삭제'되었다. 아침에 마시는 흰 우유는 여전히 내 입맛에 살짝 맞지 않았다. 하지만 결국 익숙해질 것이다!

내가 더 이상 초콜릿을 먹지 않은 지 일주일이 넘었다. 나는 이 작은 기념일을 축하하기 위한 이벤트를 하고 싶었다. 그래서 욕실장 아래에 넣어 두었던 체중계를 꺼냈다. 초콜릿을 끊은 이후로 뚱뚱이는 몸무게를 재는 것도 중단했다. 초콜릿과 뚱뚱이, 이 둘은 늘 한 쌍이었다. 잠에서 깨자마자 옷을 하나도 걸치지 않은 채 방광을 비우고 내 불행을 숫자로 확인하지 않은 지 이미 여드레째다. 사실 그 정도의 짧은 기간 동안 체중계 위로 먼지가 쌓이지는 않았지만, 나는 좀 떨렸다. 천 번도 더 반복했던 동작이었다. 뚱뚱이는 엄지발가락을 체중계 한복판에 올리고 00이라는 숫자가 나타날 때까지 기다렸다가 체중계 위로 완전히 올라섰다. 하지만 이번에는 체중계의 판결을 무기력하게 받아들이지 않기 위해서 고개를 들고 시선을 높이 유지했다.

자, 용기를 내자……. 1킬로 200그램이 줄었다. 나는 살이 빠졌다! 뚱덩이는 살이 빠졌다! 완벽한 1킬로! 게다가 200그램 더. 마치 파티를 완성하려는 듯이 말이다. 한 주 동안 1킬로면 한 달에는 4킬로 그리고 한 분기에는 10킬로, 내년 여름에는 몇 킬로가 될까?

진정하자! 진정해……. 나는 흥분해서 또다시 자제력을 잃을 뻔했고 그 순간 공포를 느꼈다. 뚱덩이는 욕실의 커다란 거울 속에 맨다리로 있는 자신의 모습을 쳐다보았다. 1킬로가 어디에서 빠졌을까? 어디라고 말하기 힘들었다. 나는 욕조에 걸터앉았다. 아니, 나에게는 이런 식으로 나 자신을 학대할 권리가 없다. 나는 늘 지나치게 뚱뚱했었다. 하지만 아무튼 살이 빠졌다. 더 이상 초콜릿 생각을 하지도 않고 살이 빠지고 있다. 뚱덩이도 그 사실을 부인할 권리는 없다.

6
장

　나의 이런 변화를 다른 사람들도 알아차릴 수 있을까? 나는 뚱덩이의 투덜거림이 더 뜸하게 들리는 기분이었다. 하지만 결국 사건은 시작되고 있었다. 그 일 이후로도 다른 원색적인 사건들이 자극적인 이야기에 목말라하는 학생들을 만족시키고 있었다. 나는 컨디션이 좋았기 때문에 반짝이는 햇살과 반 친구들의 농담을 더욱 즐기고 있었다. 분명히 다른 사람들이 내 기분 변화를 알아차리는 것은 불가능했을 것이다.

　'예전에' 나는 늘 내 뒤태의 무거움을 정신의 가벼움으로 보완하려고 신경을 썼다. 뚱덩이는 재미있고 외향적이며 낙관적이었다.

다른 감정은 스스로에게 허락하지 못했다. 그렇다고 이런 태도 덕에 더러운 농담과 모욕을 피할 수 있었던 것도 아니다. 물론 뚱딩이는 거기에 반응하지 않았다. 큰 소리로 외치는 것은 변하지 않는 매력을 가진 사람들의 특권이다!

'오늘' 나는 이를 악물지 않은 채 미소 지었다. 자발적으로 웃었으며 억지로 노력하지 않고 대화에 관심을 가질 수 있었다. 쇼핑몰에 갈까? 안 될 이유가 없지. 나는 언제라도 옷을 고를 수 있을 것이고, 조금 더 나중에는 탈의실에서 내 행운을 시험해 볼 수도 있을 것이다. 머지않았다. 나는 더 이상 척하지 않을 것이다. 나는 늘 지나치게 현실적으로 행동해서 사람들을 속이곤 했는데, 라파엘만이 그 차이를 알아차렸다.

"너 컨디션이 좋아 보이네."

어느 날 저녁 버스 안에서 라파엘이 나에게 말했다.

"맞아, 지금은 아주 좋아."

라파엘에게 대답하면서 나는 살짝 감동했다. 라파엘에게 수첩에 대해 말하고 싶지는 않았지만, 내 희망을 함께 나누고 싶었다.

"지난 2주 동안 2킬로나 빠졌어." 나는 일부러 가벼운 목소리로 말했다.

"대단하다. 너 정말 좋겠다!" 라파엘이 탄성을 질렀다.

라파엘은 자신의 기쁨이 약간 부적절하다고 판단했는지 즉시 말을 바꾸었다.

"그런데 마농, 네가 몸무게가 너무 많이 나가서 빼야 할 정도는 아니야. 하지만 그 일로 네가 기분이 좋아졌다면 정말 다행이야."

"맞아, 기분 좋아."

버스 안에서 나는 내 가장 친한 친구와 썩 좋았다. 시선을 돌려서 창밖으로 펼쳐지는 거리 풍경을 바라보았다.

"라파엘, 너도 떠돌고 있는 사진에 대해서 알고 있지. 빌어먹을. 나는 그 일 때문에 정말 힘들어. 아주 많이. 나도 내가 뚱뚱하다는 거 알아, 그 바보들이 굳이 나에게 설명해 주지 않아도 돼. 하지만 그날 그 애들은 나를 마치……."

나는 적당한 말을 찾고 있었다.

"마치 내 일부를 훔쳐 간 것 같아. 내 뚱뚱한 엉덩이가 아니라 다른 무언가를. 내 고통의 일부. 그 아이들은 뻔뻔하게 그 사진을 공개했어. 아, 누가 그 사진을 찍었는지 알았다면!"

잠시 눈시울이 붉어졌다. 아니, 괜찮다……. 2주 전부터 나는 나 자신을 해치는 것을 그만두었다. 더 이상 다른 사람들 역시 그렇게 하도록 내버려 두지 않을 것이다.

"누군지 알았다면, 나는 그 못된 아이들의 손을 덥석 잡았을 거야! 그 아이들 덕분에 마침내 내 문제를 해결했거든."

'다 별일 아니야'와 같은 분위기로 내 말을 끝내기 위해서 라파엘을 돌아보며 윙크를 했다. 차마 한마디도 끼어들지 못했던 라파엘은 안도하는 듯했다. 그래, 뚱덩이의 뚱뚱한 엉덩이는 가장 친한 친구에게조차 금기야! 라파엘은 나에게 미소를 지었다. 라파엘은 두 손을 꼭 모으고 손가락 마디를 꺾어 뚝뚝 소리를 냈다. 그런 다음에 나를 똑바로 쳐다보며 대화 주제를 바꿨다.

"마농, 네가 내일 쥐스틴의 파티에 초대받지 못한 건 별일 아니야. 나도 가야 할지 모르겠어……."

"난 신경 쓰지마…… 라피! 네가 가지 않으면 누가 나에게 그 파티에 대해 객관적이고 신랄하게 이야기해 주겠니?"

나는 별명을 강조하며 일부러 겁먹은 척 너스레를 떨었다. '라피'는 쥐스틴과 리자가 불렀던 애정 어린 별명을 내가 흉내 내어 말한 것에 대해 불쾌해하지 않았다. 라파엘은 웃음을 터뜨렸다.

"날 믿어!"

하지만 토요일은 그다지 괜찮지 않았다. 반 아이들 중 절반이 파티에 초대되었고 다른 절반은…… 내가 관심 없는 아이들이었다. 그렇다, 나는 분명히 약간 나쁜 생각을 갖고 있었다. 내가 집 안을 서성이자 엄마가 플로랑스 이모 댁에 같이 가자고 제안했다.

나는 엄마의 여동생을 매우 사랑한다. 우선 그녀는 엄마의 동생이기 때문이다. 엄마와 이모는 여덟 살 차이가 났고 성격도 전혀 달랐다! 난 이모가 나를 더 잘 이해한다는 기분이 들었다. 그뿐 아니라 플로랑스 이모는 나의 대모이기도 하다. 멋진 대모. 이모는 엄마가 된 지 이제 겨우 3년이 지났기 때문에 분명 그전에는 나를 돌봐 줄 시간이 더 많았을 것이다. 하지만 그것은 단지 여유로운 시간의 문제만은 아니다. 대모에게 그것은 소명이다. 심지어 자녀가 둘인 지금도 플로랑스 이모는 여전히 나를 잘 보살펴 주고 있으며 모든 대모가 그렇게 할 수 있는 것은 아니다.

"우리 예쁜 조카가 살이 좀 빠진 것 같은데, 그렇지 않니?"

그것 봐. 이모에겐 정말 간단했다! 플로랑스 이모는 한눈에 내가 2킬로가 빠진 것을 알아보았다.

"맞아." 나는 다시 한번 별일 아니라는 말투로 이모에게 대답했다.

뚱덩이는 왜 날씬해진 사실에 대해서 말하면서 그다지 열광하지 않는 것일까?

"아망딘이 너를 빨리 보고 싶어 해. 위고는 아직 자고 있어. 위고가 깨면 알려 줄게."

무슨 말인지 잘 알아들었다. 두 자매는 단둘이 이야기를 나누고 싶은 것이다. 사실 아주 어렸을 때부터 나는 마법사가 내 멍청한 오빠를 따뜻하고 개방적인 언니로 바꿔 주길 꿈꿨으니까. 그리고 나는 아망딘과 노는 것을 좋아했다.

이모가 방에 들어왔을 때, 우리는 "내가 공주고, 너는 왕자야"를 수도 없이 반복하고 있었다. 위고는 이모의 허리춤에 안긴 채 여전히 졸고 있었다.

"얘들아, 간식 먹을래?"

"네!"

아망딘의 외침은 나를 즐겁게 했다. 나도 간식을 먹고 싶었다. 배가 고파지기 시작했다. 배에서 나는 꼬르륵거리는 이 불쾌한 작은 소리가 얼마나 기분 좋은지! 그 소리는 나에게 "그래, 마농. 이제 먹을 시간이 되었어."라고 속삭이는 듯했다. 내면의 또 다른 작은 목소리가 나를 안심시켰다. "자, 뚱덩이. 좀 더 먹어."

초콜릿 누텔라 한 병이 이미 뚜껑이 열린 채 식탁 위에 놓여 있었다. 나는 온통 초콜릿이 묻은 병 가장자리를 쳐다보면서 내 손이 빵칼을 들고 토스트에 초콜릿 누텔라를 넘칠 듯이 바르면서 탐욕스럽게 다음 토스트를 기대하는 모습을 상상해 보았다. 하지만 이제 더 이상 이런 것이 내 마음을 사로잡지 않았다. 나는 빵한 조각을 가져다가 조심스럽게 버터를 펴 바른 다음 한입 가득 깨물었다. 이미 얼굴이 엉망이 된 아망딘은 신이 난 표정으로 미소 지었다. 나는 오늘 초콜릿은 단지 이러려고 있는 것이라고 스스로를 납득시켜야 했다. 바로 내 사촌 동생의 콧수염. 정말 멋있게 어울리는 역할이다!

그다음에 무슨 일이 일어났을까? 아니, 그보다 어떻게 그런 일이 일어났을까? 나도 모르겠다. 아주 기분이 좋아진 플로랑스 이모는 사탕을 모아 둔 상자를 꺼냈다. 나는 커다란 금속 상자를 뒤적여 보았다. 그런 다음에 완전히 빠져들었고, 결국에는 완전히 잠기고 말았다. 아망딘을 따라 방으로 가지 않고 주방에 머무르기 위해서 온갖 핑계를 찾으면서 말이다. 대모는 결국 이해했을 것이라고, 나는 생각한다.

"자, 좀 싸 줄게. 충치 조심해." 이모는 가능한 자연스럽게 소리쳤다. 하지만 어색하게 들렸다. 마치 떠나는 순간부터 차 안에서까지 억지로 짓고 있던 내 미소처럼. 하지만 가장 고통스러운 것은 내 배 속에 있는 이 작은 고집쟁이였다. 잠에서 깨어난 괴물은 나를 빵집, 식료품점, 슈퍼마켓으로 데려 가려고 시도했다. 사탕을 찾을 수 있는 장소라면 어디든지 말이다. 다행히도 뚱덩이는 다시 십자가의 길을 가기로 했다.

집으로 돌아오자마자, 방으로 달려갔다. 결정은 이미 내려졌다. 나는 청록색 수첩을 꺼내서 눈에 처음으로 띄는 펜을 집어 들고서 꾹꾹 눌러 썼다.

사탕 (11월 15일)

거기에 추가했다.

달콤하고 짭조름한 비스킷

정확하게 하자!

빵

…… 아니.

빵 종류
나는 아랫입술을 가볍게 깨물며 잠시 생각했다.
'아이스크림. 그래, 이것도 포함이야. 그리고 휘핑크림!'

매번 괄호 안에 날짜를 추가했다. 긴 하루였다! 나는 꼭 기억해야만 할 것이다……. 이제, 뚱덩이는 안전하다! 내가 쓴 목록을 보면서 미소를 지었다. 하지만 잠시 후 나는 꼭 그렇지만은 않다는 사실을 깨달았다. 몇 초 만에 나는 내 삶에서 달콤한 간식을 모두 지워 버렸다. 나는 킬로드라마를 생각했고 이 수첩을 통해서 그 아이와 맺었던 계약에 대해 생각했다. 킬로드라마의 경고가 다시 떠올랐다. 뚱덩이는 마농을 위해 사라지거나 자리를 내주기 위해서 어떤 대가를 치를 준비가 되어 있을까? 이 질문이 무서웠다. 나는 들어갔던 것만큼 재빨리 방에서 나와서 거실 TV 앞에 앉아 있는 우리 가족의 평범하고 안심이 되는 대화 속으로 들어갔다.

7
장

먹을 거. 일요일 아침에 눈을 떴을 때 처음으로 한 생각이다. 먹다, 이 동사가 내 눈앞에서 어른거리는 듯했다. 나는 걸신들린 듯이 먹기 위해서 주방으로 뛰어가고 싶지는 않았다. 나는 배고픔에 유혹당하지 않았다. 아니, 단순히 이 동사가 무엇을 의미하는지가 궁금했을 뿐이다. 마치 이 단어를 처음 접했다는 듯이. 특히 나에게 무슨 의미일까? 뚱덩이의 삶에서 무엇을 나타낼까? 그리고 내 삶에서 어떤 자리를 차지하고 있을까? 어제의 사건들은 기분 나쁜 말장난을 하지 않더라도 내 입에 쓴맛을 남겨 놓았다. 뚱덩이는 여전히 나약했다. 그래, 뚱덩이는 의심했다! 하지만 무엇보다 여전히 위기감을 느꼈을까? 문제는 초콜릿이 아니라 나였다.

그리고 이 모든 단어를 내 수첩에, 나의 블랙리스트에 그토록 빨리 써 넣으면서 나는 무엇을 했던 것일까? 마침내 평화를 찾기 위해서, 나는 더 이상 섬처럼 둥둥 떠 있는 부드러운 휘핑크림의 달콤함, 살살 녹는 감초 막대의 부드러움 그리고 애플파이의 칼로리에 절대로 굴복하지 않을 것이다! 뚱덩이, 네가 정말로 원하는 것이 무엇인지 알아야만 해.

나는 몸무게를 재고 싶었다. 이모의 사탕이 내 모든 노력을 무너뜨리지 않았다는 사실을 빨리 확인하고 싶었다. 나는 2킬로를 다시 회복했을 것이다. 아! 물론, 그건 확실했다. 어쩌면 더 쪘는지도 모른다. 그런 느낌이었다. 단걸 너무 많이 먹어 버렸다! 나는 체중계의 심판을 기다렸다. 영점. 내가 마지막으로 체중을 쟀던 금요일 아침보다 더 나가지도, 휴! 덜 나가지도 않았다.

정상이다. 내 몸이 미처 여분의 지방 세포를 만들 시간은 없었지만 곧 그렇게 될 것이다. 뚱덩이는 항상 대가를 치렀다!

아니! 아니다. 나는 더 이상 죄책감이라는 악순환에 빠져서는 안 된다. 아니, 나에게는 더 이상 그런 일이 일어나서는 안 된다. 나는 그것을 막기 위해 충분히 노력했다. 그렇다. 나는 더 이상 음식을 먹은 이유에 대해 고민하지 않을 것이다. 나는 아침을 먹고,

재빨리 샤워하고, 라파엘에게 전화를 걸어서 쥐스틴의 파티에 대한 이야기를 들을 것이다. 그리고 라파엘이 생일 케이크를 실컷 먹었는지 알아보는 일 따위는 신경 쓰지 않을 것이다!

"여보세요. 안녕, 마농……."
전화기 너머로 라파엘이 하품을 하면서 나를 맞이했다.
"내가 깨운 거니? 어제 늦게 들어왔어?"
"아냐……. 응……. 하지만 많이 늦진 않았어! 괜찮아, 너는?"
나의 라파엘. 내가 이 아이를 지금 같은 이유로 얼마나 사랑하는지! 그 파티에 갔던 것은 라파엘인데 라파엘은 내 소식을 묻는 것으로 이야기를 시작했다. *나? 내가 앞으로 다시 찌게 될 2킬로의 살과 앞으로 영원히 먹지 않기로 결심한 디저트만 빼고, 나는 잘 지냈지…….*
나는 짧게 이야기하기로 했다.
"좋았어. 아망딘과 위고를 만나러 갔었어. 그 아이들은 점점 더 귀여워져. 자, 이제 말해 봐!"
"마농……."
마농, 쥐스틴은 아주 우스꽝스러운 드레스를 입었고, 리자는 술을 너무 많이 마시는 바람에 사람들이 모두 보는 앞에서 토했고, 컴퓨터가 고장 나는 바람에 음악이 나오지 않았어! 내가 기대했던 이야기를 요약하면 대충 이런 거다. 내가 분명히 어느 정도 바랬던 일이다. 라파엘은 거만한 말투로 이야기를 시작했다. "평범했어." 우리는 농담을 주고받고 다른 이야기로 넘어갔을 것이다. 늘 그래왔다. 하지만 라파엘은 그러지 않았다.

"마농, 어제저녁에 보리스랑 데이트했어. 너는 모를 거야……. 너무 행복했어. 우와, 그 애는 이미 오래전부터 내 마음을 흔들고 있었잖아. 그런데 나를 향해 다가온 사람이 바로 보리스였어……."

물론, 나는 알 수 없었다. 라파엘과 나는 남자에 대해서 이야기한 적이 없다. 만일 그랬다면 그것은 단지 우리 반 여자아이들의 분주한 연애사를 비웃기 위해서였다. 우리 둘은 우리가 읽었던 책이나 최근에 본 영화, 심지어 지구 온난화에 관한 이야기를 더 좋아했다! 하지만 남자는 아니었다. 그건 너무 무익하지 않은가? 그런데 이건 너무 실망스럽잖아, 뚱뚱이? 멋진 왕자가 너를 품에 안아 주려면 아직 멀었어. 라파엘은 보리스에 대한 감정을 나에게 말한 적이 없었다. 그렇다고 라파엘을 탓할 수도 없었다. 왜냐하면 뚱뚱이도 자신이 좋아하는 사람이 토마스라고 말한 적이 없었기 때문이다.

결국 나는 나의 베스트 프렌드의 이야기에 집중하기로 생각을 바꾸었다. 그리고 성공했다! 나는 라파엘을 정말 사랑했고, 라파엘에게 정말 잘된 일이라고 생각했다.

"모두 말해 봐." 나는 진심으로 간청했다.

라파엘은 나에게 아주 자세히 털어놓았다. 라파엘은 자신의 낭만적인 이야기에 쥐스틴과 그 친구들에 대한 꽤 신랄한 이야기를 적절히 섞어 넣었다.

"너도 알겠지만 나는 보리스가 쥐스틴을 좋아한다고 생각했어. 어제저녁에 보리스와 내가 함께 있다는 것을 알았을 때 쥐스틴의 표정을 봤어야 했는데! 핸드폰으로 찍어 놓지 않아서 유감이야. 내가 그 아이의 얼굴을 영원히 남겨서 네게 보여 줬어야 했는데 말야!"

아주 짧은 순간 동안 나는 그 망할 놈의 기계 때문에 온 학교에 번진 내 엉덩이 사진을 떠올렸다. 라파엘은 분명히 나의 침묵을 잘못 해석했다.

"마농, 걱정할 필요 없어. 내가 남자 친구가 생긴다고 해서 우리 사이가 달라지진 않을 거야. 사실 약간의 영향은 있겠지만, 하지만 거의 그렇지 않을 거야! 넌 여전히 나의 가장 친한 친구니까."

알아, 라파엘. 나는 그걸 걱정하는 게 아니야……

"어쩌면 난 이제 아침마다 너와 함께 버스를 타지 못할 수도 있어. 너도 알다시피, 예전에는 단지 보리스를 보기 위해서 서둘러 달려가 버스를 타곤 했잖아. 한번은 우연히 그 아이와 마주쳤었고, 그래서 그 아이를 또 마주칠 수 있을 거라 생각했거든."

라파엘이 곤란한 듯한 목소리로 말을 이어갔다. 그리고 그 시간 동안 나는 초콜릿을 사러 갈 생각에 들떠 있었다…….

"네 말이 맞아! 버스는 상관없어. 네가 남자 친구와 잘되길 바라. 나는 책을 읽으면 돼. 내가 책 좋아하는 거 너도 알잖아. 솔직히 말해서 나는 네가 잘돼서 기뻐. 그리고 보리스는 이제 얌전히 지내야 할 거야! 쥐스틴이 어떤 짓을 하더라도 말이야. 내가 지켜볼게."

"마농, 또 말하고 싶은 게 있어……. 토요일 저녁에 우리가 같이 샀던 스커트를 입었어. 네가 그 스커트를 입으라고 부추겨 줘서 정말 고마워. 보리스가 그 스커트가 나에게 정말 잘 어울린대. 나는 빈약한 내 몸에 콤플렉스가 있잖아. 하지만 이제 끝났어."

그래서 우리는 다르다…….

8
장

 새로운 메일이 있습니다

안녕, 뚱뎅이! 네 빠진 몸무게와 😊 …… 목록은 어디에 있니?
킬로드라마.

수첩을 사용한 후로 나는 킬로드라마에게 메일을 다시 쓰지 않
았다. 여드레쯤 지났을 때 내 블로그에 체중 감량에 대해 글을 쓸
까 생각해 보기도 했었다. 그리고 그 일에 집중했다. 하지만 나는
글을 쓰고 난 바로 그다음 주에 다시 살찔까 봐 불안했다! 그러
면 나는 웃음거리가 될 것이고, 다시는 사람들 앞에서 웃음거리가

되고 싶지 않았다. 이 낯선 사람들 앞에서, 설령 길에서 마주쳐도 나를(또는 나의 뚱뚱한 엉덩이를) 알아보지 못하겠지만 내 마음을 꿰뚫어 보고 있는 킬로드라마 앞에서. 물론 나는 살이 빠졌다. 이제 분명히 말할 수 있다. 쥐스틴의 파티와 사탕 위기를 겪은 지 일주일이 지난 지금, 체중계는 내 몸무게가 3킬로 빠졌다고 표시하고 있다. 무엇보다 나는 더 이상 초콜릿에 집착하지 않는다.

 메일 쓰기

안녕, 킬로드라마.

소식 전하지 못해서 미안해……. 나는 수첩을 사용해 보았어. 즉시 사용했던 건 아니야. 거의 일주일 동안 그런 무기를 가지고 있다는 단순한 사실만으로도 나는 충동을 이겨낼 수 있었어. 그러다가 어떤 사건이 있었고 나는 무너졌지. 초콜릿을 먹고 싶은 욕구가 너무 강해서 내 창자가 찢어지는 것 같았거든. 그래서 수첩을 사용하기로 했어.

뚱덩이.

분명히 태어나서 처음으로 초콜릿에 대해서 죄책감을 느끼지 않고 말할 수 있었다. 내 메일은 블로그에 처음 올렸던 게시글과는 달랐다. 이제는 병 속에 넣어 바다로 던지는 편지가 아니었다. 더 이상 허공에 대고 쓰는 글이 아니라 킬로드라마에게 직접 말을 하고 있었다. 그 사실이 나에게는 위로가 되었으며 킬로드라마에게 이야기하는 것을 내가 즐겼다는 사실을 인정할 수밖에 없다. 이 아이는 내 고통을 이해했다. 이 아이 역시 살을 뺀 적이 있기 때문에 내 희망을 함께해 주었다. 게다가 이 아이는 분명히 성공한 듯했다. 킬로드라마로부터 답장이 오는 데 오래 걸리지 않았다.

 새로운 메일이 있습니다

네가 할 수 있을 때까지 기다린 것은 잘한 일이야. 수첩은 하나의 대응일 뿐 공격 수단이나 공격 방식이 아니야. 그래서 너는 기분이 어때?

킬로드라마.

무의식적으로 나는 허벅지를 잡아 보았다. 3킬로는 여전히 티가 나지 않았다. 그러려면 적어도 5킬로는 빠져야 한다. 어떤 잡지든 의사든 뚱뚱한 사람이든 늘 그렇게 말했다. 그렇기는 해도 바지는 약간 헐렁했다. 그래도 차마 체중 감량에 대해서 솔직하게 말할 수는 없었다.

메일 쓰기

초콜릿은 나에게 필요 없어. 초콜릿이 더 이상 아무런 유혹 거리가 되지 않는지 확인하기 위해서 몇 번이나 시험도 해 보았어. 나는 확신을 얻기 위해서 심지어 슈퍼마켓의 초콜릿 코너 앞에서 한참 서 있어 보기도 했어.

뚱뎅이.

추신_SNS로 채팅하지 않을래?

 새로운 메일이 있습니다

또다시 안녕, 뚱뎅이!

SNS는 생각하지 말자. 나는 그런 방법엔 전혀 끌리지 않아. 그런 건 서로 전화하는 거랑 같으니까. 게다가 나는 너에 대해 너무 많은 것을 알고 싶진 않아. 행복하기 위해서는 적당히 숨길 필요가 있는 거야! 네가 나에게 말하는 것은 모두 다 좋아. 축하해. 수첩의 효과를 확인하기 위해서 네 결심을 시험해 보았구나. 수첩에 대한 칭찬은 나를 감동시켰어. 수첩에 대한 칭찬 거리는 계속 생겨날 거야. 네가 이 수첩으로 할 수 있는 것 혹은 이미 하고 있는 것 등에 대해 알아볼 것이 아직 많이 남아 있어.

킬로드라마.

말투는 부드럽고 분명 친절했다. 하지만 내 가슴은 느닷없이 공격을 당한 기분이었다. 킬로드라마가 어떻게 알았을까? 내 목록에 추가한 식품들에 대해 내가 전혀 언급하지 않았는데. 나는 이해하지 못한 척했다.

 메일 쓰기

사실 모든 것이 아주 자연스럽게 일어났어. 나는 더 이상 초콜릿에 대한 생각에 시달리지 않고 내 주위에서 일어나는 일에 관심을 갖기 시작했어. 예전에는 음식이 내가 항상 끼고 있는 안경과 같았다는 사실을 이제야 이해했어. 단지 그 안경은 내 시력에 맞지 않았던 거야.

뚱덩이.

나는 컴퓨터로만 이렇게 메일을 주고받는다는 사실이 솔직히 기뻤다. 바로 그 순간에는 내가 분명히 상대방의 시선이나 목소리를 견딜 필요가 없으니까.

 새로운 메일이 있습니다

좋은 표현이야. 그런데 너는 단지 '초콜릿'뿐 아니라 '음식'에 대해서 말하고 있구나?

킬로드라마는 내 글에서 오류를 찾아냈다! 나는 당황해서 즉시 다시 메일을 썼다.

 메일 쓰기

처음 며칠 동안 나는 배가 고프다는 사실에 놀랐어. 사실 아주 오래전부터 배고픔을 느껴 본 적이 없었거든. 살이 빠져서 너무 기쁘다는 것은 두말할 필요도 없어. 하지만 무엇보다도 식습관을 완전히 바꾸지 않고서 살을 뺄 수 없으며, 특히 먹는 행위에 대해서 제대로 이해할 필요가 있다는 사실을 알게 되었어.

뚱덩이.

킬로드라마 역시 이 논쟁을 그만두기로 결심한 듯했다.

 새로운 메일이 있습니다

충분해. 너는 잘하고 있어. 그리고 사실 네 체중 감량을 즐길 필요가 있어. 단지 우리가 합의했던 것을 떠올려 봐. 뒤로 되돌아갈 수는 없어. 지금 너는 아주 어려운 선택에 직면해 있어. 행동하기 전에 충분히 생각할 시간을 가져 봐. 자, 이제 그만 쓸게. 그러지 않으면 결국 네가 메신저를 계속 해야만 하는 이유를 찾아내고 말 테니까!

9
장

나는 초콜릿 없이, 사탕 없이, 쿠키 없이, 빵 없이, 아이스크림 없이 살아야만 했다. 나는 또한 라파엘 없이 보내는 시간이 점점 더 많아졌다.

솔직히 라파엘을 원망하지 않았다. 라파엘은 매일 방과 후에 잠깐이라도 우리 둘만의 시간을 보내려고 신경 쓰고 있었다. 그 무렵 라파엘은 말을 너무 많이 하지 않으려고 적절히 잘 조절하고 있었다. 내가 소외감을 느끼지 않도록 보리스에 대해 충분히 말하면서, 나를 화나게 할 만큼 지나치게 많이 하지는 않았다. 라파엘은 그랬다. 라파엘은 어떤 식으로든 과하지 않는 법을 완벽하게

잘 알고 있다. 라파엘이 뚱뎅이와 어떻게 그렇게 잘 지낼 수 있는
지 궁금할 정도로…….

나를 화나게 한 것은 보리스와의 관계로 인해서 라파엘이 친
해진 아이들이었다. 보리스와 함께 있을 때, 라파엘은 또한 쥐스
틴과 리자 무리와 종종 함께 있었다. 이 두 명의 스타를 중심으
로 한 무리는 나와 함께 있을 때도 라파엘에게 인사를 건네게 되
었다. 심지어 아주 멀리서도! 아무튼 라파엘은 뚱뎅이와 함께 있었
다……. 그럴 때면 나는 늘 그 아이들에 대해서 기분 나쁜 내색을
했다. 어느 날은 라파엘이 그 아이들에 대해 변명을 했다.

"저 아이들, 네가 생각하는 것만큼 그렇게 가식적이지는 않아."

아니, 나는 모르겠어. 저 아이들이 나에게 말을 전혀 건네지 않
았기 때문에 나로서는 저 아이들의 텅 빈 껍질 속에 뭐가 있는지
상상조차도 할 수 없어.

"너 없이 저 아이들을 만나는 건 지루해 마농. 나는 네가 저 아
이들 무리 중 몇몇 아이들과는 잘 어울릴 거라고 생각해. 예를 들
어 폴린은 지금 필립 클로델의 최신 소설을 읽고 있대. 적어도 너
와 폴린은 하나의 공통점을 가지고 있어. 어때?"

"폴린이 클로델의 최신 소설을 읽는다고 해서 그 아이가 그
걸 이해한다는 뜻은 아니잖아. 네가 원한다면 라피, 제발 그 아이

들과 어울려. 난 괜찮으니까. 내게 너와 똑같이 하라고 요구하지 마." 나는 약간 날카롭게 반박했다.

'라피'는 눈에 띄게 상처받은 듯했다. 하지만 더는 말하지 않았다. 우리는 조금 더 함께 있었지만 시시콜콜한 이야기만 주고받았다. 우리 둘 다 우리들의 대화 시간을 줄이지 않으려고 조심했지만 대화는 눈에 띄게 끊어지곤 했다. 마침내 보리스가 나타났다. 보리스는 매우 마르고 키가 큰 소년이다. 자칫 길쭉한 막대기처럼 보일 수도 있지만 보리스는 꼭 그렇게 보이지는 않았다. 아마 자신감이 넘쳤기 때문일 것이다. 잘생긴 얼굴에 파란 눈과 굵고 붉은 머리카락에…… 아니, 솔직하자. 보리스는 좋은 아이였다. 그렇지 않았다면 라파엘은 결코 그 아이에게 빠지지 않았을 것이다. 라파엘은 정직하고 사려 깊은 아이다. 그리고 이 순간…… 라파엘은 상처받았다. 나는 한 사람에게 상처를 주었고, 다른 한 사람에게 인사를 했다. 내가 라파엘에게 미안하다고 말하고 네가 분명히 옳았다고 말했으면 좋았을 것이다. 다른 사람들을 외모로 판단하는 사람인지 아닌지를 알아보는 데 있어서 나는 꽤 유리한 위치에 있다. 하지만 그것을 알아보는 대신에 나는 두 사람이 팔짱을 끼고 멀어지는 모습을 지켜보았다.

집으로 돌아오면서, 나는 정말로 기분이 좋지 않았다. 나의 오래된 사자 인형을 끌어안거나 엄마나 아빠의 품에 안기고 싶었다. 절대로 라파엘과의 일 때문은 아니었다. 나는 단지 단순했던 어린 시절로 되돌아가고 싶었을 뿐이다. 그 시절에는 라파엘과 싸우더라도 얼굴을 다시 마주치면 순식간에 화해하곤 했었다. 심술궂은 여자아이들이 머리카락을 잡아당기며 놀던 그 시절로. 엄마의 '밥 먹어!' 라는 우렁찬 목소리가 내 놀이를 중단시킬 때만 음식을 먹던 그 시절로.

음식에 대해 말하면…… 그래, 나는 살짝 배가 고팠다. 라파엘과의 말다툼 때문에 마음이 불편한 데다, 정오 이후로 아무것도 먹지 않았다. 나는 이 문제를 모두 해결할 것이다. 일단 조금 먹고 난 후에 내 친구에게 전화를 걸 것이다. 나는 즉시 냉장고로 갔다. 수첩에 적힌 목록이 늘어날수록 냉장고 속에 있는 어떤 것도 더 이상 나를 유혹하지 못했다. 나는 치즈 상자를 꺼내서 그 안에 든 것들을 쭉 확인해 보았다. 카망베르 치즈, 염소 치즈, 로크포르 치즈, 그뤼에르 치즈, 심지어 사부아산 치즈까지 있었다.

그래, 이건 음식이야. 내가 정신없이 먹어 대던, 공장에서 생산된 초콜릿과는 다른 거야. 이건 칼슘 그리고 유산균으로 가득한, 건강에 좋은, 그리고 장에 좋은 유제품이야. 칼로리를 제한하려면

빵 없이 치즈만 먹으면 돼. 그래, 아주 좋아. 음, 염소 치즈는 부드럽고, 카망베르 치즈는 딱 적당하고, 사부아산 치즈는……. 벌써 다 먹었나? 하지만 아직 손도 대지 않은 큰 덩어리가 남아 있다.

나는 뚱덩이가 마농의 자리를 차지하기 위해서 마농의 어깨를 밀치고 달려드는 느낌이 들었다. 뚱덩이, 그 아이는 알고 있었다. 치즈든 초콜릿이든 결국 그 결과는 똑같다는 것을. 둘 다 지방 덩어리이다! 순수 지방, 적어도 각각 지방 함량이 45%인 식품을 잔뜩 먹어 치우려면 어쩔 수 없이 정말 어리석거나 매우 나약해야만 했다. 나는 절대로 여기서 벗어날 수 없었을 것이다! 먹고 싶은 충동을 부끄러워하지 않고 나 자신을 정당화하기 위해 평생 이렇게 나 자신에게 거짓말을 했을 것이다. 그리고 병적인 허기증으로 인한 위기 상황과 몸무게를 계속 늘려 갔을 것이다. 나는 사부아산 치즈 한 조각과 카망베르 반 조각을 삼키고, 염소 치즈와 그뤼에르 치즈를 신중하게 공략했다.

아빠가 주방으로 왔다. 지금부터 벌어질 일은 단지 그것, 아빠와의 정면충돌뿐이다! 무엇보다 나는 적어도 에너지를 충분히 얻었다.

"아, 마농, 좋은 저녁이구나. 오늘 하루 잘 보냈니? 카망베르 조금 남았니? 너는 이걸 빵 없이 먹었어? 나에게 한 조각 건네

다오."

안녕, 아빠. 나의 하루요? 정말로 어휴……. 카망베르? 내가 불쌍히 여겨서 조금은 남겨 놓았어요. 맞아요, 난 빵 없이 먹었어요. 빵을 먹으면 살이 찌니까요…….

"자, 여기 있어요, 빵. 전 들어갈게요. 아직 숙제가 남았어요."

군이 말할 필요도 없지만 아빠는 나를 붙잡아 두려고 하지 않았다. 가끔 나는 아빠와 내가 한 지붕 아래에 살고 있는지 궁금했다. 아빠는 일을 열심히 했다. 일찍 출근해서 늦게 퇴근했다. 아니, 그런데 아빠는 왜 벌써 집에 와 있었을까? 우리는 거의 대화를 나누지 않았고, 나는 군이 아빠와 다시 가까워지려고 하지 않았다. 아빠가 부모이고, 우리의 의사소통을 개선하기 위해서 노력하는 것은 아빠가 해야 할 일이니까. 나는 다른 신경 쓸 일들이 많았다. 지금 나는 수첩의 목록에 써 넣어야 할 것들이 더 많이 생겼다.

치즈 (12월 2일)
종류 : 모든 종류의 치즈 그리고 영원히

나는 수첩을 침대 옆 협탁에 두고 침대로 쓰러졌다. 그 순간 뚱덩이는 눈물을 흘렸다.

10장

"치즈 아니면 디저트?"

고맙지만, 둘 다 사양할게요. 누구에게 고마워해야 할까? 킬로드라마와 마술 수첩? 나를 위기로 몰아넣은 사람들? 아니면 뚱뗑이, 그 아이의 나약함과 판단력 부족에 대해 고마워해야 할까?

나는 이전에 내 일상을 달콤하게 만들었던 것을 치워 버렸다. 그것들이 내 일상을 더 행복하게 해 주었다고 말해도 괜찮을까? 어떤 경우에는 나를 버틸 수 있게 해 주었던 것이라고. 물론 그렇게 간단하지만은 않았다. 과식은 나를 잠시 위로해 주었다. 마치 입에 공갈 젖꼭지를 문 아기처럼. 과식은 절대로 내 문제를 해결해 주지 않았고, 심지어 나에게 새로운 문제들을 만들어 주었다. 하지만 먹는 동안, 그리고 먹을 생각을 하는 동안에 나는 다른 것에 대한 생각을 피할 수 있었다. 그렇기는 하지만 상황이 더 나빠졌을 때는 더 이상 음식으로 즉각적인 보상을 얻을 수가 없었다. 그렇다고 해서 담배를 피우지는 않을 것이다! 그러고 싶은 욕구도 방법도 없었다. 무엇보다 그 끝이 어떨지 잘 알고 있었다. 나의 비밀 목록에 아주 간단하게 '담배'를 추가할 것이다. 아니다, 나는 맨손으로 그리고 빈 입으로 일상에 직면하도록 노력해야만 한다.

라파엘과의 문제는 성공적으로 해결했다. 내 고통을 말로 표현하는 데 성공한 것이다. 나는 질투하고 있었다. 보리스 그리고 나에게서 내 친구를 훔쳐 간 보리스 일당을 질투했다. 그리고 라파엘이 남자 친구와 경험하고 있는 것들을 질투했다. 다시 한번 라파엘은 이해해 주었다. 라파엘은 자신에게도 책임이 있으며, 이 모든 일이 너무 빨리 일어났다는 것을 인정했다. 이제 라파엘도 조심할 것이라고 했다.

나는 라파엘이 '다른 친구들'과 함께 있을 때도 라파엘에게 가까이 가기로 결정했다. 필립 클로델의 그 유명한 신간에 대한 폴린의 열광적인 논평은 터무니없지 않았다. 나 역시 필립 클로델이 콩

쿠르 드 리세엥 상을 받았다는 사실이 매우 기뻤다. 그래서 내가 좋아하는 또 다른 작가인 존 어빙의 소설 〈가아프가 본 세상〉을 폴린에게 빌려주겠다고 약속했다.

그리고 보리스가 크리스마스 파티에 나를 초대해 줬을 때 정말 기뻤다. 라파엘은 2주 뒤에 있을 파티 생각으로 완전히 흥분했다. 라파엘은 '아주 쿨'해 보이고 싶어 했다. 나는 거의 두 달 전에 라파엘이 뼈가 앙상한 무릎을 가리기 위한 옷을 구하러 함께 갔던 가게가 떠올랐다. 보리스는 라파엘을 변화시켰고 자신감을 북돋워 주었다. 무엇보다 이 생각은 나를 슬프게 했다. 우리가 알고 지낸 지 거의 십 년이 지났는데, 보리스는 한 달 반 만에 나보다 라파엘에게 더 많은 것을 하고 있었다. 하지만 나는 곧 스스로를 위로했다. 그것이 정상이고, 그것이 사랑이었다. 사람들은 친한 친구가 자신을 아름답다고 생각하든 말든 크게 상관하지 않는다. 하지만 남자로부터 칭찬을 받으면 완전히 다른 효과가 있다. 어서, 내 차례도 왔으면……. 저녁이 먼저 왔다.

물론 내 외모에는 문제가 있다. 그 사실이 중요하게 작용하긴 한다. 하지만 나는 라파엘과 함께 다시 옷 가게를 가고 싶지는 않았다. 또다시 호들갑스럽게 반응을 해 주고 싶은 마음은 추호도 없었다. 무엇보다 라파엘이 나에게 함께 쇼핑을 가자고 제안하지도 않았다. 라파엘에게 쇼핑은 이제 전혀 걱정거리가 아닌 것이 분명했으며, 라파엘은 저녁마다 자신의 옷장에서 옷을 골랐다. 라파엘은 옷장에 있는 옷이라면 무엇이든 몸에 맞았다. 그에 비해 내 옷장은 완전 비호감이다.

엄마는 옷을 정말 잘 입었다. 세련되고 품위 있었다. 엄마는 라파엘만큼 마르지도 않았다. 그러면서도 체중에 대해서 전혀 신경 쓰지 않았다. 어쩌면 엄마의 스커트 중에서 하나를 골라서 내가 입어 봐도 되지 않을까······. 나는 엄마에게 허락을 구하지도 않았다. 엄마가 거절할까 두려워서 그런 것은 아니었다. 엄마가 참견할까 봐 두려웠다. 행복하게도 말이다.

나는 엄마의 옷장을 열고 마법의 스커트를 찾아보았다! 그 모습은 생각만 해도 웃겼다. 엄마 옷장이나 가게의 옷들을 입어 보려면 유머가 필요했다. 적당한 것을 찾을 수가 없었다. 엄마의 바지는 허벅지 중간에서 꼭 끼었다. 엄마의 스커트를 입고선 너무 숨이 막혀서 차마 한 발짝도 움직일 수가 없었다. 옷이 찢어질까 두렵기도 했다. 내 문제가 6주 안에 해결될 것이라고 믿을 만큼 나는 어쩜 그렇게 순진했을까? 하지만 이 살들을 어디론가 보내야만 한다. 언젠가는 내 몸에 맞아서가 아니라 내 맘에 들기 때문에 고른 바지를 입을 날이 오게 될까? 언젠가는 라파엘과 다른 아이들에게는 너무도 자연스러운 선택인 이런 사치를 누릴 수 있는 날이 오게 될까? 나는 그럴 거라고 믿어야만 했지만 믿기가 너무 힘들었다.

부모님의 침대에 걸터앉아 양손으로 머리를 감싸 쥐었다. 바뀐 것은 아무것도 없었다. 나는 울고 싶었다. 하지만 벌떡 일어났다. 아니, 이 모든 희생을 헛되게 할 수는 없어! 더 이상 처음처럼 살이 빠지지 않는 것일까? 어쩌면 내가 충분히 조심하지 않았던 것 같다. 나는 성급하게 음식 이름을 수첩에 적어 넣지 않을 것이다. 차분하게 내가 최근에 먹었던, 삼키고 입속으로 밀어 넣었던 것까지 모두 검토해서 적절한 방법을 찾아낼 것이다. 그리하여 야식의 유혹을 더욱 강하게 뿌리칠 것이다. 나는 협탁에 핵무기를 가지고 있다. 나는 이길 것이다. 내 범죄의 어떤 흔적도 남기지 않도록 조심하면서 부모님 방을 나왔다. 그리고 내 방으로 돌아갔다.

이 모험을 시작한 이래로 3.5킬로가 빠졌다……. 만약 사탕과 치즈에 무너져 버린 순간이 없었다면 더 빨리 살을 뺄 수 있었을 것이다. 이 수첩이 있어서 다행이다! 부모님은 내가 빵과 치즈를 꾸준히 거부하는 것을 의심스럽게 바라보기 시작했다. 하지만 내가 과일이나 요구르트를 꽤 많이 먹었기 때문에, 부모님은 새로운 이상한 다이어트를 하는 것쯤으로 생각하시는 듯했다.

이번에는 충동적으로 행동하지는 않을 것이다. 나는 종이 한 장을 가져다가 지난 사흘 동안 먹었던 모든 것을 적어 보았다. 운동은 쉽지 않았다! 간식을 거의 먹지 않았거나 혹은 시리얼 한 그릇이나 과일 한 조각 정도만 먹었다는 사실을 확인하고 기뻤다. 가끔 시리얼을 다시 채워 먹기도 했지만 초콜릿 부스러기를 넣지 않는다면 시리얼은 가벼운 편이다! 식탁에서는 또 달랐다. 변화무쌍한 사춘기라는 피곤한 삶에 필수적인 에너지를 공급한다는 핑계로(당연한 거 아냐? 뚱덩이는 그렇게 생각했다!), 전분질 채소를 많이 먹었다. 그 무렵 나는 엄마가 예전에 친절하게 건네주었던 〈체중 감량에 대한 작은 안내서〉를 다시 꺼내 보았다. 음식과 그에 상응하는 칼로리를 알려 주는 매력적인 카탈로그였다. 그 당시 나는 엄마의 의사소통 능력을 보충하는 자료로만 생각했는데, 마침내 이 안내서가 내게 도움을 주게 된 것이다. 안내서는 크기가 아주 작았다. 그래서 항상 주머니에 쏙 넣고 다니면서 유혹에 넘어가려는 순간에 즉시 꺼내서 휘두를 수 있었다. '빌어먹을 지방아, 물러가라!'

나는 이성에 따라 행동하겠다고 다짐했고, 나의 다짐을 지켰다. 내 입에 집어넣는 음식의 양을 숟가락으로 측정하여 칼로리로 변환했다. 그리고 계산했다. 내가 좋아하던 고기, 감자, 파스타 물론 저지방 크림에 버무려 삼키긴 했지만 나는 여전히 하루에 이천오백 칼로리 이상의 음식을 먹고 있었다. 그리고 요구르트! 건강에 좋다는 그 망할 유제품은 내 배를 더욱 답답하게 만들었다. 아, 호박은 괜찮지 않을까? 하지만 나는 아직 호박 맛이 나는 요구르트를 발견하지 못했다. 어쩌면 더 나은 것을 찾아야 할지 모르겠다. 자, 지금은 화를 내거나 냉소적일 때가 아니다. 나는 그동안 더하기만 했기 때문에 빼야만 했다. 가장 힘든 것은 무엇일까? 고기, 그 사실을 부인할 수 없다. 그리고 전분질 채소. 특히 물보다 버터를 더 많이 넣어 만든 두툼한 고구마 파이는.

나는 수첩을 꺼냈다. 눈을 감았다. 팬에서 스테이크 조각이 지글지글 익어가는 소리, 버터 녹는 냄새, 거기에 엄마가 썰어 넣은 양파 구워지는 소리가 들렸다. 입에 고기 조각을 넣고, 씹기 전에 나에게 잠시 저항하는 고기의 질감을 느꼈다. 붉은 피에 육즙이 흘러나오는 고기. 이것이 내가 고기를 즐기는 방법이다. 내가 고기를 얼마나 사랑하는지! 나는 고기와 함께 감자, 파스타, 크림을 접시가 넘칠 정도로 담았다. 좋았다. 정말 좋았다······.

그런 다음 나는 이 모두를 떠나보냈다. 그리고 탈의실에 있는 내 모습을 상상했다. 나는 몸에 꼭 맞는 바지를 입어 보았고, 엉덩이가 들어가려면 가슴 아래까지 치켜 올려야 할 것 같은 스커트를 입어 보았다. 나는 라파엘, 보리스 그리고 사람들의 눈을 피해 나누는 두 사람의 은밀한 키스를 떠올려 보았다. 내가 원하는 것은 무엇일까?

요구르트 (12월 9일)
고기 (12월 9일)
전분질 채소 (12월 9일)

이제 됐다. 모두 다 적었다. 이번에는 감정이 격해지지 않았다. 이성적인 선택이었다. 그런데 왜 나는 여전히 눈물을 삼키고 있는 것일까?

11
장

다행히 그날 저녁 메뉴는 닭요리였다. 나는 닭고기를 한입 맛보고는 닭고기에 곁들여진 껍질콩만 계속 먹었다. 감자는? 아니, 먹고 싶지 않았다, 오늘은 아니다. 내일도 다음 주도 먹고 싶지 않을 것이다. 하지만 친애하는 부모님, 내 사정을 다 털어놓을 정도로 나는 부모님과 가깝지 않다! 아빠도 그다지 식욕이 있는 것 같지 않았다. 아빠는 걱정이 있어 보였지만 자신을 괴롭히는 것이 무엇인지 우리에게 털어놓지 않으려고 조심하고 있었다. 분위기를 살짝 띄우기 위해서 나는 보리스의 파티에 초대받은 사실을 청중들에게 알리고 싶었다. 그랬다면 두말할 것도 없이 토론이 시작되었을 것이다.

"그런데 파티는 어디에서 하니? 몇 시까지 할 거야?"

"부모님도 그곳에 계실 거니?"

"술도 있을까?"

"확실해?"

우리 부모님은 서로 한목소리를 내는 데 성공했을 것이다! 하지만 나는 단지 오빠의 빈정거림을 참을 기분이 아니었다. 그리고 우리 같은 민주적인 가족은 TV 뉴스 앵커의 넥타이 색깔에 대해 각자 한마디씩 하면서 얌전하게 식사를 끝내야 한다. TV가 없었다면 우리는 무슨 이야기를 나눌 수 있었을까? 나는 귤을 하나 다 삼킨 다음 방으로 황급히 돌아갔다.

나는 굶지 않고 잘 먹었다. 내가 아주 좋아하는 음식은 아니었지만 그다지 힘든 시련은 없었다. 나는 얼마나 오래전부터 이런 건강식이 주는 쾌락을 모르고 지냈는지 모르겠다. 수첩의 목록을 추가하면서 나는 잘 해내고 있었다. 다음 식사를 생각하면 빨리 먹고 싶어서 여전히 참기 힘들었지만 언젠가 나에게도 '살을 감추기 위한' 옷 말고 다른 옷을 입을 수 있을 날이 올 것이다. 다음 주 금요일이면 나는 다시 몸무게를 잴 것이다! 어제 3.5킬로가 더 빠겼고, 아마 오늘 저녁에도 더 빠졌을 것이다! 아무튼, 눈으로 직접 확인해야만 한다! 사실 이미 눈으로 보고 있는지도 모른다. 라파엘과 나의 대모가 이미 그렇다고 말해 주었으니까. 그 사실을 정말로 믿기 위해서 나는 무엇이 더 필요할까? '날씬하고 예쁘다'는 것을 공인해 주는 인증서라도 받아야 하는 걸까?

나는 학교에서 몬트리올 미술관을 관람했던 기억이 났다. 2년 전 중등과정 2년 차이던 해였다. 내 몸무게는 그때 이미 내 인생을 망치고 있었다. 우리는 풍만하고 무기력한 여성들을 그린 18세기의 수많은 그림을 보고 있었다. 화가들이 이 살찐 여자들에게서 영감을 받았다고 생각하면서 말이다. 남학생들은 바보같이 키득거렸다. 선생님은 아름다움의 기준이 그 시대에는 지금과 같지 않았다는 설명을 하는 헛된 노력을 하고 있었다. 모든 것이 사실은 유행과 관련되었다고 말하면서 말이다. 하지만 우리는 설득당하지 않았다. 어느 순간에 더 이상 참을 수가 없어진 나는 무리와 뚝 떨어져 있었다. 라파엘이 나에게 다가왔다.

"어디 안 좋아, 마농?"

"뚱뚱한 여자들이 저렇게 벌거벗고 있는 거 봤지! 내가 저 여자들과 닮은 것 같지 않니? 네 생각에도 내가 시대를 잘못 타고 난 것 같지?"

나는 라파엘에게 내 문제에 대해 솔직하게 말해 본 적이 없었기 때문에 라파엘은 매우 놀란 듯했다.

"너 제정신이니, 마농? 그래, 네가 몸무게가 조금 더 나가기는 해. 하지만 너는 저 여자들과 달라. 네 자존심을 상하게 해서 미안하지만, 너는 이 위대한 화가들을 위한 모델이 절대로 될 수 없었을걸!"

나는 라파엘의 유머 감각을 치켜세우고 싶지 않았다.

"내 기분을 맞추려고 애쓰지 마! 내 허벅지와 엉덩이가 뚱뚱하다는 것은 나도 알고 있어. 내가 직접 볼 수는 없지만 느낄 수 있어. 그러지 마, 라파엘, 거짓말로 나를 위로하려고 하지 마. 나는 뚱뚱해."

라파엘은 잠시 당황했다. 내 눈에 눈물이 고였고, 라파엘이 그것을 알아차렸다. 나는 라파엘을 시험했고, 라파엘이 머릿속으로 굴리고 또 굴렸을 말들을 상상해 보았다. 프랑스어 선생님이 자랑스러워할 만한 위로의 말을. 프랑스어 선생님이 함박웃음을 짓는 모습이 눈에 선했다. 하지만 라파엘은 프랑스어 시간에 배운 어법과는 거리가 먼 보다 과학적인 선택을 했다!

"좋아, 우리가 미술관을 돌아다니며 그림들을 보지 말고 관람객들과 그들의 엉덩이를 관찰해 보자! 네가 네 엉덩이와 같다고 생각하는 사람들을 나에게 알려 주면, 내가 아주 솔직하게 네가 더 뚱뚱한지 덜 뚱뚱한지 말해 줄게. 괜찮지?"

그다음 날 프랑스어 시간에 우리는 이 체험 활동에 대한 보고서를 쓰기 위해서 고군분투해야 했다. 우리는 얼마나 많이 웃었던지! 가장 나쁜 것은 내가 처음으로 내 위치를 가늠해 볼 수 있었다는 것이다. 라파엘은 내가 확실히 최고의 모델은 아니지만 괴물도 아니라는 점을 확인시켜 주었다. 오늘 저녁, 나는 내 방에서 미술관을 빠르게 다시 둘러볼 필요가 있을 듯했다.

12
장

일주일에 1킬로가 빠지다니! 만세, 만세, 만세! 한 달 동안 4.5 킬로가 빠졌다. 이 속도대로라면 체중계는 나의 가장 친한 친구가 될 것이다! 아니, 물론 그렇지는 않을 것이다. 아무렴 어때! 나는 너무 기뻐서 부모님의 방으로 달려갔다. 아빠는 이미 출근하고 없었다.

"엄마, 이번 주에 1킬로가 더 빠졌어! 모두 합쳐 4킬로 반이 빠진 거야!"

옷장 문이 활짝 열려 있는 상태에서 엄마는 옷을 갈아입고 있었다. 처음에 엄마의 발만 보였기 때문에 나는 잠시 엄마가 옷장에 붙잡혀 있는 모습을 상상해 보았다. 나를 거부했던 엄마의 옷들이 엄마를 삼켰다! 순식간에 엄마의 활짝 웃는 모습이 나타났다.

"대단해! 네가 해낼 줄 알았어!"

자, 이제 더 이상 '우리'라는 사실에 의문의 여지가 없지 않을까? 나는 아무튼 계속 엄마를 원망하고 있을 수는 없었고, 진심으로 엄마의 관심이 필요 없어졌다. 잠시, 나는 협탁에 감춰 둔 수첩이 떠올랐다. 언젠가 엄마에게 말해야겠지? 어쨌든 오늘은 아니다. 오늘 나는 4.5킬로가 빠졌다. 엄마는 나의 승리를 강조하기 위해서 '너'라고 말했다. 세상이 모두 내 것이었다. 그래서 나는 말하기 시작했다.

"엄마, 다음 주 토요일 파티에 초대받았어. 라파엘의 남자 친구 보리스가 크리스마스에 열일곱 번째 생일 파티를 한대."

그리고 그쯤에서 나는 질문 폭격을 받을 준비를 하고 있었다. 몇 시에? 그리고 부모님은? 남자아이들은 몇 명이나 오니? 술도 있니? 이런 질문들 대신 엄마는 나에게 가까이 다가와서 내 어깨를 감싸 안고 큰 소리로 마치 생각하는 듯이 말했다.

"파티에 어울리는 옷을 찾아보는 것이 좋겠다. 네가 원한다면 내일 오후에 같이 쇼핑을 갈 수도 있어."

엄마는 옷장을 향해 돌아서서 재킷을 골랐다. 나는 엄마가 다시 사라졌다가 잠시 후 나타나고 또다시 사라지는 모습을 지켜보았다.

"마농, 걱정 마. 아빠에겐 내가 말할게. 아, 첫 번째 파티라니!"

나는 엄마가 추억에 잠기도록 내버려 두고 자리를 떴다. 내 추억은 더욱 생생했다. 나는 일주일 전의 굴욕감도 함께 떠올렸다. 엄마의 기뻐하는 반응에도 불구하고 나는 갑자기 우울해졌다. 나는 다시 탈의실에 들어가기가 정말 두려웠다. 내일 또다시 뚱덩이는 큰 충격을 받을 것이다. 1킬로 빠진다고 해서 별 차이는 없을 것이다. 좋아, 해 볼 필요가 있다. 뚱덩이가 다가올 날을 망치지 않을 것이다. 그건 문제가 되지 않는다.

다음날, 나는 몸무게를 재고 싶은 충동을 참느라 많이 힘들었다. 잠자는 것 말고는 달리 한 것이 없는데 1킬로 더 빠졌을지도 모른다! 아니면 적어도 500그램이라도. 그렇게 된다면 5킬로가 빠진 것이 된다. 그렇다. 친애하는 잡지, 의사, 뚱보들이여 드디어 나의 몸이 한 사이즈 줄었다. 엄마는 나를 시내에 데려갔고 잘 아는 가게에 들렀다. 내가 탈의실로 들어가자 엄마는 진열대를 둘러보았다. 나는 입고, 벗고, 맞지 않는 옷들을 내려놓았다. 매번 옷이 완벽하게 맞진 않았지만 어쨌든 내 몸은 옷 안에 들어갔다. 다섯 번째 시도 만에 나는 변신했다. 엄마는 윗부분이 린넨으로 장식되고 양쪽 아래에 트임이 있는 심플한 재킷을 찾아 주었다. 또한 그 옷과 함께 입을 린넨으로 된 헐렁한 바지도 건네주었다. 온통 밝은 색상이었다. 뚱덩이에게는 무리였다. 정말로 그랬다. 내가 무도회의 여왕이 될 수는 없겠지만 그렇다고 웃음거리가 되고 싶지도 않았다. 모두가 내 외모를 놀려 댈 것이다. 다른 옷들도 마찬가지였다.

그다음 주 내내 파티는 대화의 유일한 주제였다. 물론 대화 소재가 너무 한정되어 있다고 생각했지만 동시에 나는 처음으로 소외감을 느끼지 않았다. 금요일, 수업이 끝나고 라파엘은 나와 따로 이야기하기 위해서 내 팔을 잡아당겼다.

"마농, 적어도 파티 일주일 전까지는 네가 잠을 잘 수 있도록 말을 하지 않았는데, 토마스도 오기로 했어!"

라파엘은 큰 소리로 웃기 시작했다.

"그래, 친구야, 이제 네가 나설 차례야."

나는 라파엘의 노골적인 능글거림이 마음에 들지 않았지만 있는 그대로 라파엘에게 말하지 않도록 조심했다. 토마스에 대해 어떻게 알았을까? 나는 라파엘에게 고백한 적이 없다……. 아, 라파엘은 내가 생각하는 것보다 나를 더 잘 알고 있었다. 게다가 보리스와 토마스는 친구였다. 하지만 그 이상은 아니었다. 나는 내일 분명히 내 친구의 사려 깊고 효과적인 부추김 덕에 토마스와 마주하게 될 것이다. 예감이 좋았다. 동시에 너무 두려웠다. 나는 차마 라파엘처럼 적극적이지는 못할 것이다. 그렇게 하기에 나는 너무…… 뚱뚱하다. 동시에 내 의상, 탈의실 거울에 비쳤던 내 모습 그리고 엄마를 떠올렸다. 그런 다음 라파엘에게 활짝 미소를 지어 보였다.

하지만 그다음 날 나는 걱정이 앞섰다. 한 주 동안 700그램의 살이 빠졌기 때문에, 공식적으로 5킬로 감량이라는 선을 가뿐히 넘겼다. 단지 이것이 배나 엉덩이 선으로 드러나지는 않았을 뿐. 거울 앞에서 속옷 차림의 내 모습을 보면서 나는 사실을 인정해야만 했다.

솔직히 나는 아주 뚱뚱했다. 살이 더 찐 것은 아니었다. 이런 바보 같으니라고……. 도대체 라파엘은 토마스가 나를 마음에 들어 할 것이라는 상상을 어떻게 한순간이라도 할 수 있었을까? 아니, 그것은 불가능하다. 헛된 기대를 품을 가치도 없다. 뚱덩이는 현실을 잘 안다. 뚱덩이는 옷을 입고서 주방으로 갔다. 달리지도, 다른 길로 가려고 애쓰지도 않고. 뚱덩이는 먹음직스러운 바게트 한 조각에 버터를 발랐다. 버터를 아끼지 않았다. 그런 다음 뜨거운 우유에 흠뻑 적셨다. 그리고 바게트를 한 조각 더 잘랐다. 그리고 또 한 조각 더, 또 한 조각 더……. 지금 또다시, 나는 잔뜩 먹는 것으로 내 불안을 달래고 있다. 그만! 멈춰! 나는 이런 장면을 너무 자주 경험했다는 씁쓸한 기분이 들었다. 하지만 이번에는 그다음 해야 할 일이 무엇인지를 알고 있었다. 내 방이 눈앞에 확대되어 나타났다. 수첩과 일그러진 표정을 한 내 얼굴이 클로즈업된다. 그리고 수첩에 적었다.

버터 (12월 20일)
빵 (12월 20일)

'우유? 아니야, 우유는 안 돼!'

저지방 우유는 괜찮아. 적절한 타협이다. 나 스스로를 보호하기 위해서 또다시 위기 상황을 만들 필요가 있었을까? 분명히 조금 전에 했던 바보 같은 짓 때문에 뚱덩이는 파티에 입을 바지가 맞지 않을 것이다. 뚱덩이는 지퍼를 채울 수 없을 것이다. 뚱덩이는 어쨌든 파티에서 무엇을 할 작정이었을까? 잔뜩 먹어 치우는 것? 나는 보리스의 여자 친구와 친구이기 때문에 초대를 받았다.

다른 건 생각할 필요가 없다.

그 순간 엄마가 방문을 두드렸다. 엄마는 대답을 기다리지도 않고 들어왔지만 글쎄, 나는 다시 일어날 용기가 없었다. 익숙하지 않은 상황에 엄마는 조금 당황한 듯했다.

"네가 어쩌면 파티를 위해서 화장품을 빌리고 싶어 할지도 모른다고 생각했어. 내가 화장하는 것을 도와줄 수도 있고."

엄마는 잠시 멈췄다.

"내가 바보 같아 보이지 않니?"

아니, 엄마. 전혀. 엄마는 지금 나를 얼마나 감동시켰는지 모를 거야. 엄마가 얼마나 좋은 때에 나타났는지. 단지 나에게 내 수첩, 내가 다른 사람들처럼 살기 위해서 치르고 있는 힘든 대가인 내 수첩을 감출 시간을 줘. 그런 다음에 나에게 화장하는 법을 가르쳐 줘.

나는 말을 더듬었다.

"좋아. 그거…… 멋진 생각이야. 금방 갈게."

나는 엄마와 함께 욕실로 갔다. 엄마가 내 얼굴에 파운데이션을 바르고, 내 볼을 브러시로 문지르고, 내 눈에 아이섀도를 칠하도록 나는 가만히 있었다. 엄마가 자신의 최종 결과물을 확인할 때 지었던 만족스러운 미소가 나는 좋았다. 그 순간에 엄마는 무엇을 보고 있었을까? 엄마가 한 화장일까 엄마의 딸일까? 엄마는 나를 커다란 벽 거울을 향해 돌려 세웠다.

"마농, 너는 굉장해."

글쎄, 이분은 내 엄마다. 엄마는 아주 주관적이다. 하지만 거울에 비친 내 모습에 나도 놀랐다는 사실을 인정할 수밖에 없었다. 심지어 뚱덩이조차도 자신의 얼굴이 조화롭고 매력적이라는 사실을 인정했을 것이다. 윤곽이 잘 잡힌 담갈색 눈, 도톰하고 육감적인 입술을. 엄마는 내 불안을 감지했고, 다행스럽게도 나를 아기 취급하지 않았다.

"라파엘을 제시간에 픽업하려면 얼른 옷을 입어야 해. 내 생각에 라파엘은 오늘 저녁에 늦는 건 봐주지 않을 것 같은데!"

13
장

라파엘은 집 앞에서 우리를 기다리고 있었다. 라파엘은 이미 오래전부터 나를 기다리고 있었던 것처럼 보였다. 라파엘은 양손으로 외투의 옷깃이 잘 여며지도록 꼭 붙잡고 있었다. 라파엘의 외투 아래로 아무런 천 조각도 삐져나오지 않았다는 사실을 알게 된 것은 라파엘이 차에 올라탔을 때였다. 라파엘은 무엇을 입었을까? 겉으로 보기에 의상에 있어서 라파엘은 오늘 저녁 너무 앞서간 것 같다! 엄마는 보리스의 집 앞에 주차했다. 엄마의 잔소리가 모두 끝나고, 우린 "네 엄마, 네 아줌마."라고 또박또박 대답할 수 있을 때까지 차분하게 기다렸다가 마침내 차에서 내렸다.

보리스의 몇몇 친구들이 이미 와 있었다. 두 명은 노트북 컴퓨터가 스피커와 잘 연결되어 있는지를 확인하고, 다른 한 명은 커다란 샐러드 그릇에 과일 주스 칵테일을 섞고 있었다.

"보리스는 위층에 있어. 내려올 거야."

누군가가 우리에게 말했다. 집 안은 아주 온화했다. 하지만 라파엘은 외투를 계속 입고 있으려고 여전히 추운 척하고 있었다. *세상에, 내가 언젠가 사랑에 빠지게 되는 날, 나는 저렇게 바보처럼 굴지 않게 해 주세요!* 결국 라파엘이 꿈꾸던 장면이 펼쳐졌다. 라파엘은 계단 위에 서 있는 보리스를 알아보았고, 천천히 아무것도 걸치지 않은 어깨를 드러내기 시작했다! 보리스는 라파엘에게 다가와서 부드럽게 라파엘의 어깨를 껴안고 외투를 받아 주었다. 보리스는 휘파람을 불었고 나는 숨이 막힐 뻔했다. 라파엘이, 나의 라파엘이 지금 이 순간에는 내숭덩어리가 되어 있었다.

라파엘은 검정색 원피스를 입고 있었다. 살짝 반짝이고 조금 짧고 약간 노출이 심하고, 그리고 솔직히 천박했다. 야하지는 않았다. 그것과는 거리가 있었다. 단지 부적절했다. 나의 가장 친한 친구는 마치 변장을 한 것 같은 분위기였다. 라파엘의 옷은 라파엘에게 전혀 어울리지 않았다.

두 잉꼬는 마침내 서로에게서 시선을 뗄 수 있게 되었고(두 사람

의 입과 손도 마찬가지였지만 서로 떨어지기가 훨씬 더 힘들어 보였다!),
라파엘은 나를 돌아보았다.

"너 정말 예쁘게 입었구나, 마농!"

그리고 가까이 다가와 속삭였다.

"네 엄마께 축하드려야겠다. 아줌마는 내가 늘 실패한 걸 성공
했어."

그래, 라파엘, 엄마는 아마 네게도 서비스를 제안했어야 했어.
자, 지금은 라파엘에게 칭찬을 돌려줘야만 한다. 라파엘은 환하게
빛나고 있었다.

"너, 너는…… 멋지다!" 내가 마침내 말을 건넸다.

라파엘은 내가 추측했던 것처럼 마지막 순간에 자신의 옷장에
서 옷을 선택하지 않았다. 이런 드레스를 찾기 위해서 라파엘은
옷 가게를 샅샅이 뒤졌을 것이다. 나 없이. 나는 기분이 상했을 수
도 있다. 솔직히 놀라움이 섭섭함을 이기지 않았다면 그랬을 것이
다. 라파엘은 우스꽝스러웠다.

다행히도 내 친구는 오늘 밤 파티 주인공의 공식적인 여자 친
구였다. 그리고 그 자격 때문에 리자와 쥐스틴은 라파엘에게 달
라붙어 있었다. 라파엘은 외투를 정리하고 컵을 찾아 주고 가위
로 땅콩 봉투를 잘라야 했다. 그렇다, 실물 크기의 소꿉놀이를 하

기란 쉽지 않았다! 나는 혼자 있었지만 그렇다고 해서 그 일이 괴롭지는 않았다. 나는 파티가 끝날 때까지 거실에서 숨어 있을 만한 가장 어두운 구석을 찾아야겠다고 잠시 생각했다……. 하지만 라파엘이 나 없이 쥐스틴의 생일에 갔을 때 내가 느꼈던 실망감이 떠올랐다. 나는 지루한 시간을 보내러 온 것이 아니다. 아주 체계적으로 나는 첫 번째 훈련을 해 보기로 했다. 방 안을 가로지르며 태연하게 컴퓨터에 저장된 음악들의 목록을 훑어본다. 목표는 내 의상에 당당해지는 것이다. 솔직히 말해서, 나는 내 스타일에 대해 한두 마디 정도의 반응을 기대했다. "멋지다, 그거 어디서 샀어?" 아주 자연스럽게 대꾸하는 내 모습을 상상했다. "아, 이거?" 잠시 침묵으로 뜸을 들인다. "내가 잘 아는 작은 옷 가게에서."

하지만 나는 주목받지 못했다. 사실 완전히 그런 것은 아니었다. 아이들은 나에게 안녕이라고 말하기도 하고, 볼 인사를 하기도 했다. 그리고 나에게 라파엘의 옷에 대해서 말하면서 그 옷에 대한 내 생각을 알고 싶어 했다. 결국 나의 린넨 세트는 그다지 눈에 띄지 않는다고 결론지었다. 딱 한 번 나는 무리 속으로 자연스럽게 스며들었다. 그래, 드디어 뚱덩이가 무리 속에 섞였어…….

거의 30분(정확히 31분 23초. 이게 정확하다!) 후에 토마스가 도착했다. 그 순간에 나는 솔직히 내가 처음에 했던 생각, 커다란 초록색 나무를 찾아서 그 뒤에 숨어 있겠다는 생각을 실행하지 않았던 것을 후회했다. 내 뺨은 빨갛게 달아올랐다. 토마스가 나에게 볼 인사를 한다면 내 볼이 너무 뜨겁다고 느낄 것이다! 토마스는 멀리서 나에게 인사를 건네고 자신의 가장 친한 친구이자 오늘 밤에 음악을 담당한 가브리엘에게 합류했다. 내 뇌가 빠르게 돌아가고 있는 것을 느낄 수 있었다. 내가 두 사람에게 다가가서 무심히 음악 리스트를 훑어본다면 어떨까? 그리고 외치는 것이다.

"와우, 이글스잖아! '호텔 캘리포니아'. 어제 발매된 신곡은 아니지만, 솔직히 이 노래는 너무 좋아."

토마스가 친구의 귀에 무언가 속삭였다. 친구는 고개를 끄덕였다. 그때 재생되던 노래가 끝나자 이글스 음악의 첫 부분인 슬로우락 리듬이 울려 퍼지기 시작했다. 나는 놀라서 돌아섰다. 토마스는 내 손을 잡고 거실 중앙으로 데려갔다……. 거기서 정지!

그 자리에서 나는 라파엘만큼 바보가 되고 말았다. 라파엘은 실제로 무대 한가운데 있었고, 서빙을 멈추고 보리스와 격정적인 리듬에 맞춰서 춤을 추고 있었다. 이 소녀가 불과 두 달 전에 앙상한 무릎에 대해 콤플렉스를 가지고 있던 바로 그 소녀일까? 남자아이들은 의료보험 공단에서 보상금을 받아야 하지 않을까. 여자 친구의 심리 치료와 성형 수술을 피하게 해 줄 수 있으니 말이다!

나, 나는 경로를 바꿨다. 나의 환상은 나를 스테레오 쪽으로 데려갔지만, 나는 결국 뷔페에서 깨어났다. 풍뎅이의 본능일까! 바비 인형 같은 핑크빛 환상에 빠져서 나는 칩을 한 움큼 기계적으로 삼키게 될 것이다. 신데렐라는 무도회 밤의 마법에서 깨어나려고 했다! 짭짤한 비스킷, 빵, 과자. 오늘 밤 이 테이블에 있는 음식 중에 내 배고픔을 진정시킬 수 있도록 허락된 것은 없었다! 나는 그 사실을 미처 깨닫지도 못한 채 나를 살찌게 할 것들로 배를 채우게 될 것이다.

갑자기 정신이 든 나는 칩을 커다란 그릇에 다시 내려놓았다. 그리고 마음을 진정시키기 위해 사과 주스 한 잔을 큰 컵에 따랐다. 어쩌면 가학적일지도 모르겠지만 나는 뷔페에 있는 음식들을 쭉 살펴보았다. 내 수첩에 사진 장식으로 써도 될 만큼 멋있었다. 왼쪽 페이지에는 목록을 쓰고 오른쪽 페이지에는 사진을 붙이는 것이다! 신경이 예민해진 나는 점점 더 불편해진 린넨 자켓의 자락을 느슨하게 풀었다. 나는 길을 잃었다. 이곳에서, 이 옷을 입고, 이 음식들 속에서 내가 누구인지조차 알 수가 없었다. 못생긴 애벌레는 나비를 꿈꿨다. 변태는 예상했던 것보다 훨씬 더 복잡했다.

정신이 없어진 라파엘이 도움을 요청했다. 이 요청이 나를 구원했다. 그 후 두 시간 동안 나는 라파엘이 잔을 채우고 쿠키와 사탕을 접시에 다시 담고 재떨이를 비우는 것을 도왔다. 그러다 초대받은 아이들과 한두 마디 정도 말을 나눴고, 토마스에게 다른 음료를 마시고 싶은지 말을 더듬지 않고 물었다.

"그러면 나에게 오렌지 주스 같은 거 한 잔 줄래?" 토마스는 이죽거리며 말했다.

바로 그 순간에 뚱덩이는 토마스가 자신을 비웃고 있다고 확신했다. 나는 오렌지 주스에 알코올이 섞여 있다는 사실을 서빙하면서 알게 되었다. 토마스에게 음료수를 가져다주려고 하자, 토마스가 나에게 다가와서 속삭였다.

"멋진 옷을 입었구나, 마뇽. 라파엘에게는 말하지 마. 네 옷이 라파엘의 옷보다 훨씬 고급스러워 보여."

그 즉시 하늘로 날아오르는 듯했다. 나는 고도 천 피트 상공을 날고 있었다! 분명히 내 가장 친한 친구와 비교해 나를 칭찬했지만 내가 라파엘에게 그 드레스를 사라고 강요했던 것도 아니다. 심지어 라파엘은 나에게 그 드레스를 보여 주지도 않았다! 바로 그 순간에 나는 남은 저녁 시간을 토마스 곁에서 보내면서 어떤 주제로든 대화를 나누고 싶었다. 하지만 호들갑스럽게 보이고 싶지 않았다. 그래서 계속 라파엘을 도왔다. 토마스가 목이 마르는 순간을 빨리 알아차리기 위해서 토마스에게 눈을 떼지 않으면서 말이다. 마침내 모든 상황이 정돈되었고, 우리는 서빙을 그만할 수 있었다.

그리고 두려워하던 시간이 찾아왔다. 내가 벽지가 되어 버린 듯한 25분의 시간. 호텔 캘리포니아도 심지어 토마스도 없었다. 보리스와 라파엘이 무대 중앙에서 서로를 껴안고 있는 동안, 나는 벽 안으로 들어가고 싶었다. 여학생과 남학생 사이는 접촉을 통해 두 사람의 관계가 얼마나 되었는지를 알 수 있다. 오래되었는지, 새로운지, 사귀려고 하는지를 말이다. 사실 실시간 사회학적 연구 자료라고 할 수 있을 것이다. 대담한 아이들은 지체하지 않고 서로 키스했고, 열정적인 아이들은 은밀하게 접촉하기 시작했다. 이 우울한 광경에 나는 갑자기 허기를 느꼈다. 내가 오후부터 아무것도 먹지 않았으며, 이제 거의 자정이 되었다는 사실을 깨달았다. 다행히도 뷔페에는 끌릴 만한 음식이 없었다. 나는 주방으로 몰래 들어가기 위해 평범한 일거리를 찾는 척했다. 거기서 과일을 찾아볼 심산이었다. 그런데 주방에는 토마스와 친구들이 있었다. 언뜻 보기에 그 아이들은 연애보다는 축하에 방문의 목적이 있는 듯했다. 그리고 그제서야 나는 그 아이들을 충분히 이해했다. 이제 내가 마실 것을 요구하고 토마스가 서빙을 할 차례였다.

그 후의 시간에 대해서는 명확하게 기억나지 않는다. 하지만 달콤하게 몽롱한 듯한 기분과 마구 웃고 싶은 충동은 기억이 났다. 토마스가 더 이상 나를 주눅 들게 하지 않았지만 나는 아무런 시도도 하지 않았다. 더 이상 그 무엇도 계산할 수 있는 상태가 아니었다. 나는 뷔페에서 과일 바구니를 발견했고 마침내 바나나로 배고픔을 채울 수 있었다. 그런 다음 잠시 자리를 비우고 화장실에 갔고, 마법에서 깨어나고 말았다. 주방으로 막 돌아가려는 순간, 반쯤 열린 문을 통해서 나는 듣고 말았다.

"그 애지, 뚱뚱한 엉덩이? 아, 사진 정말 웃겨!"

나는 누구 목소리인지 분간하지 못했고, 대답하는 사람도 누구인지 알 수 없었다. 여자아이도 있는 듯했다.

"그래, 그 애였어. 마농. 그 애는 뭐랄까……. 약간 제정신이 아닌 거 같지 않아?"

"그 애 엉덩이가 지금은 우리 핸드폰 화면에 맞을까?"

"아니, 물론 아니지. 장난 아니야!"

이 마지막 발언에 다들 폭소를 터뜨렸다. 그 자리에서 토마스의 목소리를 분간하지 못했지만 나는 더 이상 정신을 차릴 수가 없었다. 분명하게 확인해 보기 위해서 주방으로 되돌아갈 용기가 없었다. 뚱덩이는 갑자기 몹시 지친 느낌이었다. 바로 그 순간에 라파엘이 나를 불렀다.

"마농, 엄마가 밖에서 기다리신대. 이제 가야 해!"

라파엘은 뒤를 돌아보며 외쳤다.

"누구 보리스 본 사람 있니?"

그러자 쥐스틴이 나에게 마지막 일격을 가했다.

"조금 전에 내가 보리스하고 그 친구들과 함께 주방에 있었어."

그년이 앙탈 부리는 목소리로 대답했다.

14
장

　다음 날 아침에 나는 왜 구토를 했을까? 바나나와 알코올이 섞인 오렌지 주스 때문에? 뚱덩이 사건의 재등장 때문에? 아니면 어제 뷔페의 허락되지 않았던 음식들 때문에? 나는 이 질문에 어떤 측면에서든 접근할 수 있었지만 만족스러운 답이 떠오르지 않았다. 나는 토마스와 그 친구들과 함께 주방에서 정말 즐거운 시간을 보냈다. 하지만 내가 등, 정확히 말해서 엉덩이를 돌리자마자 나에 대한 험담을 늘어놓았다면, 그 시간은 아무런 의미가 없지 않을까?

일요일 아침에 내 침대의 온기가 주는 안락함 속에서 내가 얼마나 상처를 입었는지 깨달았다. 나는 숙취로 크리스마스 휴가를 시작했다. 최근 내 수첩의 목록은 위험할 정도로 길어졌다. 물론 나는 5킬로 이상 살이 빠지긴 했다. 하지만 뷔페의 화려한 음식이 나를 괴롭혔다. 나는 어떤 사악한 계약에 서명한 것일까? 킬로드라마를 비난할 수 없었다. 아니야 뚱덩이, 킬로드라마는 이 일과 아무런 관련이 없어. 그 아이는 네가 네 일에 책임지게 했을 뿐이야. 그걸 남용한 것은 바로 너였어. 늘 그랬듯이.

단 한 번이라고 할 수는 없겠지만, 오빠는 나에게 위선을 벗어던지게 만들었다.

"그래 동생, 파티는 어땠어?"

오빠는 노크도 하지 않고 내 방에 들어왔다. 자신의 전능함을 주장하는 그 나름의 방식이었지만 나는 그런 태도를 따지고 싶은 기분이 아니었다. 게다가 오빠는 나에게 그럴 시간도 주지 않았다. 내 침대 발치에 걸터앉아 계속 떠들었다.

"어젯밤 화장을 하고 예쁘게 차려입고 나갔잖아. 내가 너에 대해 좀 더 신경을 쓰든지 인생에 대해 말해 주든지 해야 할 것 같아. 아니면 둘 다 해 주든지!"

나의 생기 없는 표정을 보고 오빠는 한술 더 떴다.

"너, 오렌지 주스만 마신 사람처럼 보이지는 않는데. 그래, 내가 너에게 한두 가지만 설명해야겠어!"

기대와는 완전히 다르게 오빠의 말투는 꽤 친절했고 나는 오빠에게 동의하고 말았다.

"좋아, 하지만 지금은 아니야……."

부모님이 외식하러 가자고 했을 때, 나는 그 제안이 차라리 더 기뻤다. 외출하면 기분 전환이 될 것 같았다. 라파엘은 나에게 전화하지 않았다. 분명히 라파엘은 여전히 순진한 꿈속에 빠져 있을 것이다. 혹은 보리스와 함께 파티에 대해서 이러쿵저러쿵 이야기하는 것이 더 좋았는지도 모른다. 그래, '질투는 나쁜 결함'이라고 알고 있지만 남자 때문에 가장 친한 친구를 버리는 것 역시 법으로 처벌해야 하지 있을까? 분명히 그래야만 한다! 그래, 정의라는 명분으로 솔직하게 떠벌일 필요는 없다. 나는 잔인한 농담을 한 쥐스틴에게 화가 났고, 나를 내버려 둔 라파엘에게 화가 났다. 그런데 나는 엄마에게 화풀이했다. 엄마는 나에게 전날 밤 그 옷을 입으라고 했고, 나는 투덜거리면서도 그 말을 따랐다. 그래, 사춘기는 바로 그런 거다! 엄마도 자주 읽는 잡지에서 충분히 봤을 것이다. 그렇지 않아, 엄마? 그런데도 나는 슬그머니 죄책감이 들어서 자동차 안에서 더욱 사랑스럽게 굴려고 노력했다. 결국 그날 저녁 엄마 역시 잘 대응해 주었다. 우리 사이가 다정한 포즈를 취하고 있는 의류 광고 속 모녀처럼 되려면 아직 멀었다. 본질적인 면에서나 외모 면에서(적어도 내 외모의 경우는) 아직 장애물이 있지만, 우리 사이는 조금씩 더 좋아지고 있었다.

상황이 나빠진 것은 식당 앞에서였다. 아빠는 에너지를 충전해야 한다고 했다. 육식을 좋아하는 아빠는 〈소고기가 최고〉라는 간판이 붙은 식당을 선택했다. 그렇다. 이 식당의 메뉴판에는 오직 고기만 있었다. 다양한 방식으로 요리된 감자가 함께 제공될 뿐이었다. 뚱덩이에게는 모두 금지된 음식들이었다! 나는 생선을 요리하는 식당으로 가자고 했지만 소용이 없었다. 나는 이 너그러운 세 사람에게 늘 그런 대우를 받아왔으니까. "마농, 예민하게 굴지 마. 고기 먹고 죽은 사람은 없어." 분명히 그렇다. 하지만 나, 나는 고기를 지워 버렸다. 내 인생에서 삭제한 것이다. 나는 고집부리지 않았다. 왜냐하면 엄마 아빠가 내 다이어트에 대해 잔소리를 할 기회를 엿보고 있다는 막연한 느낌이 들었기 때문이다.

메뉴판으로 얼굴을 가리고 나는 눈물을 흘렸다. 내가 먹고 싶은 충동을 느낄 때마다 얼마나 고통스러웠는지 기억하려고 노력했다. 내 엉덩이 사진을 눈앞에 떠올리고 학생들의 모든 핸드폰에 사진이 전송되었음을 알리는 알람이 울리는 소리를 들으려고 애써 보았다. 이런 정신 훈련도 모두 소용이 없었다. 메뉴판의 지글지글 구워지거나 익혀진 스테이크와 휘핑크림에 뒤덮여 있는 아이스크림 사진은 수첩을 통한 나의 다짐을 여지없이 생각나게 했다. 이 모든 것들은 단지 코팅된 종이 맛이 나야 했다. 하지만 내 기억은 이 달콤한 맛에 대한 추억을 고스란히 간직하고 있었다. 아, 슈퍼마켓 초콜릿 매장에서의 영광스러웠던 자기 설득의 순간에서 나는 멀어지고 있었다!

나 혼자만 껍질 콩을 주문했다. 나는 기분이 상한 채 콩을 집어삼킬 준비를 하고 있었다. 불행한 표정으로. 나는 맛있는 타타르 스테이크와 함께 곁들여진 감자튀김을 그릇째 삼키고 싶었지만 그렇게 하라고 압력을 가하는 부모님에게 저항하고 있었다.

"자, 마농, 여긴 모든 것을 대충 조리하는 그런 식당이 아니야……."

"우리와 함께 있을 때는 네가 긴장을 늦췄으면 좋겠어!"

"너는 늘 과도해. 어떤 식으로든 말이야."

나는 다이어트에 대한 주제에서 벗어나고 싶었다! 아빠는 어떻게든 나에게 고기를 한 조각 먹이려고 했고, 나는 짜증이 났다. 눈에 보일 정도로 난처해하는 불쌍한 종업원 앞에서 목소리가 올라

갔다. 나는 물러나지 않았다. 엄마는 나의 확고한 결의를 냉소적으로 칭찬했고, 아빠는 머지않아 빈혈에 걸릴 것이라고 위협했다. 오빠는 내가 아직도 식욕이 없는 것은 어제의 음주 때문이라고 확신하면서 실실거리고 있었다. 그런 다음, 엄마는 엄마의 친구들을 모두 거론하면서 잔소리를 쏟아 내는 데 성공했다. 아빠는 대화에 끼어들려고 노력했다. 나는 웅얼거리지 않고 대답했다.

디저트를 거절하는 것은 그다지 까다로운 일이 아니었다. 내가 디저트를 먹지 않는 유일한 사람이 아니었기 때문이다. 집으로 돌아오자마자 나는 주방으로 달려가서 과일을 몇 가지 챙겼다. 나는 하찮은 양의 껍질 콩을 먹은 뒤라 여전히 배가 고팠다. 반사적으로 내 핸드폰을 흘끗 보았다. 부재중 전화 세 통과 새 메시지 두 통이 있었다. 라파엘은 나에게 다가오려고 했는데, 나는 심하게 말했었다.

15
장

보리스의 파티와 가족 외식은 예상치 못한 결과를 가져 왔다. 음식에 대한 집착이 다시 나를 공격하기 시작한 것이다. 방학은 아무런 도움이 되지 않았다! 수첩 앞에서 나는 초콜릿에 대한 이중적인 감정을 느꼈다. 한편으로는 초콜릿이 주는 즉각적이고 강렬한 즐거움, 다른 한편으로는 몸무게와 함께 일관되게 쌓아 온 죄책감이었다. 이제 '먹기'는 생존의 문제가 되었다. 물론 그 과정에 나는 살이 5킬로 빠진 것을 기뻐했고, 그 이후로 다른 음식에까지 계속 확대해 왔다. 하지만 나는 점점 더 자주 폭력적인 충동을 느꼈다. 먹다, 먹다, 먹다, 뚱뎅이는 먹고 싶었다. 뚱뎅이는 즐거움에 굶주렸고 내 안에서 깨어난 짐승을 잠재워야만 했다. 마치 성난 짐승이 나의 내장을 찢는 것 같았다. 절망감에 사로잡혀 나는 초콜릿 한 조각을 삼켜야만 했다. 그것은 1초도 걸리지 않았다…….

그러던 목요일 저녁에 엄마가 동네에 있는 일식당에서 스시를 포장해 왔다. 지금 내가 진행 중인 다이어트(그리고 가정의 평화!)를 걱정한 것이 분명한 엄마는 다른 곁들일 음식 없이 생선을 주문했다. 나는 그것으로 내 안의 짐승을 만족시켰다. 나는 맛있게 먹었다. 부드럽고 질이 좋은 생선은 아무런 죄책감을 불러일으키지 않았다. 칼슘과 오메가3로 가득한 이 생선은 과거에 초콜릿이 그랬던 것처럼 내 혀에서 살살 녹았다. 거의 일주일 만에 처음으로 나는 평온함을 느꼈다. 휴.

그다음 날, 나는 파티에서 마셨던 알코올에도 불구하고 6킬로의 장벽을 넘어섰다. 6킬로……. 나의 처음 목표, 나의 정신 나간 꿈, 나의 미친 계획은 10킬로를 줄이는 것이었고 나는 이제 절반을 넘어섰다. 음식에 대한 갈망이 나를 미치게 만들곤 했지만 그 것을 극복할 수 있는 건전한 방법을 찾았다. 그럴 때마다 나는 빵과 고기를 피할 것이고 이 방향으로 계속 진행할 것이다.

다이어트에 있어서 예상치 못했던 난관이 하나 있었다. 그것은 바로 킬로드라마와의 메일 교환이었다. 내가 수첩으로 무엇을 했는지에 대해서 굳이 블로그나 메일을 통해서 얘기해야 한다고 전혀 생각하지 않았다. 사라진 나의 스테이크를 인터넷에서 애도하는 것은 불가능하다. 그래서 나는 내 블로그 방문자들을 위해서 훨씬 덜 가파른 경사를 나타내는 가상의 체중 곡선을 유지했다. '좋아, 400그램 빠졌어!'라는 쪽지를 붙였고, 가능한 최대한 간격을 벌리려고 노력했다. 킬로드라마는 매우 정중하게 축하하는 댓글을 달았다. 나의 결과가 그 아이를 실망시켰거나 혹은 당혹스럽게 한 것 같았다. 다른 블로거의 댓글은 점점 더 줄어들었다.

방학 첫 주에는 라파엘을 자주 보지 못했다. 나는 라파엘의 매력적인 왕자가 내 뚱뚱한 엉덩이를 놀리는 바보 중 하나일 뿐이라고 말해 주고 싶었다. 하지만 그러려면 적절한 순간이 찾아와야만 했다. 그건 아주 민감한 주제였으니까! 우리의 프랑스어 선생님인 켈리 선생님이 나에게 기회를 만들어 주었다. 이제 고등학생이 된 우리는 얼마 전부터 작문을 배우고 있었고 선생님은 방학 과제를 내주었다. 대부분의 학생들에게 그것은 정말 악몽이었다. 17세기 시에 쓰인 쉼표의 역할에 대해 어떻게 여덟 페이지를 채울 수 있을까? 하지만 나는 그런 과제가 좋았다. 이 분야에서 뚱덩이의 기교는 전혀 부족하지 않았다. 수학을 더 잘하는 라파엘은 종종 나에게 도움을 요청했다. 이미 내 과제를 끝낸 나는 기꺼이 친구의 글을 써주는 데 동의했다. 우리가 처음 시도한 일도 아니었으며 나는 두 번 평가받는 것이 즐거웠다. 물론 한 번은 몰래 평가받는 것이긴 하지만 말이다.

의무감 때문인지 라파엘은 자신의 글을 쓰는 자리에 늘 함께 있었고 직접 받아 적기도 했다. 대체로 농담을 주고받으며 서로 웃을 수 있는 시간이었다. 하지만 그날 오후에 우리는 주제를 벗어났다. 나는 정말로 긴장을 풀기가 힘들었다. 라파엘도 이 사실을 알아차렸다.

"마농, 너도 알겠지만 네가 하고 싶지 않다면 내 작문을 네가 꼭 해야 할 의무는 없어."

"아냐, 걱정 마. 내가 좋아한다는 거 너도 알잖아." 나는 라파엘을 안심시켰다.

나는 과감하게 시도해 보기로 결심했다.

"라파엘, 너에게 할 말이 있어……. 보리스의 파티에서 아이들이…… 수영장에서 찍은 내 엉덩이 얘기를 하는 걸 들었어. 그 자리에 쥐스틴이 있었던 것은 확실해. 우리가 보리스 집에서 나오려고 할 때 그 애가 네게 보리스가 주방에 있다고 말했던 거 기억나? 나는 네 남자 친구도 그 애들과 함께 웃고 있었다고 생각해."

라파엘은 몹시 당황하는 듯했고, 그것이 내 의심을 확신하게
했다. 라파엘이 당황했다는 사실을 내가 알아차렸음에도 불구하
고 라파엘의 대답은 나를 어리둥절하게 만들었다.

"마농, 너도 알겠지만, 그 사진에 대해 그렇게 신경 쓸 필요는
없잖아. 그건 나쁜 장난일 뿐이야. 그 이상은 아니야."

"무슨 말을 하는 거야, 라파엘? 인터넷에서 돌고 있는 건 네 엉
덩이가 아니잖아. 넌 그런 뚱뚱한 엉덩이를 가지고 사는 게 쉬운
일이라고 생각하니? 넌 단지 사진이 이런 상황을 만들었다고 생
각해?"

나의 흥분은 라파엘을 더욱 불편하게 만들었다. 나의 불쌍한
라파엘은 내 책상에 함께 앉기 위해 주방에서 가져온 의자에 앉아
초조해하고 있었다. 라파엘의 마법 같은 보리스가 그 아이에게 문
제가 된 것은 처음이었다! 라파엘은 크게 심호흡을 했다.

"내가 말하려는 것은 마농, 네가 말했듯이 네 엉덩이는 단지 너
에게만 문제일 뿐이라는 거야. 내가 반복해서 말하지만 그건 장난
일 뿐이야. 바보 같은 장난. 나도 네 생각에 동의해. 하지만 그게
다야. 너는 그 사건 이후로 살이 많이 빠졌어. 너도 내게 그 사진이
계기가 되었다고 말했잖아."

내게 대꾸할 틈도 주지 않고 라파엘은 한술 더 떴다.

"내가 그 애들을 변호하는 게 아니라는 건 꼭 알아줘."

짧은 순간 동안 나는 라파엘이 누구에 대해 말하고 있는지 스스로 알고 있다는 사실에 불쾌한 기분이 들었다.

"라파엘, 누가 그랬는지 알고 있다면 나에게 말해 줄래?"

"좋아, 마농. 제발 이런 식으로 너 자신을 괴롭히지 마. 나는 보리스가 그 빌어먹을 주방에서 무슨 말을 했는지 모르겠어. 그래, 보리스는 내게 심문을 받아 마땅해. 하지만 어쨌든, 보리스는 일요일 아침에 전화로 내게 말했어. 보리스는 네 옷이 너무 멋있었고, 살이 많이 빠진 것 같다고 했어."

나는 더 이상 내가 어느 바다에서 항해하고 있는지조차 알 수 없었다. 내 심장을 가장 고통스럽게 찌르는 것은 나의 가장 친한 친구가, 나를 배에 태우고 은유의 바다에 머물게 했다는 것이다. 켈리 선생님! 라파엘은 당신의 지적처럼 상식이 부족하지는 않아요. 어쩌면 내 과체중 문제로 내 삶 그리고 내 주위 사람들의 삶을 썩게 만드는 것을 멈춰야 할 때가 아닐까? 그렇지 않다면, 내 수첩과 내 수첩으로 인한 모든 희생은 도대체 무슨 의미가 있는 것일까? 바보 같지만, 나는 바로 그 순간 생연어가 너무도 간절히 먹고 싶었다!

16
장

"마노오오옹! 네 책을 돌려줘야 해! 방학 동안 다 읽었어, 이 책은 정말…… 와우! 우리 방과 후에 만날까?"

학교 계단을 뛰어올라 가면서도 폴린은 전혀 숨차하는 것 같지 않았다. 나는 영어 수업에 들어가기 전에 고개를 끄덕였다. 수업 중 라파엘에게 함께 가자고 제안했다. 우리의 다라스 선생님은 조그만 잡담도 허용하지 않았다. '셰익스피어의 언어'로 말하지 않는 한. 선생님은 너무도 친애하는 윌리엄 셰익스피어를 언급하며 즐거워했다.

_So Raphaëlle, will you join us after the école?

_It's impossible, I meet my chum.

_Too dommage, another fois maybe…….

9월 학기가 시작되면서 선생님이 우리를 갈라놓았기 때문에 우리는 수화를 사용하기로 했다. 그날 라파엘의 손짓은 거의 이런 의미였다. '학교 끝나자마자 보리스', '만나야 해', '아주 중요해.' 내가 몸짓으로 도저히 '늘 그렇구나.'라고 대답할 수 없었던 것이 유감이었다. 하지만 라파엘의 거절은 궁극적으로 나에게 그다지 중요하지 않았다. 폴린은 나에게 토마스가 아니라 존 어빙이 돌아오고 있다고 말했다. 지난 2주간의 방학은 내가 학교에서 매일 토마스를 보던 특별한 몇 초를 빼앗아 갔었다.

폴린이 나를 데려간 카페에서 토마스가 두 명의 친구와 음료를 마시고 있었다. 우리 모습을 본 토마스는 우리에게 합류하라는 신호를 보냈다! 확인할 필요도 없이, 지하로 내려가는 출입문은 없었기에 나는 땅 아래로 사라질 수도 없었다. 최대한 자연스럽게, 거기 있던 모두에게 인사를 하고, 나는 심지어 토마스 옆자리에 앉았다. 그리고 그 자리에서, 바로 그 자리에서 풍덩이는 바라지도 않았던 기적이 일어났다. 토마스가 나에게 공개적으로 키스하기 위해 내 허리를 붙잡은 것은 아니다. 토마스가 나에게 '점점 더 예뻐지네.', '날씬해지네.', '정상이네, 마농!' 이라고 칭찬을 하지도 않았다. 하지만 토마스는 나를 향해 마치 '다시 만나서 정말 반가워!'라고 속삭이는 듯 큰 미소를 짓고 있었다. 이 달콤한 느낌은 토마스가 대화를 시작했을 때 확신으로 바뀌었다. 바로 그 순간의 대화는 내 능력을 뛰어넘은 대성공이었다.

"안녕, 마농. 오렌지 주스 어때?"

토마스는 말끝에 윙크를 해 보였고 나는 즉시 대답했다.

"네가 날 위해 주문하고 가져다준다면 그렇게 하고. 그렇지 않을 거라면 다이어트 콜라로 할게."

토마스는 웃었다. 순수하게. 토마스는 웃었고 나는 자리를 떴다. 나는 과감한 시도를 했고 자신감을 회복했다. 토마스는 뚱덩이를 쳐다보지도 않은 채 수천 번도 더 지나쳐 왔다. 그리고 뚱덩이가 서서히 녹아가고 있는 지금, 뚱덩이가 토마스의 눈에 띄었다.

폴린이 나에게 책을 돌려주자 토마스는 그 책이 무슨 내용인지 알고 싶어 했다. 프랑스어로 보들레르의 시를 발표하는 것도 아닌데, 나는 마치 무대 공포증을 앓는 것처럼 떨려 죽을 지경이었다. 토마스는 책의 두께를 보면서 말했다.

"내가 이런 벽돌을 다 읽어낼 수는 없을 것 같아. 하지만 네가 이 책에 대해서 어떻게 생각하는지는 알고 싶어!"

폴린은 마치 '너희 둘이 무슨 일을 꾸미고 있는 거야?'라고 말하고 싶은 듯, 눈살을 찌푸렸다. 그런 다음에 폴린은 갑자기 일어섰다.

"나는 그만 가야 해! 치과 예약이 있어."

폴린이 우리를 향해 짓는 의기양양한 미소 뒤에 아주 작은 충치가 숨어 있다는 사실이 믿기지 않았다! 하지만 그건 중요하지 않았다. 나는 세 명의 남학생들과 혼자 남겨졌다. 그런 다음에 다른 두 명의 남학생들도 가 버리자 토마스와 나, 단둘만 남았다. 나는 그 형편없는 카페 의자에서 그날 저녁을 몽땅 보낼 수도 있었을 것이다. 점점 더 현실적인 걱정을 떠올리게 하는 배고픔 따위는 무시할 수도 있었다. 내 핸드폰에서 울려 대는 엄마의 반복되는 호출을 무시하고 싶었다. 하지만 토마스에게 내가 처한 상황을 알리고 싶지도 않았다. 그래서 가능한 자연스럽게 말했다.

"집에 가야 해……."

그리고 나는 토마스가 이렇게 답하길 기도했다. '내가 데려다줄게', '벌써?', '나도 가는 길이야.' 그러나 나의 기도는 저 높은 곳에 충분히, 진지하게, 도달하지 않은 것이 분명했다! 토마스가 대답했다.

"알았어, 그럼 다음에 또 보자……."

이렇게 해서 마농은 다시 땅으로 내려왔다. 다행인지 완전히 부풀어 있던 '뚱뚱한 엉덩이'라는 충격 흡수 쿠션 덕에 부드럽게 착륙했다. 뚱덩이는 왜 하필 지금 이 순간에 나타났을까? 한 번만 내가 달콤한 순간을 맛보도록 내버려 둘 수는 없었을까? 그 순간 때문에 살이 찌진 않을 텐데, 젠장!

"참, 마농. 네 핸드폰 번호가 어떻게 돼?"

K.O. 뚱덩이! 땅바닥으로 완전히 쓰러졌어! 마농이 토마스에게로 돌아왔다. 나는 토마스에게 내 핸드폰 번호와 가장 아름다운 미소를 주었다. 나는 자신감에 차서 심지어 확인까지 했다.

"전화해 봐. 나도 네 번호를 저장할 테니까."

"좋아." 토마스가 대답했다.

나는 자리에서 일어났다. 나는 거리에서 춤을 추지는 않았다. 곧장 그러지는 않았다! 나는 집으로 돌아왔다. 엄마가 세일 기간에 사 줬던 새 스커트가 새삼 예쁘게 느껴졌다. 네, 엄마, 감사해요. 나는 오빠가 투덜거리며 찾던 리모컨도 찾아 주었다. 저녁 식사 시간에는 아빠가 점심때 들었다며 전해 주는 농담에 웃었다. 그리고 채소와 함께 으깬 삶은 계란을 삼켰다. 수첩을 사용하며 힘들게 보내던 시기에 좋아했던 이 레시피가 오늘 밤에는 맛없게 느껴졌다. 그것은 내 빈약한 식단과 아무런 상관이 없었다. 지금 이 순간 내 마음을 온통 사로잡은 것은 작은 수첩이 아니라 내 핸드폰의 침묵이었다. *마농, 바보같이 굴지 마, 토마스는 오늘 밤에는 전화 안 할 거야…… 안 한다고? 그런데 내 핸드폰의 벨이 왜 울릴까? 여보세요? 여보세요?*

"여보세요? 아, 안녕 라파엘……. 아니야, 괜찮아. 걱정하지 마……. 폴린과 함께 있었어……. 네 말이 맞아, 폴린은 멋진 아이야!"

나는 통화를 길게 하고 싶지 않았다. 전화를 끊으면서, 나는 공연히 메세지함을 확인했다. *마농, 토마스는 곧장 전화하지는 않을 거야. 토마스는 너에게 절대로 전화하지 않을지도 몰라……. 입 닥쳐! 뚱덩이. 입 닥치고 차라리 다이어트나 계속 해…….*

17
장

토마스가 나를 불렀다. 곧바로는 아니었다. 그리고 내가 예상
했던 대로도 아니었다! 토마스는 사흘이나 지난 후에 내가 학교에
서 나올 때 길에서 큰 소리로 나를 불렀다.

"안녕 마농, 잘 지내?"

토마스는 내 뒤로 몇 미터 떨어져 있었고, 나에게 달려왔다. 맞
아, 달려왔어…….

"잘 지내, 너는?"

특히 3초 전부터는 아주 잘 지내고 있었지만 토마스에게 말할
필요는 없었다. 나는 이번에도 보리스를 만나는 '매우 중요한 일'

이 있는 라파엘과 함께 있지 않았다. 어쩌면 라파엘이 한 번이라도 보리스가 '엄청나게 중요한 사람'이라고 공식적으로 선언한다면 훨씬 더 쉬울지도 모른다. 그랬다면 라파엘의 일상적인 변명이 우리가 함께 보내는 얼마 되지 않는 시간을 더 이상 망치지 않을 것이다. 하지만 그 순간에는 이런 모든 것들이 그다지 중요하게 여겨지지 않았다. 나는 토마스와 단둘이 있게 된 것이 더 좋았다.

"저기 마농, 보리스에게 들었는데 네가 얼마 전에……."

토마스는 잠시 망설였다.

"라파엘의 프랑스어 숙제를 도와준 적이 있다길래. 네가 나도 도와줄 수 있을지 해서."

바로 그거였다. 전에는 사람들이 내 뚱뚱한 엉덩이 말고는 나에게 관심을 주지 않았는데 요즘은 내 문학적인 재능에 대해서 말한다. 게다가 토마스의 다음 말을 듣지 않았다면 훨씬 더 실망했을지도 모른다.

"잠깐, 마농! 나는 네가 내 숙제를 해 주길 원하는 게 아니야. 수요일 오후쯤에 둘이 조용히 만나서 내가 숙제를 더 잘 이해하고 해낼 수 있도록 도와줬으면 하는 거야."

이건 완전히 다른 것이다! 나는 얼굴이 빨개지지 않고 대답하기가 힘들었다.

"알았어, 좋아. 너도 알겠지만 나는 프랑스어를 좋아하거든."

그리고 나는 더 이상 핸드폰 옆에서 초조해하기 싫었기 때문에 토마스에게 바로 만날 시간을 정하자고 제안했다. 만남, 내가 토마스에게 만남을 제안한 것이다! 토마스는 냉큼 내 제안을 받아들였고, 심지어 버스 정류장까지 함께 걸었다.

아파트 문을 열면서, 나는 완전히 행복감에 젖어 있었다. 그래서 나는 집안에 감도는 차가운 기운을 즉각적으로 느끼지는 못했다. 하지만 아빠가 이미 집에 와 계신다는 사실은 순식간에 알게 되었다. 아빠는 자신의 고정석인 소파에 앉아 신경질적으로 리모컨을 돌리고 있었다. 반쯤 열린 문틈으로 엄마가 방에서 움직이는 소리가 들렸다. 내 방으로 들어가서 침대에 몸을 던지고 핸드폰을 꺼냈다. 한시바삐 라파엘에게 모든 것을 말하고 싶었다.

그래, 내 친구야. 토마스와 나, 토마스와 나만 있었어. 하지만 나는 잠시 망설였다. 라파엘은 지금 나에게 무슨 일이 일어나고 있는지 신경 쓰지 않고 있었다. 하지만 결국, 모두 다 말해 주고 싶은 마음이 내 속에 있던 질투심을 사그라지게 했다.

라파엘은 확신했다. 토마스가 정말로 첫발을 내디딘 것이라고.

"뭘 어떻게 했는지는 중요하지 않아. 분명 그게 다는 아닐 거야.

그래, 그거야. 토마스는 분명히 과감하게 시작했다고 말할 수 있어." 라파엘이 주장했다.

저녁 식사를 하면서 나는 기분이 정말 좋았는데, 그 자리에서 기분이 좋은 건 내가 유일했다! 오빠는 한결같이 본인이 인류에 속해 있다는 그 어떤 징후도 드러내지 못하고 있었다. 오빠는 단 한마디도 하지 않고 게걸스럽게 먹었다. 엄마 아빠는 눈에 보일 정도로 냉랭한 분위기였다. 아빠는 우리와 함께 식사를 하는 경우가 별로 없었다. 하지만 솔직히 말해서 지금처럼 분위기를 무겁게 만들 거라면 함께 하지 않았던 것이 훨씬 나았다! 무슨 일이 있었던 걸까? 어쩌면 부부 사이에 문제가 생긴 것일까? 어쩌면 아빠에게 애인이 생겼고, 그래서 아빠가 늦게 왔던 것일까? 어쩌면…… 그만! 나는 엄마 아빠의 문제에 관심 없다. 어쨌든 오늘 저녁은 아니다. 토마스가 단둘이 보자고 제안했다. 물론 프랑스어 숙제를 하기 위해서다. 하지만 라파엘이 강조했듯이 그건 분명히 구실에 지나지 않는다.

"마농…… 마농? 마농!"

엄마의 목소리가 결국 나를 생각에서 빠져나오게 했다. 오빠가 나를 가족에게 되돌아오게 하려고 막 발길질을 하려던 순간이었다. 내가 말했듯이, 오빠는 정말 짐승이다. 오빠에게는 섬세한 언어 능력이 부족할 때가 많다.

"마농, 네가 어떤 다이어트를 하고 있는지 내게 제대로 설명해 주지 않겠니?"

그렇다. 언젠가는 나에게 닥칠 일이라고 생각했는데, 바로 지금이 그때다! 솔직히 말해서 타이밍이 잘못되었다. 나는 싸울 기분이 아니었다. 한 번은…… 엄마가 정확하게 알고 싶어 하는 것을…….

"엄마는 잘 모르겠구나. 어떻게 살이 빠졌는지. 하루 종일 음식을 어떻게 나눠 먹고 있는지. 매주 음식 종류를 바꾸니? 넌 음식을 점점 더 안 먹고 있는데 그에 대해 걱정하진 않는 거 같구나."

"뭐가 문제라는 건지 모르겠어!" 나는 건조한 목소리로 엄마에게 대꾸했다.

"엄마는 내가 살이 빠지기를 원했고, 나도 살이 빠지고 싶었고, 나는 살이 빠졌어. 엄마는 더 이상 초콜릿을 숨기지 않고, 나는 더 이상 초콜릿을 폭식하지 않아. 그럼 된 거 아냐?"

"마농, 그렇지 않아, 아니야! 엄마에게 그런 식으로 말하지 마!"

갑자기 아빠가 언어 사용 능력을 회복했다.

정말로, 아빠는 정신을 차릴 수 있게 해 주는 딸이 있어서 행운이에요! 역경 속에서 하나가 되다! 새해 결심이라도 하셨나요? 이제 부모로서의 역할을 진지하게 받아들이기로 한 건가요?

오빠가 고개를 들고 웃으며 우리를 바라보고 있었기 때문에, 이 장면은 멋져야 했다. 나, 나는 오늘 밤에 내 수첩에 대해서 말하고 싶은 마음이 추호도 없었다. 수첩에 대해서 알게 된다면, 가족들은 벽난로 앞에 모여 서서 수첩을 불에 던져 넣어 버릴 것이다. 우리가 구해냈어, 우리 사랑스러운…… 좋아, 우리 집에는 벽난로가 없다! 하지만 나는 내 수첩이 가족들 마음에 들지 않을 것이라고 확신했다.

"마농, 나는 네 반응이 이해가 안 돼. 솔직히 말해서 조금 두렵기도 해." 엄마가 말했다.

"엄마, 다시 반복해서 말하지만 나는 살이 빠졌고 잘 지내고 있어. 더 할 말은 없어."

"바로 그래서 말하는 거야!"

다시 한번 공격을 시도한 것은 아빠였다. 확실히, 우리는 올 한 해 동안 할 대화를 이번에 다하게 될 듯했다!

"네게 무슨 일이 일어나고 있는지 네가 왜 엄마를 탓하는지 모르겠구나, 마농. 하지만 내가 보기에 세상이 분명히 너를 중심으로 돌아가고 있다는 거야! 엄마는 네 식단에 의문을 제기할 생각이 없었어. 너를 이해시키기 위해서 아, 이 말을 해야겠구나. 아빠가 비만 때문에 받은 혈액 검사 결과가 좋지 않았어. 살을 빼지 않으면 심근경색에 걸릴 수도 있다는구나. 의사는 다이어트를 권했고 영양사를 만나볼 것을 추천했어. 네 엄마는 내가 살을 빼는 데 네 도움을 받았으면 했단다. 나에겐 전혀 달갑지 않은 일이지만 말이야! 하지만 네 방법이 그렇게 효과적이라면 너에게 물어보는 것이……."

나는 십 대이다. 대체로 부모님이 나에게 뭐라고 하시든 상관하지 않는다. 부모님은 단지 두 명의 노련한 배우일 뿐이다. 하지만 오늘은 마치 가슴 한가운데 총을 맞은 기분이었다. 가장 나쁜 것은 나를 가장 심하게 동요시킨 것이 무엇인지 알지도 못했다는 것이다. 아빠의 심장 마비 위험성인지 엄마에 대한 나의 무분별한 태도인지. 나는 왜 그렇게 상처 입은 기분이었을까? 사람들이 내 다이어트에 대해서 조금이라도 진지하게 말을 시작하면 나는 무엇 때문에 나 자신을 그토록 방어하면서 화를 내는 걸까? 나는 오히려 행복해하고 자랑스러워해야 한다! 그렇지 않은가? 언젠가는 나 스스로에게 질문해 봐야 할 것이다. 하지만 오늘은 아니다.

나는 포크로 접시를 기계적으로 찔러 대면서 나에게 아무 짓도 하지 않은 불쌍한 닭 다리를 마구 헤쳐 놓았다.

"미안해요…… 그러려고 했던 건 아니에요." 나는 간신히 중얼대듯 말했다.

"힘든 하루를 보내서……."

좋은 거짓말이었다.

"좀 피곤한 것 같아요……."

이건 사실이다. 요즘 나는 점점 더 피곤해지고 있다.

"아빠, 내 식단이 아빠에게 맞을 거 같진 않아요. 그건……."

나는 할 말을 찾아야 한다. 그리고 그 말은 설득력이 있어야 한다.

"그건 생각해 봐야 할 문제예요. 아빠는 아빠가 먹을 수 있는 것과 먹을 수 없는 것에 대해서 누군가가 설명해 주는 게 필요할 것 같아요. 아빠는 영양사를 만나는 게 더 나을 것 같아요."

솔직히 내 말이 거의 설득력이 없다는 것을 알고 있었다. 이 식탁에 있는 모두가 내가 영양사와의 상담에서 경험했던 최악의 실패를 기억하고 있었다. 또한 모두가 분명히 식사를 조용히 끝내고 싶어 했다. 그래서 아빠는 고개를 끄덕였고 엄마가 결론을 내렸다.

"내가 예약해 놓을게, 여보. 마농은 아주 좋은 영양사 선생님을 만났었어. 전문적이고 이해심도 많았지. 당신도 거기에 가 봐."

이렇게 해서 나는 적어도 부모님을 화해시키는 데는 성공했다. 뚱덩이, 부부 상담 전문가, 얼마나 생각지도 못했던 변신인가! 그렇다, 하지만 정말 놀라운 하루였다…….

18
장

수요일 오후였다.

자, 이제 대단히 감상적인 장면이 연출될 것입니다. 바이올린을 켜 주세요.

앗, 아니에요. 아니, 활을 다시 집어넣으세요.

토마스와의 첫 데이트에 감동적인 이야기는 없었다. 토마스의 방이라는 친밀한 공간도, 학교에서 충분히 멀리 떨어져 친구들과 마주치지 않을 수 있는 카페도 아니었다. 바로 그 수요일에 엄마는 나에게 아빠와 함께 영양사를 만나러 가야 한다고 했다. 엄마는 두 건의 예약을 해 두었다……. 응급으로!

"단지 너의 현재 영양 상태가 균형을 이루는지 확인하기 위해서야. 넌 혼자서도 아주 잘 해내고 있고, 나도 매우 자랑스럽게 생각해. 하지만 전문가의 의견이 해가 되지는 않을 거야. 그리고 그것이 네 아빠에게 동기 부여도 될 테고."

나는 이미 다른 약속이 있다고 말하려던 찰나에 엄마가 나에게 직격탄을 날렸다.

"네 아빠의 건강, 심장, 생명보다 더 중요한 일이 뭐가 있겠니?"

엄마가 조금만 더 정직했으면 좋았을 것이다. 나는 엄마가 내가 아빠와 동행하기를 바라는 이유를 이모에게 설명하는 전화를 들었다. 내 다이어트가 엄마에게는 걱정거리였다. 그랬다! 진심으로. 나의 다이어트로 인해 초콜릿 산업이 위기에 처하게 되었기 때문은 아니다(어쩌면 초콜릿 판매량이 정말로 떨어졌을 수도 있다!). 아니…… 엄마는 이 주제에 대한 TV 프로그램을 보았기 때문이었다. 클레어 라마르시는 십 대 소녀들의 다이어트와 그로 인한 부작용에 대한 프로그램을 방송했다. 클레어는 그 문제가 아주 심각하다고 말했고 엄마는 그 말을 믿었다. 농담이 아니라 나는 엄마가 이모에게 이렇게 말하는 것을 들었다.

"내가 맹세하는데, 마농처럼 통통했던 십 대 소녀들이 진짜 살아있는 해골처럼 변했어. 그 부모들이 얼마나 힘들어하던지!"

따라서 나는 그 대단한 〈클레어 쇼〉에 출연하기 전에 영양사 상담을 권유받은 것이다. 내 행복, 내가 인생에서 처음으로 거의 정상이라고 느끼기 시작했다는 사실, 이 모든 것이 실제로는 심각한 무언가를 감추고 있다는 것이다. 아주 단순한 행복? 아니, 내 나이에는 불가능하다! 그렇게 생각하지 않으면 마치 사춘기 청소년들의 부모가 될 자격이 없다는 듯이 말이다. 나는 엄마의 생각이 말도 안 된다고 여겼지만 말다툼하고 싶지는 않았다. 사실, 엄마가 무슨 생각을 한다고 해도 나는 그다지 신경 쓰이지 않았다.

아주 솔직히 말해서, 내가 화났던 건 토마스가 그다지 실망한 것 같지 않았다는 점이었다.

"좋아, 그럼 우린 나중에 만나자." 토마스는 간단히 대답했다.

내 커다란 불안을 일깨운 것은 토마스의 반응이었다. 나는 흥분했다. 토마스는 '좋아'라고 말했다. '유감이야', '이런', '오, 안 돼!'가 아니었다. 게다가 '나중에'로 미루었다. 다음 토요일이나 수요일에 보자는 것이 아니었다. '나중에 만나자'였다. 절대로 못 만날 것이다. 토마스는 분명히 뚱덩이에게 이런 제안을 했던 것을 후회한 것이다. 마지막 순간에 취소할 수 있는 기회가 생겨서 토마스로서는 얼마나 다행일까! 하지만 어쩌겠는가, 모든 상황이 얽혀 있는데. 뚱덩이는 토마스가 아니라 영양사를 더 자주 만나게 될 것이다. 몇 킬로 정도 살을 뺀다고 해서 달라지는 것은 없다. 너는 지금 뚱뚱이고, 너는 언제나 뚱뚱이로 남을 거니까. 솔직히 학교에서 가장 큰 엉덩이와 보란 듯이 함께 다닐 남학생을 상상이나 할 수 있을까? 좋다, 어쩌면 더 나쁠 수도 있다. 어쨌든 너도 온갖 교실을 돌아다니며 수업에 참여해야 할 테니까. 아이들은 파티에서 여전히 그 사건에 대해 비웃고 있는데 말이다.

"안녕, 마농. 다시 만나서 반가워. 너 아주…… 멋있어졌구나."

맞아요, 선생님은 그렇게 말할 수 있을 거예요. 저는 선생님의 자비로운 시선 아래에서 잘게 다진 당근과 익힌 파만 먹었을 때보다 훨씬 더 좋아졌어요. 상담 비용이 얼마죠? 지난 두 달 동안 적어도 3킬로 많으면 5킬로 빠졌어요. 네, 네, 선생님은 놀라신 것 같군요.

"네."

"너 살이 많이 빠졌구나, 축하해! 네가 해낼 줄 알았어!"

좀 더 일찍 그렇게 말해 주지 않았던 게 유감이네요. 그랬다면 제 고통을 조금 더 덜어주실 수 있었을 텐데…….

"어떻게 살을 뺐는지 나에게 설명해 줄래?"

아니, 그건 불가능하다. 나는 그럴 수 없다. 무엇보다 솔직히 내가 수첩에 적어 놓은 것들을 전부 다 기억할 수가 없다! 그리고 그걸 다 설명하고 싶지도 않다.

"그렇다면, 오늘은 체중이 어떠니? 4킬로, 어쩌면 5, 6킬로가 빠진 거니?"

"6킬로예요."

오늘 아침에도 몸무게를 쟀지만 금요일 이후로 몸무게는 변화가 없었다. 하지만 나는 불필요한 말은 하지 않으려고 조심했다. 나는 충분히 불편했고, 내 체중에 대해서 자꾸 언급해서 내 사건을 더 심각하게 만들 필요는 없었다.

"너는 내 이야기가 마음에 들지 않는 모양이구나. 하지만 나는 네가 음식을 모두 골고루 먹고 기본 영양소를 빠뜨리지 않도록 신경 썼으면 좋겠어. 다양한 영양소 그룹을 기억하지? 단백질, 탄수화물⋯⋯." 영양사가 계속 말을 이어갔다.

하지만 말을 끝내지는 못했다. 내가 일어나서 아무 말도 없이 나와 버렸기 때문이다. 대기실에서 아빠가 인테리어 잡지를 가볍게 넘기고 계셨다.

"아빠 차례예요. 메모하는 것 잊지 마세요. 다음 상담 때 테스트할 거예요."

아빠는 놀란 표정으로 나를 쳐다보고는 상담실 안으로 들어갔다. 나는 아빠를 기다리지 않았다.

19
장

　상담 비슷한 이런 자리에서 나오면서 내가 기분이 좋지 않았다고 말한다면 그건 부드러운 완곡어법이 될 것이다. 토마스, 너는 완곡어법이 뭔지 아니? 오늘 오후 나는 너에게 그걸 설명해 주고 싶었어. 나는 곧장 집으로 돌아가고 싶지도, 엄마의 호기심 어린 시선과 마주치고 싶지도 않았다. 가장 싫었던 것은 오빠의 재미있어 죽겠다는 눈빛이었다. 상담실에서 멀지 않은 곳에 작은 공원이 있었다. 나는 엄마들과 보모들 그리고 그들이 돌보는 아이들로 북적거리는 장소에서 뚝 떨어진 한적한 벤치에 앉았다. 그럼에도 불구하고 그들이 아이를 불러 대는 소리에서 충분히 벗어날 수가 없었다. "얘~들~아~, 간식 먹을 시간이야!"

먹다. 하교 후 공원에서 먹는 빵, 초콜릿, 비스킷. 나에게도 이런 달콤한 추억이 있다! 나는 또 다른 추억 역시 간직하고 있다. 서둘러 삼킨 초콜릿, 겨우 삼십 분 만에 다 먹어 치운 비스킷 봉지들. 그 이후 따라오는 토하고 싶은 욕구 그리고 그와 동시에 느끼게 되는 나 자신에 대한 혐오감.

나는 여전히 아무 쓸모가 없고, 여전히 너무 나약하다. 분명히 살이 빠지긴 했지만 여전히 참아야만 한다. 나는 함박 스테이크나 으깬 감자를 먹지 않기로 했다. 이런 아무것도 아닌 일에 있어서 나는 완전히 혼자였다. 누구에게 도움을 요청해야 할까? 말해봐, 토마스. 뚱덩이에게 첫 키스를 해 주는 것, 뚱덩이가 입술로 느끼는 기분 좋은 맛을 알게 되는 것이 너에게도 의미가 있을까?

라파엘에게 털어놓을 수도 없었다. 그러려면 시간이 너무 많이 걸릴 텐데 라파엘은 더 이상 그럴 시간이 없다. 엄마? 엄마는 나에게 수첩을 그만 쓰라고 강요하고 킬로드라마에게 소송을 제기하고 내 이야기를 언론에 제보하여 사람들에게 알릴 것이다! 이모라면 어떨까?

나는 이모의 딸 아망딘의 엉망이 된 얼굴을 떠올렸다. 그래, 인생은 아름다워! 심지어 초콜릿이나 고기가 없어도. 아무튼 나는 확신을 얻고 싶었다. 다시 돌아갈 수는 없다. 나는 초콜릿도, 지금 껏 잘 억눌러왔던 충동도, 줄어든 몸무게도 되찾고 싶지 않았다. 내가 비싼 대가를 치렀다면 그건 안타까운 일이다. 그 사실에 대해 선 확신한다. 마치 내가 토마스를 사랑하는 것에 대해 확신하는 것처럼. 그리고 토마스의 마음에 들려면 나는 아직 몇 킬로를 더 빼야 하지 않을까? 그런 다음에는? 인생에서 노력 없이 얻을 수 있는 것은 아무것도 없다. 그렇지 않으면 우리는 뚱덩이와 같은 존재를 끌고 다녀야 한다. *네 말이 맞아, 킬로드라마. 나는 더 클 것이고 성인이 될 거야. 나는 앞으로도 혼자 힘으로 계속해서 체중 을 줄일 거야. 그리고 실내 운동, 조깅, 수영으로 수첩의 영향력을 보완할 거야. 아, 수영장……*

라파엘에게 전화를 걸고 싶지는 않았다. 나는 큰 어려움 없이 폴린과 친해졌다. 나는 잃었지만 대체했다. 폴린과의 전화를 끊으 면서 그 사실을 인정해야 했다. 라파엘은 여전히 내 친구이고 폴린 은 대용품이 아니다. 하지만 나는 불공정했다. 폴린과 나는 토요 일 아침에 나와 함께 수영장에 가기로 했다.

금요일 아침에 공식적으로 체중계에 올라서면서 나쁜 예감이 들었다. 하지만 현실은 내가 생각했던 것보다 훨씬 더 나빴다. 한

주 동안 단지 200그램 밖에 빠지지 않았다……. 더 이상 효과가 없었다. 다시 생각해 볼 필요가 있다. 단지 200그램이라니, 그건 내 지방의 바다에서 물 한 잔 분량밖에 되지 않는다!

지방, 지방, 마치 새롭게 중독된 약물 같은 지방. 초콜릿에 중독되면 나약하다고 말한다. 하지만 등 푸른 생선에 중독되어 용돈을 마구 쓰게 된다면 뭐라고 할까? 나약하다, 어리석다? 그리고 바보 같다, 맞다. 뚱뗑이에게 새롭게 탐하는 음식이 생겼다. 얼마 전 학교에서 돌아오면서 샀던 연어살. 완벽했다. 생으로 먹는 연어. 주방 구석에서 그 연어를 순식간에 먹어 치웠다. 뚱뗑이가 초콜릿, 빵, 치즈를 먹어 치웠던 바로 그 자리에서……. 그렇다, 나는 엄마가 사다 놓은 간장 소스를 생선에 뿌렸다. 그런 다음에 걸신들린 듯이 먹어 치웠다. 연어는 입안을 가득 채우면서도 살살 녹았다. 그리고 한 번만 더, 나는 신을 모독했다. 이렇게 건강에 좋은 DHA와 소중한 오메가3를 새로운 중독물로 바꾼 것이다. 그 지경이 되려면 '완전히' 미쳐야 한다.

이왕 고백한 김에 덧붙이자면 1리터의 무지방 우유를 단번에 마신 날도 있었다. 수학 숙제를 하는 동안이었다. 게다가 그날 처음 마신 것도 아니었다. 나는 아침에도 무지방 우유를 1리터씩 꼬박꼬박 마시고 있었다. 하지만 수첩에 '우유'를 써 놓을 수는 없었다! 그렇게 되면 나에게 무엇이 남겠는가? 등 푸른 생선은 또 다른 문제이다. 솔직히 말해 손에 생선이 든 봉지를 들고 토마스나 쥐스틴과 마주친다면 내가 어떻게 보일까? 마치 정신이 나갔거나 폭식증에 걸린 것처럼 보일 것이다. 하지만 그것과 별개로 연어는 너무 맛있고, 너무 부드럽고, 너무 싱싱했다.

등 푸른 생선 (1월 18일)

수첩에 형용사를 기록하기로 한 것은 정말 잘한 일이다. 그렇지 않았다면 단백질로 먹을 수 있는 음식이 거의 남질 않았을 것이다!

그랬다. 또다시 반복되었다. 그다음 날 아침에 나는 빈 우유병들을 쳐다보며 운동에 대한 결심을 하고 있었다. 나는 수영을 좋아했지만 라커룸에서의 '사건'이 발생한 이후로 더 이상 수영장이 편하게 느껴지지 않았다. 폴린에게 나와 함께 수영장에 가자고 한 것은 정말 어리석은 일이었다. 나는 탈의실에서 옷을 벗으면서 반복해서 중얼거렸다.

뚱덩이는 스스로 세상에 부딪히는 법을 몰랐을까? 그 아이는 날씬한 몸매를 가진 새로운 친구가 자신에 대해 편견을 가지지 않을 것이라고 믿었을까? 하지만 뚱덩이는 모르는 사람들의 소리 없는 비난에 직면해야만 했다. 특히 길게 비난하는 시선이 있다! 머리끝에서 발끝까지 천천히 훑어보는 사람들. 엉덩이에서 시작하여 아래로 내려갔다가 다시 엉덩이로 돌아와서 결국에는 얼굴을 쳐다보는 사람들. 이런 상황에서 누가 용감하게 자신을 드러낼 수 있을까? 뚱덩이는 이런 상스러운 구경거리가 된 것에 대한 수치심으로 얼굴을 붉혔을까? 하지만 더 힘들었던 것은 자신의 몸을 쳐다보는 폴린의 시선을 견디며 그 아이 옆에서 아무렇지도 않은 척 자연스럽게 걷는 것이었다. 허벅지 살이 서로 쓸리고 있는 동안에도 말이다.

일단 물에 들어가 뚱덩이가 안심을 한다면 수영을 하는 동안 폴린이 뚱덩이의 뒤에서 수영복이 엉덩이 사이에 어떻게 끼는지 확인할 것이다. 마치 끈 팬티처럼 끼어 있는지!

하지만 일단 수영복을 입고 나자 나는 숨을 좀 더 편하게 쉴 수 있는 기분이었다. 수영복이 몸을 덜 압박했기 때문이다. 하지만 조심해야 한다. 나는 바보가 아니다. 내 엉덩이는 여전히 사람들의 핸드폰을 통해서 전송되고 있었고, 나는 이 문제에 대해서 아무런 것도 기대할 수 없었다. 반복된 훈련과 여러 차례의 폭식증 위기를 겪는 동안 나는 어쩌면 해결할 수 있을지도 모른다. 복도에서 폴린을 발견했을 때 나는 기분이 꽤 좋았다. 폴린은 시선을 어디에 두어야 할지 헤매지도 않았고 지루한 표정을 짓지도 않았다. 우리는 긴 대화를 이어갔다. 물속에서 나는 기분이 좋았다. 단지 내 몸을 신경 쓸 필요가 없었기 때문만은 아니었다. 나는 종아리가 물 표면을 찰싹 때릴 때, 손이 물살을 헤칠 때 피부를 따라 미끄러지는 물의 느낌이 좋았다. 폴린 역시 같은 기분을 느끼고 있는 듯했다. 두 명의 진정한 인어였다! 특히 뚱덩이가 그랬다. *상체는 여자, 하체는 인어. 조용히 해, 뚱덩이. 입 닥치고 수영이나 해.*

결국 수영장에서 보낸 시간은 신선한 공기를 마음껏 들이마실 수 있는 시간이었다. 나는 집으로 돌아와서 몸무게를 쟀다. 눈금은 전날보다 200그램 덜 나간다고 가리켰다.

20
장

2킬로가 더 빠졌다. 그러기까지 한 달이 걸렸다. 등 푸른 생선을 끊은 것이 효과가 있었다고 생각한다. 등 푸른 생선을 수첩에 적은 이후로 더 이상 나를 충동에 빠지게 하는 음식은 없었다. 나는 흰 살 생선, 닭고기, 계란 등을 번갈아 먹는 즐거움을 누리려고 했다. 독재자처럼 나는 매일 엄마에게 다른 채소를 요구했다. 학생 식당에서는 거의 아무것도 먹지 않았다. 단지 버터로 목욕하지 않은 채소와 디저트로 나오는 과일만 먹었다. 관심을 끌지 않고 음식을 이런 식으로 가려내는 것은 힘들었다. 나는 때때로 나를 괴롭게 만드는 음식을 삼키고 싶은 충동을 느꼈다. 나는 그것이 단지 배고픔 때문이라고 스스로를 달랬다. 그리고는 물 한 잔을 마시거나 가끔은 다이어트 콜라를 마셨다. 나는 저항하기 위해 고군분투하지 않았다. 더 이상 그런 사치를 누리지 못했다. 나는 분류하고, 제거하고, 살아남았다. 그리고 서서히 더 이상 나를 떠나지 않는 이 느낌에 익숙해져 갔다. 나는 다른 사람들보다 더 강하다고 느끼기 시작했다. 그래, 뚱덩이는 배짱이 있다! 나는 통제했다. 나는 더 이상 충동에 사로잡히지 않았으며, 마구 먹어 치우지 않았다. 그리고 그것은 토마스를 기쁘게 했다.

토마스는 마침내 나에게 다시 연락하기 위해서 아주 감각적인 의사소통 방식을 선택했다. 어느 날 저녁, 나는 한 통의 문자를 받았다.

-너 내일 버스 탈 거니?

간결하고, 직접적이고, 낭만적이진 않았지만…… 대담했다. 잠시 내 엉덩이 사진이 사람들의 핸드폰으로 전송되는 이미지가 머릿속에 떠올랐다. 단지 잠시만! 분명히 토마스는 시선을 교환하는 것보다 문자 메시지를 선호한 것이다. 하지만 토마스는 돌려 말하지 않는 용기가 있었다. 그래서 나는 더 짧게 대답했다.

-응.

-7시 55분쯤?

-응, 너는?

-나도.

-좋아.

　인생의 첫 데이트로 하루를 시작할 것이라는 생각에 기분이 묘했다! 열다섯 살은 그럴 때다. 그날 밤 잠이 들기까지 시간이 걸렸지만, 그다음 날 일어나는 데는 긴 시간이 필요 없었다. 나는 머리를 감은 후 엄마에게 화장을 해 달라고 할까 잠시 고민했다. 내가 한 것보다 훨씬 더 예쁘니까. 하지만 이성적으로 생각하기로 했다. 가능한 한 자연스럽게 그리고 가능한 한 차분하기로. 말은 쉽다! 만약 토마스가 마음을 바꾼다면 어떻게 하지? 나는 핸드폰을 확인해 보았다. 아직 새로운 문자가 우리의 만남을 취소하지는 않았다. 라파엘이 갑자기 그 버스를 타면 어떻게 하지? 그리고 만약에, 만약에, 만약에…… . 나는 점점 불안해졌다. 그리고 나 자신을 진정시키기 위해서 갑자기 무언가를 먹고 싶은 충동을 느꼈다. 무엇을? 초콜릿? 분명히 그건 아니다. 초콜릿은 더 이상 나에게 도움이 되지 않는다. 과거에 좋은 지지자가 되어 주었던 적도 있지만.

믿을 수 없는 배신자라고 말하고 싶은 거지! 차라리 네 몸무게를 재어 봐. 그게 네가 차분해지는 데 더 도움이 될 테니까. 그리고 풍덩이를 다시 잠재우면, 풍덩이가 입을 못 놀리게 할 수 있을 거야. 그렇지 않으면……

"마농, 너 체중계에서 뭐 하니? 오, 불쌍한 내 동생이 점점 더 집착증을 보이고 있어!"

오늘 아침에는 정말로 오빠의 조롱이 필요하지 않았다.

"오빠는 내가 지금 화장실 쓰고 있는 거 안 보여? 내가 화장실을 다 쓸 때까지 기다리는 게 어때?"

"아, 알았어. 그런데 네가 끝냈어야 할 시간이 20분이나 지났어."

20분! 빌어먹을, 버스를 놓치겠어! 나는 밥을 먹을 시간이 없었기 때문에 우유를 병째 꿀꺽꿀꺽 마셨다. *네, 엄마, 알아. 늘 이걸로 잔소리하는 거.* 나는 귤을 찾아보았다. *빌어먹을, 이 집에는 과일이 하나도 없는 거야?* 그래서 홧김에 생당근을 집어 들었다.

마침내 버스 정류장에 조금 일찍 도착했고, 덕분에 조용히 당근을 먹을 수 있었다. 껍질을 벗기거나 씻지도 않은 생야채를 아침 식사로 조용히 삼키고 있었던 것이다. 정류장은 빵집에서 몇 미터 거리에 있었기 때문에 여전히 따뜻한 바게트, 크루아상, 초콜릿

롤 냄새가 내 콧구멍을 괴롭혔다. 나는 당근을 삼키기가 힘들었고, 울고 싶어졌다는 사실을 인정할 수밖에 없다. 새롭게 강해진 슈퍼 마농은 어디로 갔을까?

버스가 도착했다. 버스를 타고 있는 토마스를 알아볼 수 있었다. 나는 풍뎅이와 그녀의 식탐을 정류장에 남겨둔 채 버스에 올라탔다. 토마스는 나를 위해서 자신의 옆자리를 맡아둘 수가 없었다. 그래서 나를 보자 자리에서 일어섰다. 이 작은 매너는 나를 감동시켰지만, 나는 티 내지 않으려고 신경 썼다. 멋있고, 차분하고, 자연스럽게…….

"안녕."

"안녕, 잘 지냈어?"

"응, 잘 지냈어, 너는?"

"잘 지냈어."

대화가 겉돌지는 않았다. 우리는 학교에 가는 동안 꾸준한 흐름을 유지할 수 있었다. 나는 익숙한 나만의 무기를 사용했고, 토마스에게 최근에 내가 좋아했던 모든 책들에 대해 이야기했다. 우스꽝스럽긴 하지만 나는 토마스에게 너무 많은 말을 했고, 그건 어쩔 수 없었다. 토마스 앞에서 제대로 생각을 할 수가 없었기 때문이었다. 내 머리에는 단 한 문장밖에 없었다. "토마스, 너 때문에 나는 완전히 미칠 것 같아!"라는. 그러나 차마 그 말을 할 수가 없어서, 나는 문학 비평만 계속했다. 버스가 학교에 도착했을 때 문이 열리자마자 토마스가 얼른 도망갈 거라고 생각했다. 하지만 오히려 토마스는 내일 아침에도 만나자고 제안했다.

그리고 그다음 날도.

또 그다음 날도.

또 그다음 날도…….

토마스와 함께 버스를 타는 것은 거의 '자연스러운' 일이 되었다. 솔직히 말해서 매일 버스를 기다리는 동안 나는 토마스를 보지 못할까 봐 긴장했고, 그를 알아보는 순간 심장이 마구 뛰었다. 우리는 정말로 친구가 되었다. 우리의 대화는 더 이상 책에 국한되지 않았다. 토마스는 축구 훈련에 대해서 말해 주었고 우리는 영화에 대한 의견을 나눴으며 우리에게 벌을 준 선생님들의 흉을 보았다. 토마스는 나에게 자신의 가족, 이혼한 부모님에 대해 말했고, 왜 그런지는 모르겠지만 나는 내가 토마스로부터 신뢰를 얻은 유일한 친구라고 확신했다. 우리는 매일 익숙한 시선을 교환했고, 나는 토마스의 남자 친구 혹은 여자 친구(끔찍하다!) 중 한 명이 달라붙을까 봐 두려웠다. 물론 그런 일은 일어나지 않았지만 아마 우리 등 뒤에서 험담하고 있었을 것이다. 나는 개의치 않았다.

나는 라파엘에게 이 천국 같은 순간을 차마 말하지 못했다. 라파엘이 이 버스를 다시 타고, 그녀의 존재가 이 마법 같은 순간을 깨뜨릴까 봐 너무 두려웠다. 나는 그다지 자신이 없었기 때문에, 보리스와 함께 있는 라파엘을 상상하면서 죄책감을 떨쳐 버렸다.

그러던 어느 날 아침…….

드디어 어느 날 아침!

어느 날 아침…… 벌써?

나는 준비가 안 되었기 때문에 긴장감으로 죽을 뻔했고 그래서 모든 걸 망칠 뻔했다!

어느 날 아침, 천천히, 토마스의 손가락이 내 손가락 끝에 닿았다. 그런 다음 토마스의 손이 내 손을 감쌌다. 이번에는 내가…… 내가 토마스의 눈에 시선을 고정한 채 활짝 웃어 보였다. *평생, 하나의 컵에 놓아둔 우리의 칫솔, 아이는 세 명*…… 그다음 순간 나는 결혼, 아이, 치약에 대해서 모두 잊었다. 단지 내 입술에 와닿는 토마스의 입술만을 느낄 뿐이었다. 그리고 저항 없이 밀고 들어오는 달콤한 입맞춤의 맛. 토마스의 맛!

21
장

　버스는 로맨스를 시작하기에 적절한 장소는 아니다. 그날 아침 버스에 올라타면서 익숙한 얼굴을 만난 기억은 없었지만 내가 온통 다른 데 정신이 나가 있었다는 것은 인정할 수밖에 없다. 늘 그렇듯이 새로운 소식은 빛의 속도로 학교 전체에 퍼졌다.

　나는 수업 첫 시간에 라파엘을 만났는데 이상하게도 라파엘에게 사실대로 말할 수가 없었다. 심지어 이렇게 소곤거릴 생각도 없었다. "나 토마스랑 데이트해."라고. 나는 어쩌면 라파엘에게 문자를 보낼 수도 있었다. 라파엘이 보리스와 사귀면서부터 수업 시간에도 핸드폰을 끄지 않는다는 사실을 알고 있었다. 하지만 반에서 옆자리 친구에게 문자 메시지를 보내는 것은 우스꽝스럽게 보일 것이다.

아니, 솔직해지자. 나는 라파엘에게 말하고 싶지 않았다. 심지어 쉬는 시간에도 말할 기회가 있었다. 하지만 나는 토마스가 후회할까 봐 두려웠다. 무엇보다 토마스는 친구들 앞에서는 뚱덩이에게 키스했다는 사실을 인정하고 싶지 않을지도 모른다. 그리고 아주 솔직히 말해서 라파엘을 배제하는 기분이 은근히 좋았다. 그건 버림받은 후의 사소한 보복이었다. 나는 더 이상 라파엘의 삶에서 우선 순위를 차지하지 못했다. 아니 어림도 없었다.

그 후로 나쁜 상황이 연달아 일어났다. 폴린은 버스 안에서 우리를 알아본 누군가에게 그 이야기를 들었다고 했다. 라파엘과 내가 쉬는 시간에 폴린의 교실을 지나가는데, 폴린이 나를 등 뒤에서 살짝 두드렸다.

"네 소식 듣고 기뻤어."

"뭐가 기뻐?" 라파엘이 즉시 나에게 되물었다.

그 자리에서 나는 라파엘에게 말할 수도 있었다. 폴린이 자신보다 먼저 그 일에 대해서 알고 있다는 사실에 라파엘은 약간 기분이 상했을 것이다. 나는 그 정보가 나에게서 나온 것이 아니라고 말해 주고, 곧장 더 깊은 이야기를 나누었을 수도 있었다. 라파엘은 나에게 비밀스러운 이야기까지 속속들이 말해 달라고 했을 것이다. 그리고 나는 진심으로 이야기해 주었을 것이다. 그런데 나는 아무 말도 하지 않았다. 라파엘은 "나중에 말해 줄게."라고 웅얼거리는 소리에 만족해야 했다.

그다음 수업 시간 중에 라파엘은 보리스로부터 문자를 받았다. "마농 ♡ 토마스?"

라파엘은 내 코 밑으로 자신의 핸드폰을 내밀었고, 그 때문에 수학 선생님으로부터 한소리 들어야 했다. 나의 첫 번째 반응은 기뻐하는 것이었다. 마치 "토마스♡"라고 말하는 것처럼. 그런 다음 나는 라파엘의 검고 슬픈 시선과 마주쳤다. 내 머리 위에 맴돌던 예쁜 분홍색 구름이 사라졌다.

내 가장 친한 친구는 건강한 소녀이다. 대리석 같은 얼굴 뒤에 무언가를 감추거나 자신의 불행을 엄청난 양의 초콜릿으로 묻어버리는 그런 소녀가 아니었다. 그래서 쉬는 시간에 라파엘은 즉시 공격을 시작했다.

"폴린은 그렇다 치더라도, 너는 나보다 다른 친구들에게 먼저 말할 생각이었니? 네가 토마스에게 말하지 못하게 한 건 아니길 바라. 왜냐면 분명히 네 남자 친구가 너보단 덜 복잡해 보이니까."

내 '남자 친구'가 바로 이 순간에 복도 끝에 나타났다. 토마스는 나를 보았고 미소를 지었고 걸음을 재촉했다. 아름답지 않은 가? 어쩌면 우스꽝스러운 시트콤에 등장하는 한 장면 같았을까? 그래도 할 수 없다고 생각했다. 토마스는 내 입술에 몰래 입맞춤했고 내 어깨 위에 팔을 올렸다. 그리고 이미 8킬로나 살을 뺀 나는 내 인생에서 처음으로 녹아내리는 기분이었다. 말 그대로.

라파엘은 토마스에게 인사를 건네고 사라졌다. 토마스와 나, 우리는 학교가 끝난 뒤 저녁에 다시 만났다. 우리는 다른 의미에서 버스를 탔다. 좀 더 정확히 말해서 우리는 우리 앞에서 멈춘 세 번째 버스를 타기로 결정했다. 우리는 거의 말을 하지 않았다. 게다가 나는 내 생각을 똑똑히 표현할 수가 없었다. 나는 내 머리카락 속에 그의 손가락을, 내 입술에 그의 입술을, 내 손에 그의 손을 느꼈다. 그리고 그의 키스의 맛은, 와우! 그의 키스의 맛이라니! 나는 버스 정류장에서 토마스와 처음으로 함께 버스를 타던 날 뚱뚱이를 세워 두었던 빵집에 시선이 머물렀다. 아니, 나는 정말로 배가 고프지 않았다. 조금 맛보고 싶은 마음도 없었다. 나는 치유된 걸까? 마침내 내가 괜찮아진 걸까?

아니다. 동화 속에서는 왕자가 유리 구두를 신은 신데렐라를 알아보았을 때, 신데렐라는 공주가 되었다. 신데렐라의 누더기 옷과 불행은 끝났다. 하지만 인생에서는 정말로 그런 일은 일어나지 않는다. 나는 훗날 사촌 동생 아망딘에게 어떻게 설명해 줄지 미리 생각해 둘 필요가 있었다.

도착했을 때 집엔 아무도 없었다. 훨씬 좋았다! 나는 침대에 누워 낡고 낡은 사자 인형을 끌어안았다. 천장을 바라보며 토마스와의 멋진 날을 꿈꾸며 시간을 보내고 싶었다. 그런데 내 눈에 라파엘만 보였다. 라파엘의 실망한 표정, 검은 눈동자, 라파엘의 약해지는 목소리가 들렸고 복도에서 멀어지는 그 아이의 모습이 눈에 선했다. 나는 왜 그렇게 어리석고 잔인하게 굴었을까? 라파엘은 보리스와 데이트를 시작했을 때부터 나에게 전화를 걸었다. 그리고 그 이후에, 그다지 도움이 되진 않았지만 토마스와 내가 크리스마스 전날의 그 파티에서 만날 수 있도록 신경 쓴 것도 라파엘이었다. 아니, 나는 '~의 애인'으로서의 첫 번째 저녁을 비망록에 이름을 쓰고 그 주위에 하트를 그리면서 보내지는 않았다.

나는 라파엘에게 전화를 걸려고 했지만 그러지 못했다. 매번 음성 메시지로 넘어가고 말았다. 가장 나빴던 것은 라파엘의 실망감을 달래주기보다 내 마음의 짐을 덜기 위해 더 애쓰고 있었다는 것이다. 나는 결국 라파엘에게 문자를 한 통 보내는 걸로 끝냈다.

　-라파엘^^ ? 마농ㅠㅠ…….

라파엘은 응답하지 않았다. 나는 나 자신을 저주했다. 가장 친한 친구를 섬세하게 신경 쓰지 못했으며, 무엇보다도 기를 쓰고 내 인생을 망치고 있었다. 본성은 버리지 못하는 법이다. 나는 이미 오래전부터 욕실 거울로 내 엉덩이를 면밀하게 검사할 정도로 가학적인 성향을 드러내고 있었다. 뚱덩이가 다시 나타났다. 토마스는 분명히 뚱덩이에게 키스했다. 하지만 토마스는 토요일에 수영장에 오기만 해도 자신이 키스했던 것을 충분히 후회하고도 남을 것이다. 아니, 수영장도 필요 없다. 뚱덩이의 다리에 손을 올리거나 뚱덩이 뒤에서 걷는 것으로 충분할 것이다.

나는 주방으로 가서 냉장고를 열었다. 우유 한 병을 집어 들고 커다란 유리잔에 따랐다. 당근을 깨물어 먹고 접시에 남아 있던 껍질 콩을 먹어 치웠다. 아직 배가 부르지 않았기 때문에 우유를 다시 들어서 병째 입에 대고 마셨다. 거의 가득 차 있던 우유병이 텅 비었다. 나는 우유병을 재활용 쓰레기통에 던져 넣었다. 단지 쓰레기통의 페달을 누르는 것만으로도 배가 아파서 나 자신에 대해 화가 났지만 적어도 내 주제를 알게 되었다.

토마스도, 라파엘도(물론 정당한 이유가 있다!), 폴린도 아니다.

그 순간, 나의 불행을 받아 준 것은 킬로드라마였다. 차라리 글로 쓰는 것이 파도에 출렁이는 이 배와 나의 뱃멀미, 나의 희망, 나의 불행을 묘사하기가 더 수월할 것이다. "눈앞에 나타난 낙원과 같은 섬이여! 거대한 파도를 조심하라……." 나는 수첩의 목록에 무엇을 추가했는지 말했다. 킬로드라마의 즉각적인 답장은 나를 당황스럽게 했다.

 새로운 메일이 있습니다

너는 이미 나에게 초콜릿에 대한 충동, 너를 지치게 만드는 이 싸움에 대해서 매우 사실적으로 설명했어. 너는 이제 더 이상 고통스럽지 않을 거야. 공격을 받을 때마다 너는 잘 싸워 왔어. 하지만 조심해. 되돌아가서는 안 돼. 그렇게 한다면 대재앙이 닥칠 거야. 분명히 대가가 따를 거라고. 난 지금 네 인생에 대해 이야기하는 거야, 풍덩이. 네가 안전하려면 네 존재를 완전히 정화해야만 해.

킬로드라마.

나도 즉시 답장을 썼다.

 메일 쓰기

그렇게 위험하다면 나에게 이 수첩에 대해서 왜 알려 준 거야? 이 모든 것은 네 잘못이야. 너는 나를 속여서 나 역시 해낼 수 있다고 믿도록 만들었어. 하지만 너는 그것이 가능하지 않다는 것을 잘 알고 있었어. 더 나쁜 것은 이 모든 것이 나를 더욱 망가뜨릴 것이라는 거야. 너는 내 손에 폭탄을 쥐어 줬어. 내가 통제할 수 없을 거라는 걸 너는 알고 있었어. 나는 너무 힘들어……. 나는 너무 나약해.

답장은 즉시 왔다.

 새로운 메일이 있습니다

이것 봐, 너는 정말 약하구나! 처음 메일을 주고받던 단호하고 성숙한 십 대 소녀는 어디 있니? 자신의 인생을 스스로 책임지고 싶어 했던 '거의 어른'은 어디 간 거야? 아니, 나는 너를 배신하거나 속이지 않았어. 너는 초콜릿으로부터 자유로워지고 싶어 했고 그건 해냈어. 너는 살을 빼고 싶어 했고 출발은 좋았어. 그 밖의 것에 대해서는……. 그건 네가 부딪혀야 하고 네가 주도해야 할 문제들이야. 너는 이제 블로그에서나 나에게 너의 비참한 존재에 대해서 덜 슬퍼하잖아. 네 삶은 더 좋아져야 해, 그렇지 않니? 나에게 징징대지 마. 난 관심 없으니까. 우리를 이어 준 것은 우리의 비만, 몸무게, 엉덩이였어. 그 문제들과 관련해서 불만이 있니? 수첩에 대해서 만일 네가 정말로 피해자라면, 너는 너무 늦기 전에 얼른 수첩을 버리면 돼…….

너무 늦는다고?

 메일 쓰기

내가 너무 멀리 갔다고 생각하니? 그리고 제발 이런 메일은 그만 두고 네 SNS를 알려 줘. 킬로드라마, 나는 완전히 길을 잃었어. 도대체 나는 왜 행복하지 않은 걸까? 나는 살이 빠졌고 남자 친구가 생겼어……. 더 이상 아무것도 이해가 안 돼. 나는 이것 말고는 모두 예상했던 대로야.

뚱덩이.

나는 분노와 확신을 모두 잃어버렸다. 화면 앞에 혼자 앉아 있는 내가 갑자기 아주 작게 느껴졌다.

 새로운 메일이 있습니다

내가 너에게 알려줄 수는 없어. 아직은 아니야. 처음 너에게 말했던 것에 대한 내 생각은 그대로야. 지금까지 썼던 걸 지우지 마. 이제 네가 잘 생각해 봐야 해. 주저하지 말고 도움을 요청해. 나는 여기 있으니까. 미안하지만, 나는 SNS를 하고 싶지 않아. 내가 모니터 뒤에서 너의 위기를 기다리고 있을 거라고 생각하지 마. 이메일을 통해 우리는 항상 서로 곁에 있어. 어쩌면 아닐 수도 있고. 그건 우리의 선택이니까. 모든 것은 선택의 문제야. 그렇지 않니?

킬로드라마.

'나는 여기 있으니까…….' 그건 진심이었다. 의심할 여지가 없었다. 그런데 그와 동시에 킬로드라마는 왜 이렇게 나에 대해 방어적일까? 나는 우리, 킬로드라마와 나의 관계를 정의할 수 없었다. 하지만 나는 우리 관계의 강력함을 의심하지 않았다. 나는 그 결속력을 믿고 싶었다. 어떤 형태로 표현되던 말이다. 우리의 받은 편지함은 비밀의 방이 되어 있었다. 하나의 문은 나의 세계로 통하고, 다른 하나의 문은 그 아이의 세계로 통했다. 심지어 나를 자신의 세계로 들어오도록 절대로 초대하지 않았지만 나는 그 아이가 그곳에 나를 위한 특별한 자리를 남겨 두었다고 느꼈다.

바로 그 순간에 핸드폰이 울렸다. 새 메시지를 알리는 짧은 벨소리였다. 토마스! 마치 우리는 고리타분한 옛날 로맨스 영화 속에 있는 듯했다.

-좋은 밤. 잘 자~. T

T라고 표시했다. 유치했지만, 나는 매우 감동했다.

나는 문자 메시지를 더 이상 무시하지 않는 법을 배울 필요가 있다.

더 이상 내 일상을 망치지 않는 법을.

더 이상 내 최고의 순간을 망치지 않는 법을.

그리고 나 자신을 표현하는 법을.

나는 다시 컴퓨터 자판으로 돌아왔다. 라파엘에게 긴 메일을 보냈다. 나는 이런 식으로 소통하는 방법이 좋아지기 시작했다!

'내 연애에 대한 상세하고 독점적인 이야기'

라파엘은 나에게 즉시 답장을 보냈다. 라파엘 역시 잠이 오지 않았다는 듯이. 마침내, 인생은 아름답다.

22
장

이 이야기가 동화라면 이렇게 끝났을 것이다.

-그들은 결혼하고 행복하게 살았으며 아이를 많이 낳았습니다.

마농이 단 1킬로라도 다시 살이 찌지 않는다면 말이다. 아, 라파엘이 어쩌면 대모가 되어줄 수도 있을 텐데…….

뚱덩이는 이야기 속 두꺼비가 되었을 것이다.

-왕자가 키스를 하자, 그녀는 반짝이는 드레스를 입은 아름다운 공주로 변했습니다.

나는 드레스를 좋아하지 않고 청바지를 더 좋아한다. 아직은 청바지가 내 몸에 맞지 않지만. 동화 속 주인공이 되기에 나는 덩치가 너무 크다. 미안해, 엄마!

분명 나는 깨어 있는 상태로 꿈을 꾸었다. 지난 몇 주 동안, 나는 몽롱한 상태였다. 토마스를 더 많이 알게 될수록 나는 토마스가 더 좋아졌다. 그의 시선, 그의 달콤한 말, 그의 침묵조차. 토마스 역시 나에게 서서히 끌리고 있다는 것을 확실히 보여 주었다.

방학인 2월 첫 주는 정말 힘들었다. 해마다 그랬던 것처럼 우리 가족은 스키를 타러 갔다. 나는 새 스키복을 사야 했다. 두 사이즈나 작은 것으로! 내 무릎은 얼어붙은 눈 둔덕 위에서 더 이상 고통으로 비명 지르지 않았고, 스키 양말은 더 이상 내 종아리를 쪼이지 않았다. 나는 첫 주를 투덜거리며 보냈다. 날씨가 좋지 않아서 예쁘게 태닝을 할 수 없었기 때문이다.

둘째 주는 환상적이었다. 토마스와 나는 매일 만났다. 둘만 만나기도 하고 여럿이 함께 만나기도 했다. 하지만 나는 여럿이 함께 만나는 순간조차 즐겼다. 나의 공식적인 입장을 즐겼고, 카페의 빨간색 인조 가죽 소파에서 토마스의 몸에 바짝 붙어 있는 내 몸을 즐겼다.

행복은 절대로 혼자 오지 않았다. 나는 식욕을 잃었다. 그렇게,

완전히. 사랑의 기적이다! 내 시선, 내 손가락, 내 입술을…… 토마스의 것과 뒤섞는 일에 너무 몰두해서 가끔은 점심을 걸렀다. 너무나 좋았다!

개학을 했다. 나는 이 행복한 날들을 보내면서 완벽하게 멋진 마농이 되어 있었고, 여전히 매일 라파엘과도 시간을 가졌다. 그렇다! 나는 연애 때문에 친구를 버리는 사람이 아니었다. 솔직히 말해서 토마스가 곁에 없는 순간조차 나에게 달콤했다. 결핍감은 재회의 순간이 다가올수록 점점 더 강하게 내 상처를 쑤셨다. 공복감은 특히 즐거웠다. 나는 뚱뚱이의 식탐에서 멀어져 있었다.

물론 몸무게는 계속 쟀다. 그건 변함없는 금요일의 의식이었다. 처음 2주 동안 나는 또다시 1킬로가 빠졌다. 이제 모두 합쳐 9.4킬로가 빠진 것이다.

내가 치유되었다고 잠시 믿었다. 토요일 오후였다. 토마스와 나, 우린 토마스의 친구 집에 있었다. 남학생과 여학생 몇 명이 모여 있었는데 그중에 라파엘과 폴린도 있었다. 정말 행복하게도 쥐스틴과 리자는 거기 없었다. 우리는 웃고 떠들었다. 조금씩 먹기도 했지만 나는 버렸다. 누군가 음악을 틀자, 남자아이들은 R&B 뮤직비디오에 등장하는 댄서들의 움직임을 흉내 내기 시작했다. 여자아이들은 소파에서 웃고만 있었다. 그래서 적어도 겉으로 보기에는 자존심이 상한 이 '남성들'은 우리에게 자신들의 재능을 보여 주겠다고 제안했다. 우리는 함께 춤을 췄다. 어느 오후에 우리는 이런 식으로 기분을 풀고 있었다. 자신을 과시해야 하는 파티에 참석한 것도 아니었고, 구경꾼을 놀라게 해 줄 생각도 없었다. 우리는 신나게 즐겼다, 아주 자연스럽게.

그러다가 자연스럽게 나는 골반을 흔들기 시작했다. 내 엉덩이는 박자를 맞추고 내 몸은 리듬을 타기 시작했다. 내가 이 무대의 주인공이자 특별한 관객이 된 듯한 이상한 느낌이 들었다. 이 순간 게임의 법칙을 이해하고 있는 유일한 사람. 내가 앞세운 것은 내 큰 엉덩이였다. 다시 말하면 이제는 정상 범위에 들어온 과거에 뚱뚱했던 내 엉덩이. 거의 정상 범위였다. 여전히 1, 2, 3킬로 정도 더 초과하고 있을까?

계산할 시간이 없었다. 토마스가 다가와서 나를 안았다. 나는 크게 웃었지만 몹시 긴장했다. 천천히 토마스의 손이 아래쪽으로 내려왔다. 내 등을 따라 엉덩이 쪽으로…….

이렇게, 우리는 거기에 있었다. 토마스는 조심스럽게 내 엉덩이를 쓰다듬었다. 토마스는 내게 동의를 구하는 듯한 미소를 지어 보였다. 마치 '나는 네가 좋아. 너를 쓰다듬는 것이 좋아.'라고. 그 순간, 내 뚱뚱한 엉덩이는 녹아내렸다. 쿵! 발아래 보이지 않는 웅덩이로, 뚱덩이는 그곳으로 사라졌다. 나는 뚱덩이가 사라지는 것을 보려고 하지도 않았다. 우리는 서로를 좋아하지 않았으니까.

얼굴이 빨갛게 달아올랐다. 나를 압도하는 이 알 수 없는 감정 앞에서 기쁨과 당혹감이 뒤섞인 이 느낌이 무엇인지 정말로 알지 못했다. 단지 아주 달콤한 느낌이라는 것만 알았을 뿐이다.

저녁에 나는 킬로드라마에게 이 모든 것을 말했다. 이상하게도 내가 얼마나 행복한지는 차마 말할 수 없었다. 직접 본 적은 없었지만, 나는 킬로드라마가 '거의' 끝나가는 다이어트에 만족스러워하지 않는다는 느낌을 어렴풋이 받았다. 이 아이는 지금쯤 정말로 마른 것이 분명했다. 우린 둘 다 아주 뚱뚱했으니까.

킬로드라마는 나를 축하해 주었다. 그런 다음 내가 '사랑으로 인한 식욕부진' 단계에 있는지 물었다. 나는 그 표현이 즐거웠다. 그리고 바로 그거였다.

 새로운 메일이 있습니다

식욕은 돌아올 거야. 걱정하지 마. 다 정상이야. 완전히 자연스러운 거야! 지금은 세로토닌이 뇌를 엉망으로 만들고 있지만 모든 것이 제자리로 돌아올 거야. 중요한 것은 이 시점에서 긴장을 풀지 않아야 한다는 거야. 오늘 낮에 네가 했던 경험들이 목표에 도달하는

데 도움이 될 거야. 만일 뚱덩이가 반격한다면, 필요하다면 온 힘을 다해서 뚱덩이를 쫓아내 버려.

킬로드라마.

'뚱덩이'. 왜 내 별명을 없애기로 결심하지 않았을까? 그것이 나에게 불행을 가져다줄까 봐 두려웠던 것일까? 아니면 내가 아직 목표에 도달하지 못했다는 것을 떠올리기 위한 장치였을까? 내가 경계해야 하는 것은 무엇일까?

23
장

토마스와 나는 함께한 지 얼마 되지 않았다. 토마스의 가벼운 입맞춤은 여전히 나를 완전히 흥분하게 만들었지만 그의 애무에는 늘 잘 반응하지는 못했다. 그래서 그 이상은, 아니었다! 그리고 솔직히 말해서 내 엉덩이를 쓰다듬는 것과 내 엉덩이를 보는 것은 별개의 문제였다. 다행스럽게도 토마스는 이 주제에 관해서 나에게 부담을 주지 않았다. 나는 토마스에게 '그것을 이미 해 보았는지' 물어보지도 못했다. 나는 이 주제를 화제에 올리는 것이 두려웠다. 하지만 내 직감은 아니라고 답해 주었다. 토마스는 경험이 없어야만 했다. 그게 나에게는 좋았다!

그래도 나의 벗은 모습을 보여 주어야만 하는 순간을 준비하고 있었다. 킬로드라마가 정확하게 지적했듯이, 나의 식욕은 되돌아왔다. 물론 아무거나 먹어 치우지는 않았다. 어떤 경우에도 수첩에 적어 둔 음식은 먹지 않았다. 나는 유명 잡지의 '다이어트와 균형' 코너에 게재해도 될 만한 식단을 가지고 있다. '마농과 함께 날씬해지세요!' 이보다 더 좋은 것은 어디서도 들을 수 없는 감동적인 증언을 함께 실을 수 있다는 것이다. '뚱덩이, 정크푸드를 정복하다……' 나는 생선, 닭고기, 채소를 먹고 과일로 식사를 마무리했다. 또 아침에는 이 식단과 함께 여전히 우유를 많이 마셨다. 나는 비타민이 가득했고 튼튼한 뼈와 반짝이는 뇌를 가지고 있었다. 환상적이지 않은가?

아니다. 나는 토마스 앞에서는 절대로 먹지 않기 위해 늘어놓는 이런저런 내 헛소리에 질렸다. 나는 삶 속에서 너무 많은 기쁨을 누렸고, 마침내 아주 평범해진 느낌이라 다른 사람들과 이 단순한 즐거움을 나누고 싶었다. 하지만 할 수 없었다. 나는 늘 계산해야만 했다. 그리고 속여야만 했다. 실컷 먹어 치우기에 너무도 능숙하고 교활한 나를, 아무것도 먹지 않기 위해서 속여야만 했다. 토마스와 카페에 함께 있을 때는 다이어트를 한다는 느낌을 주지 않기 위해서 심지어 다이어트 콜라도 먹을 수가 없었다. 그래서 나는 그냥 콜라를 마셨다. "그래, 그래, 난 그게 더 좋아. 확실해!" 적어도 나는 너무 많이 마시지는 않았다. 그래서 천천히 마시느라 내 잔을 다 비우는 데 삼십 분이 걸리기도 했다.

그리고 킬로드라마는 계속 감시했다. 최근 우리는 메일을 매일 주고받았다. 킬로드라마는 항상 다음과 같이 경고했다.

✉ 새로운 메일이 있습니다

우리가 다른 사람들과 같지 않다는 사실을 잊지 마. 마치 단 한 방울의 알코올도 가까이하지 않도록 서로에게 끊임없이 경고하는 익명의 알코올 중독자 협회와 같은 거야. 우리는 절대로 뒤로 물러서면 안 돼. 그건 아주 작은 한 방울로도 가능해. 그렇게 된다면 재앙이 닥칠 거야.

킬로드라마.

설상가상으로 체중계 여사는 또다시 성격 장애를 드러냈다. 금요일의 체중 측정은 더 이상 환희의 순간이 아니었다. 기껏해야 몸무게가 200그램 정도 빠지는 정도였고 대부분은 현상 유지였다. 평균적으로 내가 늘 꿈꾸던 10킬로가 빠진 몸무게에 드디어 도달했지만, 어느 날 아침에는 눈금이 100그램 더 나가기도 했다. 한쪽

발을 옆으로 빼거나 하는 행동은 절대로 하지 않았다고 판사님들 앞에서도 맹세할 수 있다! 물론 나는 TV 앞에서 체리 한 그릇을 몽땅 먹어 치우기도 했다. 킬로당 10달러나 하는 바람에 엄마가 울상지으며 샀던 체리를! 처음에 나는 이 폭식증은 아주 비싼 대가를 치르는 거라고 생각했다. 그런 다음 킬로드라마를 떠올렸다. 그 아이의 말이 천 번 이상 옳았다. 나는 이메일로 이런 내용을 말했다. 그리고 킬로드라마에게 규칙에 예외를 두고, 나와 통화를 할 수 없냐고 요청했다. 우리는 서로 만날 수 없었지만 이제 서로를 너무 잘 알고 있었다. 나는 그러고 싶었고 그럴 필요가 있었다. 우리의 수많은 이메일 교환은 우리를 정말로 더 가깝게 만들었고, 어떤 점에서 킬로드라마는 토마스나 라파엘보다 더 가까웠다. 그리고 그것은 단지 먹는 문제에 국한된 것은 아니었다.

킬로드라마는 아주 단호하게 거절했다. 게시글을 통해서 내가 에스트리에 살고 있다고 말했지만 그 아이는 그 사실을 알고 싶어 하지 않았다.

 새로운 메일이 있습니다

나는 네가 어디에 사는지, 그리고 네 머리 색깔이 어떤지 전혀 관심 없어.

킬로드라마는 심지어 서명조차 하지 않았다. 나는 그 아이가 정말로 단호하다고 생각했다. 동시에 이 소녀는 줏대가 있었다. 덕분에 자신의 비만을 극복할 수 있었을 뿐만 아니라 내 비만 역시 마찬가지였다. 아무튼 나는 불평할 수가 없었다……. 어쩌면 오히려 좀 더 나 스스로 통제할 필요가 있다고 느꼈다. 완전히 혼자서! 킬로드라마에게서 답을 찾을 수 있을 것 같지 않았다. 나는 화장실로 갔다.

이제 작은 의식으로 자리 잡은 듯이 거울 앞에서 옷을 벗었다. 셀룰라이트 검사! 아주 객관적으로 말해서 내 상체에서 빼야 할 지방은 이제 1그램도 없었다. 오히려 갈비뼈를 셀 수도 있을 정도였다. 그 모습이 추하다고 여길 수도 있지만 아무튼 이렇게 마른 몸이 마음에 들었다. 이제 마른 몸매가 완전히 자리잡혔기 때문에 더욱 그랬다! 분명히 내 엉덩이도 살이 빠졌다. 하지만 다른 부위에 비해 여전히 몹시 풍만하긴 했다. 거울 앞에서 손으로 엉덩이를 잡아 보면, 여전히 손 밖으로 살들이 삐져나왔다. 그리고 내 허벅지…… 그건 여전히 재앙이었다. 심지어 더 나빠진 건 아닐까? 살이 빠지면서 오히려 엉덩이 아래의 지방은 더 강조되어 보였다. 나는 아직 청바지를 입기는 힘들었다!

뚱덩이는 청바지를 입지 않았다. 하지만 언젠가는 정상이 되길 바라고 있겠지? 배기 바지에 대해 말하는 것이 아니다. 내 엉덩이 살은 여전히 청바지 위로 튀어나올 것이다. 나는 단지 허벅지를 바지통 속으로 밀어 넣고 싶을 뿐이다. 나는 번개처럼 재빨리 다시 옷을 입고 방으로 뛰어 들어가 수첩을 꺼냈다. 그리고는 내가 가지고 있는 유일한 토마스의 사진을 꺼내서 작은 의식을 추가했다. 이 사진은 보리스의 파티에서 몰래 가져온 것이었다.

'내 사랑, 내가 이러는 건 다 널 위해서야! 우습지 않니?'

과일 (3월 30일)

나는 재빨리 수첩을 덮었다. 계약서에 추가한 이 새로운 조항을 준수하려면 나에게 엄청난 의지가 필요하겠지만 나는 계속 유지할 것이다. 나는 뚱뎅이를 없앨 것이다. 흔적도 남김 없이.

엄마에게는 정말로 육감이 있는 것이 분명하다. 엄마는 내가 더 이상 과일을 먹지 않는다는 것을 즉시 알아차렸다. 새로운 결심을 한 후 첫 번째 식사 때부터. 나는 엄마에게 체리 때문에 설사가 나서 배가 아프다고 말하려고 애썼다. 그러자 엄마는 나에게 바나나를 강제로 먹이고 싶어 했다. 어쩔 수 없지 않은가, 모든 건강 문제에 대한 해답이 된다는 것이 과일의 미덕인데. 심지어 같은 가격으로 과일은 머릿결을 유지해 주고 손톱이나 피부를 관리해 주기도 한다. *하지만 지방, 엄마! 그리고 지방이라고! 엄마가 나에게 먹이는 과일은 모든 의미에서 내 몸에 지방을 만드는 설탕과 내 셀룰라이트에 저장되는 물로 가득하다는 걸 알고 있어?* 나는 굳이 엄마에게 대들지 않고 엄마가 유기농 코너 판매원처럼 과일 홍보를 하도록 내버려 두었다. 엄마는 더 이상 내가 초콜릿을 먹는지 감시할 필요가 없었지만 나는 엄마를 다른 일로 걱정하도록 만들었다. 엄마는 다음 날 또 과일을 먹이려고 시도했지만, 단념했다. 엄마는 이제 딸기와 체리를 한 상자 가득 살 필요가 없어졌다.

24
장

나는 잘 지켰다. 훌륭하게. 체중계는 나에게 체중 감량 부문의
오스카 상을 주지는 않았지만 여기서 100그램, 저기서 100그램씩
방출하기 시작했다. 나는 기분이 좋았고 인생은 아름다웠다. 라
파엘을 만나는 횟수는 줄었지만 그만큼 우리가 함께하는 순간은
늘 너무나 소중했다. 양을 질로 바꾸는 것이 나의 새로운 삶의 규
칙이 된 것일까?

그러던 어느 날, 학교에 도착하자마자 내 절친이 나에게 달
려왔다.

"마농, 큰일 났어……. 부모님이 내게 정말 화가 나서 외출을 금

지시켰어."

"왜, 무슨 짓을 한 거야? 커튼에 불이라도 지른 거야?"

내 농담은 라파엘에게서 어렴풋한 미소도 끌어내지 못했다. 아무튼, 우리는 둘 다 그 커튼이 아주 보기 흉하다고 생각했었다! 그리고 정말 더 진지해졌다…….

"내가 부모님께 거짓말을 했고 부모님이 그걸 알아버렸어. 지난 토요일, 내가 쥐스틴의 집에서 잔다고 했거든."

아, 그런데 왜 우리 집이 아니었을까?

"하지만 사실 나는 보리스와 함께 있었어. 보리스의 부모님이 주말 동안 집을 비운다고 보리스가 집으로 오라고 했거든. 난 차마 부모님이 절대로 허락하시지 않을 것이고 심지어 나에게 남자 친구가 있다는 것도 모른다는 말을 못 했어. 보리스에게 너무 숙맥처럼 보이고 싶지 않았거든. 쥐스틴이 내 거짓말을 덮어 주겠다고 했어. 그런데 우리 부모님이 쥐스틴의 부모님께 전화를 했고, 쥐스틴이 그만 실수를 해서 내가 거기 없다고 말을 하고 만 거야."

……나, 나라면 실수하지 않았을 텐데…….

"그런데 왜 너희 부모님은 네게 전화하지 않았을까?"

"뭔가 짚이는 게 있었나 봐! 그 후에 내게 다시 전화를 걸었어! 그리고 나에게 당장 집으로 돌아오라고 했어."

"그럼 보리스는, 보리스는 뭐라고 해?"

"심각한 일이 아닐 거라고, 자기는 이해한다고. 보리스는 나를 위로하기 위해서 밤새 문자를 보내기도 했어. 하지만 나는 다음 방학 때까지 외출 금지야. 어린아이처럼 말이야! 내가 그 말을 했을 때, 보리스가 눈살을 찌푸리는 걸 봤어."

"괜찮아, 넌 잘 헤쳐 갈 거야! 부활절 방학이 3주 뒤에 있잖아!"

"응, 하지만 그 전에……."

"아, 폴린의 생일 파티! 이런 빌어먹을……."

그렇다, 폴린의 파티는 어쨌거나 분주한 우리 사교 모임의 다음 주제였다. 우리는 둘 다 멋지게 꾸미기로 했었다.

"보리스는 간대?"

"물론이지!" 라파엘이 유쾌한 목소리로 외쳤다.

나는 라파엘이 가련한 여배우처럼 느껴졌다.

나도 그 파티에 가지 말았어야 했다. 나는 라파엘에게 라파엘의 집이나 우리 집에서 함께 밤을 보내자고 제안할까 생각했었다. 무엇보다 라파엘의 부모님은 나를 잘 알고 있고, 그래서 거절하지 않았을 것이다. 어쩌면 프랑스어나 수학 숙제 핑계를 댈 수도 있을 것이다. 그런 다음 멋진 저녁을 보내며 재미있게 놀았을 것이고,

나는 다시 한번 멋진 마농이 되었을 것이다. 하지만 그렇게 한다면 나는 토마스와 저녁 시간을 보내지 못할 것이다.

나는 그 파티에 가지 말았어야 했다. 그랬으면 쥐스틴이 보리스에게 대놓고 추근대고 이 나쁜 놈이 슬로 댄스를 추면서 그녀에게 몸을 비벼대는 것을 보지 못했을 것이다. 나는 아무 말도 하지 않았을 것이다. 나는 아무것도 몰랐을 것이다.

이 두 사람이 춤을 추는 동안, 토마스는 나에게 진정하고 그냥 내버려 두라고 조언했다. 하지만 음악이 바뀌고, 딱 달라붙어 있던 두 사람이 떨어지기가 무섭게 나는 쥐스틴을 향해 곧장 갔다.

"너 뭐 하는 거니? 아주 역겨워. 너도 보리스가 라파엘과 사귀고 있는 것쯤은 알잖아."

"그래, 하지만 오늘 저녁에 라파엘은 여기 없잖아."

쥐스틴은 한 손을 엉덩이 위에 올리고 비웃는 듯한 미소를 지으며 반박했다.

"그건 그렇고, 라파엘은 왜 여기에 못 온 거니? 아, 맞다. 라파엘은 '벌을 받고' 있지! '아빠~ 엄마'가 라파엘이 외출하는 것을 원하지 않으니까. '아빠~ 엄마'는 라파엘이 '코~' 자기를 원하니까."

쥐스틴은 큰 소리로 말했고 음악 소리에도 불구하고 사람들이 주목하기 시작했다. 물론, 리자도 가까이 다가왔다. 만일 쥐스틴이 사람들의 이목을 끈다면 리자 역시 한몫하고 싶었을 테니까.

"그렇게 과잉보호하는 부모가 있으면 정말 성가실 거야. 라파엘 나이에 아이처럼 취급받다니. 라파엘이 지난 12월에 보리스의 파티에 올 수 있었던 건 정말 운이 좋았던 거구나. 라파엘은 어쩌면 거기에 브로콜리 요정이 있을 거라고 부모님께 말했을지도 몰라!"

내 주위로 웃음소리가 점점 더 노골적으로 퍼져 나가는 것이 들렸다.

"넌 정말 엄청난 바보로구나, 쥐스틴! 난 '라피'가 네 친구라고 생각했는데, 지금 보니 아니었어."

"엄청난 바보라니, 이거 재밌네. 이 말은 특히 네가 잘 들어 두어야 해."

그때 리자가 끼어들었다.

"무슨 소리야?"

나는 질문이라기에 다소 위협적인 말투로 물었다.

나는 순진하지 않았고, 리자가 무슨 말을 하는지 아주 잘 알고 있었다. 하지만 나는 리자의 입으로 듣고 싶었다. 이 두 아이는 비열했고, 라파엘과 내가 보리스와 토마스와 데이트를 하기 시작한 이후로 이런 아이들을 자주 만났다고 해서 변한 것은 아무것도 없었다.

"아니…… 아무것도 아니야…… 그만하자……."

분명히 뭔가 있다.

"…… 네가 알면 너무 힘들 거야!"

리자는 동정하는 척하는 목소리로 결론을 지었다. 나는 분노가 치밀어 올랐다. 나는 그 아이를…….

"그만둬, 마농. 그만……."

나는 뒤돌아보았다. 폴린이 내 어깨를 잡고 있었다. 폴린의 슬픈 미소가 나의 갑옷을 벗겨 버렸다. 아니, 나는 폴린의 파티가 진행되는 동안에는 전쟁에 나서지 않을 것이다. 이 두 년을 기다리게 한다고 해서 잃을 것은 없으니까.

25
장

토마스는 내가 리자와 쥐스틴과 언쟁을 벌이는 것을 모두 목격했다. 이상하게도 토마스는 그 일에 대해서 다시 이야기하지 않으려고 했다. 토마스의 침묵은 나를 불편하게 했다. 토마스는 또한 내 체중 문제에 대해서도 좀처럼 말하지 않았다. 리자는 뚱덩이를 공격했고, 그 사실을 눈치챈 사람은 나만이 아니었다. 다시 한번 그날 일에 대해서 이야기해 보려고 했지만 나는 쥐스틴이 했던 말만 반복하고 말았다.

"마농, 그만둬. 아무것도 아니야."

나는 그만두기로 했다. 나는 이 '아무것'이 내 '뚱뚱한 엉덩이 사진'이라는 것을 잘 알고 있었다. 토마스가 내게 하고 싶었던 말도 그것이었다. 그 일은 저절로 덮어지고 있었다. 심지어 그 사건은 내게 도움이 되기도 했다. 왜냐하면 그 일로 인해 나는 킬로드라마, 수첩, 토마스와 관계를 맺게 되었기 때문이다. 토마스도 그런 생각을 했던 것일까? 나는 궁금했다. 하지만 그러려면 절대적인 금기 사항을 깨야만 했다. 그건 바로 토마스와 그 사진에 대해서 말하는 것이었다. 그리고 분명히 토마스가 나보다 더 그것을 원하지 않았다. 토마스는 나에게 화해를 제안했고, 나는 그것을 받아들였다.

"너도 알겠지만, 라파엘에게 너와 같은 친구가 있다는 것은 정말로 행운이야."

"나, 나 역시 네가 나의 폭언을 그렇게 참아 줘서 정말 운이 좋은 것 같아. 물론 그 폭언이 너를 향한 것은 아니었지만."

우리는 서로 껴안았다. 장면 끝…… 컷!

나는 라파엘에게 아무 말도 하지 않았다. *마치 아무 일도 일어나지 않은 것처럼.* 이것은 라파엘이 보리스와 다시 함께 있는 모습을 보게 되었을 때 나 스스로에게 거는 주문이었다. 성의를 가지고 나는 나 자신을 설득하는 데 성공해야만 했다. 보리스와 쥐스틴의 행동, 리자의 악담, 이 모든 것이 '그렇게 나쁜' 것은 아니었다……라고.

이런 젠장, 아니야, 그건 나빴어! 자, 마농은 이제 뚱덩이처럼 말하기 시작했어! 뚱덩이는 완전히 사라지지 않았어, 그렇지 않아? 내 안에서 그 무엇으로도 진정시킬 수 없는 느닷없이 큰 분노가 치밀어 오르는 것을 느꼈다. 라파엘이 아무것도 알지 못했으면 좋겠다는 갈망이나 토마스의 반복된 주의도 소용없었다. 그것은 파티에서 나쁜 행동을 한 남자보다 나 자신과 더 많은 연관이 있었다. 리자의 말은 나의 마른 몸에 대한 행복한 기분을 깨뜨렸다. 그리고 내 불안을 일깨웠다. 인정하기는 어려웠지만, 무엇이 나를 진정시킬 수 있는지 알고 있었다.

초콜릿.

초콜릿 한 판을 입에 가득 밀어 넣고서 제대로 씹을 시간도 주지 않고 그대로 삼켜 버리는 것이다. 짐승이 깨어났다. 싸우기 위해서, 나는 불편한 핑계 뒤로 나 자신을 가두어 놓아야 했다.

마농, 네가 토마스를 사랑한다는 사실을 잊지 마. 다시 살이 찌면 안 돼. 그러면 토마스가 너를 좋아하지 않을 거야. 네가 초콜릿을 먹었을 때마다 얼마나 비참하고, 기분 상하고, 좌절했는지 떠올려 봐. 그 끝없던 투쟁이 너를 어떻게 지치게 하고 네 인생을 즐

기지 못하게 만들었는지 기억해 봐. 나는 이 모든 것을 알고 있었다. 하지만 이 모든 것은 단지 감정이 배제된 과학적인 데이터일 뿐이었다. 잊기 위해서, 세상의 모든 핸드폰, 학교 친구들의 위선적인 미소, 라파엘을 향한 보리스의 달콤한 시선을 모두 잊기 위해서 마음속 깊은 곳에서 먹고 싶은 욕구가 치밀어 올랐다. 보리스…… 나는 그 아이의 얼굴에 주먹을 날려야 했다. 적어도 두 번 정도. 한 번은 라파엘을 위해서 그리고 또 한 번은 나를 위해서. 보리스는 내 엉덩이 사진에 대한 대가를 치러야 했다.

하지만 그건 불가능했다. 때리지 못했다. 먹지도 못했다…… 그건 너무 가혹하다. 나는 왜 이런 상태에 놓여 있는 것일까?

다행히 킬로드라마와 이메일을 주고받을 수 있었다. 나는 킬로드라마에게 먹고 싶어 죽을 지경이라고 말했다. 킬로드라마는 나에게 손을 내밀어 주었다. 그리고 내가 올바른 방향으로 계속 갈 수 있도록 매일 내 식단을 자신에게 보고하는 건 어떻겠냐고 제안했다. 무엇보다 킬로드라마는 자신의 이야기를 털어놓았다. 그 아이에게는 거역할 수 없을 것 같았다. 그리고 그 아이의 보호 아래에서 조금 안전하다고 느꼈다. 이대로 폭풍이 지나가기를…….

4월 초에 킬로드라마는 나에게 특히 긍정적인 메일을 보냈다.

새로운 메일이 있습니다

　네가 비만 문제를 완전히 해결했을 때 닉네임을 무엇으로 바꿀지 적어도 한 번은 생각해 본 적이 있을 거야. 나는 '만약'이 아니라 분명히 '때'라고 말했어. 네가 성공하리라는 것을 알고 있으니까. 나의 경우에는 이미 얼마 전에 해결했어. 내 문제는 단지 내가 이 몸무게 싸움을 너무 일찍 시작했다는 거야. 어쩌면 잘난 척하거나 과장하는 것처럼 보일 수도 있지만, 나는 이 메일에 이제 킬로마스터 Kilomaster라고 서명할 수 있어서 기뻐. 나의 경우에 100그램 전쟁은 끝났어. 물론 적에게 10그램의 지방도 허락하지 않도록 여전히 내 위치를 공고히 해야 할 필요는 있지만 말이야. 나는 더 이상 살을 빼지 않을 거야. 지금 내 몸무게, 내 몸매에 만족해.

　킬로마스터.

　킬로드라마의 열정 앞에서, 나는 킬로드라마에게 몸무게가 얼마인지 모험을 무릅쓰고 한번 물어보았다. 나는 늘 내 모습을 적나라하게 보여 주었는데도 그 아이는 나에게 그런 이야기를 하기를 거부했다.

새로운 메일이 있습니다

쉿, 뚱덩이! 성공의 비결은 절대로 경계를 늦추지 않는 거야! 내 몸무게 따위는 중요하지 않다는 걸 넌 아직 모르겠니? 나에게 더 이상 그런 질문 하지 마. 그런 질문은 아무것도 이해하지 못하는 우리 엄마와 의사들에게나 맡겨. 그리고 너는 조금만 더 버텨. 만일 네가 원한다면 내가 너의 새로운 닉네임을 찾아볼게. 그리고 네가 준비가 되었을 때 알려 줄게. 그때까지 용기를 내. 네가 무너질 것 같은 기분이 들면, 수첩을 생각해. 마음속으로 목록을 위에서 아래로 아래에서 위로 떠올려 보고 다른 것들은 모두 잊어버려. 그러고 나면 음식들은 단지 단어로 여겨질 거야. 실수하지 마. '거대한 엉덩이', 그게 나야, 이 말을 잊지 마. 너도 곧 해낼 거야. 너는 영리하고 의지가 강한 아이니까. 네 블로그를 통해서 그 사실을 바로 느꼈어. 그래서 내가 너를 선택한 거야.

킬로마스터.

추신_ 난 이메일 주소를 바꿀 정도로 까탈스러운 사람은 아니야. 아직은! 😊

인정하기 싫었지만 이 아이의 메일은 나를 사로잡는 동시에 거북하게 했다. 나는 선택받았다는 게 마음에 들지 않았다. 내가 선

택을 받았다면 그건 토마스에게 선택받았다는 거, 그게 전부다! 킬
로드라마, 일명 킬로마스터는 내가 서 있는 폭풍 속의 등대였다.
그래서 나는 의심을 묻었다.

26장

평온이 다시 찾아왔다. 아, 밖에서 보기에는 늘 평온했었다. 보리스는 라파엘을 속였고, 나는 먹을 것 앞에서 무너졌다. 우리 중 누구도 아무런 조치를 취하지 않았다. 나는 보리스가 쥐스틴과 춤을 추면서 아무런 꿍꿍이도 없었던 것으로 이해하려고 애썼다. 그리고 무엇보다 내가 지나치게 과민 반응했던 것으로. 나는 다른 일에 몰두했다.

다른 일! 토마스는 나에게 긴 편지를 써 주었다. 심지어 이메일이 아닌 종이와 펜으로! 토마스는 나에게 나를 사랑하네, 어쩌고저쩌고를 반복했다(그런데 나는 왜 이렇게 냉소적인 걸까?). 토마스는 특히 나와 함께 '한 단계 넘어서기를' 원한다는 말로 편지를 마무리했다.

마농이 남자를 경험하게 될까? 이 표현에 갑자기 흥미가 확 떨어졌다! 내 존재의 대부분은 욕망으로 죽을 지경이었다. 그의 입술을 맛보고, 점점 더 과감해지는 접촉에 설레던 나. 때로 그의 허리의 옴폭한 곳에서 달콤한 열기를 느끼던 나. 사실을 고백하자면, 나는 이미 약간은…… 느끼고 있었다. 하지만 거기서부터 '자는 것'까지는…….

그것은 내 존재의 다른 부분을 떠올리게 했다. 떨쳐 버릴 수 없는 뚱덩이. 그렇다. 나는 늘 킬로마스터가 내 닉네임을 새로 바꿔 줄 필요가 없다고 생각했다. 토마스와 사랑을 나누는 것은 토마스 앞에서 나 자신을 알몸으로 드러내는 것에 동의하는 것이다. 그것은 1, 2킬로 정도 더 빼지 않고서는 생각해 볼 수 없는 일이었다. 최소한! 나는 겨우 10.5킬로를 뺐을 뿐이다. 나 같은 뚱뚱한 여자에게는 그걸로 충분하지 않다.

요약해 보자. 한편으로 나 역시 원하고 있으며, 사랑스러운 토마스는 영원히 나만 기다리지는 않을 것이다. 그러니 어쩔 수 없이 뚱뚱한 엉덩이(예전에 비하면 4분의 3 정도 크기로 살이 빠지긴 했지만 절반까지 빠진다면 네게 동의할게!)를 드러내야만 한다. 문제에 대한 유일한 해결책을 다시 한번 수학적으로 계산해 보면, 기본은 빼기이다. 몇 번이고 되풀이해서 살을 빼는 것이다.

살을 빼자, 빨리! 나는 수영장에 등록했다. 주 3회. 하지만 졌다. 300그램, 그게 전부다.

먹는 양을 줄였다. 우유를 덜 먹고, 채소를 덜 먹고, 닭고기와 생선을 덜 먹었고, 내가 먹는 것은 그것이 전부였다. 하지만 나는 또 실패였다. 하나도 빠지지 않았다.

그래서 나는 식사 횟수를 단호하게 줄였다. 그러자 이길 수 있었다. 점심을 거르자, 마침내 저울의 숫자가 내려가는 것을 볼 수 있었다. 오후 5시에 탈지유를 커다란 잔으로 한 잔 가득 마시던 것을 중단했을 때 나는 기절할 것이라고 생각했다. 하지만 버틸 수 있었다. 배가 고팠고 점점 더 자주 추위를 느꼈다. 다시 살이 빠지기 시작했다. 다행히 킬로마스터는 최종 공격에서 나를 지지해 주었다. 나는 그것이 마지막 역주 구간이라는 것을 알고 있었다. 그래서 킬로마스터가 나를 토마스의 품속으로 곧장 인도해 주리라. 그리고 역설적으로 표현해서 나는 곤란한 상황에 빠지게 되리라. 나는 생각만 해도 기분이 좋았다.

토마스와 나는 어느 토요일 저녁, 데이트를 하기로 했다. 우리는 방이 많은 어느 집에서 하는 파티에 가기로 했다. 불길하게 여길 수도 있겠지만 그것은 중요하지 않았다. 금요일 저녁에 나는 킬로드라마에게 이메일을 썼다⋯⋯ 아니, 킬로마스터에게. 아직 이 이름은 익숙하지가 않다.

 메일 쓰기

그래서 나의 새 닉네임은 뭐야?!?
더 이상 뚱뚱한 엉덩이가 아닌 뚱덩이. 😊

킬로마스터는 나에게 답하지 않았다. 메일에 즉시 응답하지 않은 것은 처음이었고 지금은 때가 좋지 않았다. 지금이야말로 뚱덩이를 버릴 수 있는 마지막 기회다! 나는 킬로마스터의 존재가 내 가까이에 있지 않다는 사실을 받아들일 수 있었다. 어쩌면 이번 주말에 외출했을지도 모르니까⋯⋯.

내가 알지도 못하는 누군가의 남동생 방에서 일어난 일에 대해서는 비밀로 간직하고 싶다. 나는 플레이 모빌과 드래곤 볼 Z에 둘러싸인 채였다. 벽에서 해적 의상을 입은 조니 뎁이 능글맞게 웃으며 우리를 지켜보았다.

"넌 예뻐." 토마스가 속삭였다.

사실일까? 그건 나를 이용하기 위한 말이 아닐까? 나에게 글로 써주고, 인증서에 서명할 수 있어? 토마스는 나에게 예쁘다고, 미소가 멋지다고, 스웨터가 나에게 정말 잘 어울린다고, 치마를 입으면 내가 섹시해 보인다고 자주 말했었다. 그리고 그 순간 토마스는 내가 아름답다고 했다.

우리는 1층 파티에 합류했다. 나는 잠시 우리가 겉옷 위에 속옷을 입고 있어서 모두가 우리를 쳐다보고 있는 것만 같았다. 그러다가 그건 단지 내 상상일 뿐이라는 걸 깨달았다. 우리만 '바빴던' 것 같지는 않았다. 라파엘만이 나에게 크게 윙크를 보냈다. 라파엘과 나는 함께 밖으로 나갔다. 몇몇 니코틴 중독자들이 현관 앞 계단에 앉아서 신선한 공기 속에서 담배를 즐기고 있었다. 그래서 우리는 조금 더 걸어갔고, 나는 라파엘에게 이야기했다. 모든 것에 대해서. 그런 다음에 나는 조금 부끄러워졌다. 그리고 라파엘은 이해했다.

"어때?"

"아주 이상한 기분이 들어. 아직 아무것도 모르겠어."

"이젠 다 알게 되겠지!" 라파엘이 밝게 말했다.

27
장

  인생, 그것은 마치 소설과 같다. 악당들은 음모를 진행시키기 위해서 등장한다. 그렇지 않으면 사람들은 지루할 것이다. 볼드모트가 없는 해리포터를 상상해 보라. 평범한 사춘기 소년일 뿐이다. 쥐스틴과 리자가 없는 뚱뚱이를 상상해 보라……

  토마스와의 관계가…… 말하자면…… 전환점을 돌았다고 해서 내가 처한 현실이 사라지는 건 아니었다. 나는 낙제를 하지 않기 위해서 열심히 공부했고, 친구들과 어울렸고, 내 주위에서 일어나는 일에 관심을 가졌다. 분명히 아무것도 바뀌지 않았다. 아직은! 어쨌거나 나는 오랜만에 처음으로 정말로, 완벽히, 몹시 행복했다.

나는 내 새로운 외모를 만끽했다. 토마스는 나의 모든 콤플렉스를 떼어내 주었고, 나는 정말 힘들기는 하지만 다이어트를 즐겼다.

그래, 모든 것이 좋았다. 쥐스틴과 리자를 마주칠 때만 빼고. 그럴 때마다 나는 분노가 치밀어 올라 싸움을 걸고 싶은 충동을 느꼈다.

어느 날 더 이상 참을 수가 없어진 나는 폴린을 만났다.

"너도 알겠지만 난 정말 네 파티를 망치고 싶지 않았어. 하지만 너도 어쩌면 쥐스틴과 내가 이야기하도록 내버려 두었어야 했는지 몰라. 쥐스틴은 사진에 대해서 말하려고 했어. 난 그걸 충분히 느꼈어. 사람들이 핸드폰으로 내 엉덩이 사진을 보지 않게 된 지 6개월이 지났어. 적어도 나는 그렇다고 생각해. 그렇게 믿고 싶어! 그런데 왜 그 일이 여전히 너희들 주위를 맴돌고 있는 느낌일까?"

폴린은 뚱덩이의 거친 언어에 익숙하지 않았다. 눈에 보일 정도로 충격을 받은 듯했다. 폴린의 얼굴은 모란꽃처럼 새빨개졌다.

"미안해. 널 불편하게 하고 싶진 않아. 하지만 이제 그만 그 일을 잊고 싶어. 내 사건 이후로 또 다른 사건도 많았잖아. 그리고…… 너도 알다시피…… 난 이제 외모도 많이 변했고."

모란꽃은 양귀비로 변했다. 온갖 농도의 빨간색이 다 나타날 것 같았다. 나는 점점 더 이해하기가 힘들어졌다. 내가 폴린을 편안하게 해 주려고 노력할수록 폴린은 더 당황했다. 폴린은 무언가 말하고 싶어 했지만 동시에 필사적으로 침묵을 지키려고 했다. 문득 이해가 되었다.

"너는 누가 이 사진을 찍었는지 알고 있는 거지?"

주홍색에서 순백색으로 얼마나 빨리 변할 수 있는지 아는가? 폴린은 창백해졌다. 폴린은 온 얼굴로 고백하고 있었다.

"마농, 그렇게 간단하지 않아."

"아, 그래."

"아냐, 나는 이 모든 일을 다시 흔들어 놓는 것이 꼭 좋은 건 아닌 것 같아."

"그건 내가 결정할 일이야."

"물론 그렇지만······."

"혹시 너니?" 나는 잔인하게 폴린을 떠보았다.

나는 폴린을 자극해서 진실을 빼내고 싶었다. 내 질문에 폴린은 배를 가격 당한 것처럼 반응했다. 폴린은 대답하면서 숨을 고르려고 애쓰는 듯했다.

"당연히 아니지, 너 미쳤구나!"

나는 스스로 자괴감을 느꼈지만 당황하지는 않았다.

"그렇다면 왜 아무 말도 하지 않는 거야?"

좋은 질문이다. 분명히 내 전략은 효과적이었다. 생각해 볼 만한 가치가 있는 질문이었고, 나의 먹잇감이 된 불쌍한 폴린은 심각한 내적 갈등을 겪고 있었다. 마침내 폴린은 결심한 듯 단호한 표정을 지었다.

"좋아. 너도 언젠가 어떤 식으로든 알게 될 테니까. 쥐스틴과 리자가 중심이야."

그렇다면 너무 간단했다. 나쁜 사람들이 정말로 나빴으니까. 예쁜 소녀들이 오징어를 조롱했을 뿐이니까. 그런데 내가 왜 바로 추측하지 못했을까? 이것은 나에게 너무 평범하고 너무 단순한 이야기이다. 아니, 나는 그 시기에 죄책감을 느꼈기 때문에 그렇게 생각하지 못했을 수도 있다. 사진을 찍은 아이들, 그리고 재미있어하면서 그 사진을 돌려 본 모든 아이에게 증오를 느꼈음에도 불구하고 나는 내 위로 직접 떨어진 것, 뚱뚱한 엉덩이라는 선고에 대해서만 연연해 했다.

단지 나는 변하려고만 했고 그것을 그 아이들에게 보여 주려고 했다. 나는 분노한 채 그 자리를 떴다. 내 뒤로 폴린이 부르는 소리가 들렸다. 폴린은 분명히 진실을 말할 수 있었던 순간을 아쉬워해야 한다.

"기다려, 이건 그렇게 간단하지가 않아!"

네가 틀렸어, 폴린. 이 일은 아주 간단하게 해결될 거야.

나는 운동장에서 이 두 명의 나쁜 년을 찾아냈다. 이 건방진 아이들은 늘 그렇듯이 팬클럽에 둘러싸인 채 으스대고 있었다. 오히려 잘 되었다. 많은 사람들 앞에서 싸우는 것이 훨씬 더 멋질 것이다. 나는 조용히 그 아이들 앞에 섰다. 그리고 핸드폰을 꺼냈다. 카메라가 내장된 것은 아니지만 그 사실을 눈치채지 못할 정도로 그 아이들이 우둔할 거라고 생각했다.

"아니 마농, 뭐 하는 거야?"

내가 환각을 일으킨 것일까. 이 두 멍청이가 포즈를 취했다! 그 아이들은 솔직히 놀란 표정이었고 포즈는 단지 파블로프의 반사일 뿐이었다. 하지만 카메라 앞이라고 포즈를 취하다니, 한심했다! 나는 그 아이들이 몇 초 동안 더 으스대면서 마치 무뇌아들처럼 킥킥거리도록 내버려 두었다. 그리고 마침내 일격을 가했다.

"사실은 아무것도 없어. 나도 너희들의 바보 같은 모습을 찍어서 다른 아이들에게 전송하고 싶지만, 힘들 거 같아. 그런 사진이 너무 많아서 전송하기엔 용량이 너무 크거든."

아, 거기, 추종자 여러분! 여러분의 우상을 그렇게 놀리는 건 좋지 않아요.

우리 세 사람 주위로 킥킥거리는 웃음소리가 들렸을 때, 그건 마치…… 마치…… 초콜릿 바를 맹렬하게 깨무는 것처럼 기분이 좋았다.

"마농, 너 제정신이야? 너 미쳤어?"

"너 아무래도……."

쥐스틴은 말을 끝내지 못했다. 그렇다면 이년에게 1그램이라도 양심이 있는 것일까? 기가 막혔다. 나는 이 희귀종에 대해 과학적 연구를 더 진행할 시간이 없었다. 리자가 반격했다.

"사진에 대해 얘기하고 싶은 거니, 마농? 좋아! 너는 엉덩이가 뚱뚱하지 않은 사람들은 수영장 탈의실에 몇 명까지 들어갈 수 있는지 아니? 과연 두 명일까?"

리자는 오만한 태도를 되찾았다. 이 아이는 도대체 어떻게 이렇게 자신감이 넘치는 걸까?

"세 명이야!" 그리고 비명을 질렀다.

"궁금한 점이 있으면 너의 충실하고 헌신적인 라파엘에게 물어 봐. 라파엘이 알려줄 테니까."

"너 아주 한심하구나, 리자! 내가 그 말을 덥석 물 거라고 생각했다면, 너는 정말 내가 생각했던 것보다 훨씬 더 멍청해."

나는 확신에 차서 빈정대는 말투로 말을 시작했지만 떨리는 목소리로 말을 끝냈다.

왜 아이들이 더 이상 웃지 않는 것일까?

왜 리사 그리고 쥐스틴은 여전히 의기양양한 표정일까?

왜 라파엘은 사진에 대해서 처음 이야기했을 때부터 당황해 보였을까?

토마스는 왜 "마농, 그만둬."라고 말했을까?

왜냐하면 그 망할 목요일에 라파엘이 그 빌어먹을 탈의실에 함께 있었다는 사실을 나만 몰랐으니까?

28
장

　가장 친한 친구에게 배신당했다. 라파엘은 나를 철저하게 조롱
했다. 그것도 일타쌍피로! 탈의실에서 들렸던 낄낄거리는 소리에
라파엘도 함께 있었다. 늘 나의 가장 친한 친구이자 비밀을 털어
놓을 수 있는 사람이라고 주장하면서 몇 달 동안 나에게 거짓말
을 한 것이다. 체중계가 마침내 기분 좋은 숫자를 보여 주었을 때
나의 기쁜 소식을 처음으로 알렸던 것도 라파엘에게였다. 내가 토
마스와 함께 있는 것을 보며 기뻐했던 것도 라파엘이었다. 그런데
라파엘이 어떻게 그럴 수 있었을까?

　물론 라파엘에게 물어보았어야 했다. 충분히 이유가 있었을 것

이다. 라파엘은 단지 휩쓸린 것이고 이렇게까지 될 것이라고 단 일 초도 상상하지 못했다고 나에게 설명할 것이다.

아니면 정말로 재미있었을까, 내 뚱뚱한 엉덩이 사진이?

나는 결단을 내렸다. 나는 라파엘을 여전히 사랑하고, 더 사랑한다. 하지만 나는 이성적이지 못했다. 그러기에 내 안에 너무도 많은 고통과 분노와 놀라움이 뒤섞여 있었다. 단 1초 만에 나의 작고 멋진 세상이 무너져 버렸다. 그저 행복하다는 달콤한 느낌이 사라져 버렸다. 나는 침묵했다. 나는 라파엘과의 대화를 철저하게 거부했다. 라파엘이 가까이 다가오면 노골적으로 멀어졌다. 누구도 사랑하는 사람에게 그렇게까지 상처를 줄 권리는 없다.

토마스는 중재하려고 했다. 토마스는 놀라울 정도로 인내하고 조심했다. 사실 토마스도 알고 있었다. 처음부터. 토마스는 내가 아무것도 모르고 있다는 사실을 재빨리 알아차리고 그 주제에 대해 조심스럽게 피해 왔다. 폴린의 파티에서 쥐스틴이 내 몸무게로 나를 공격했을 때도 마찬가지였다. 그런데 바로 그날 저녁, 나는 흔들리지 않을 우정의 힘으로 라파엘을 옹호했다!

보리스 역시 중재를 시도했다. 불쌍한 라파엘, 나에게 그토록 볼품없는 밀사나 보내다니! 나는 보리스를 그의 영역으로 돌려보냈다. 나는 라파엘이 쥐스틴이나 리자에게 만족하지 않는 듯한 모습에 주목했다. 오히려 세 사람은 사이가 꽤 틀어진 듯이 보였다. 차라리 그게 낫다…… 아니, 그렇게 낫지도 않다. 나는 신경 쓰지 않았다. 그렇다고 확신하고 싶었다.

지난 몇 달을 돌이켜봤을 때, 나는 웃어야 할지 울어야 할지 알 수가 없었다. '좋은 소식'은 내가 결국 내 비만 문제를 해결했고, 더 이상 하루 종일 초콜릿에 대한 갈망에 맞서 싸우느라 고군분투하지 않는다는 것이다. 내가 친애하던 라파엘이 나에게 멋진 작별 선물을 준 것은 분명했다. 하지만 언젠가부터 교실에 들어서는 순간, 속이 더부룩해져서 아무것도 삼킬 수가 없었다. 그 사실을 알게 된 지 보름 만에 살이 3킬로가 더 빠졌다. 3킬로. 나는 처음 목표였던 10킬로를 훨씬 초과했다! 나는 13.5킬로나 살이 빠진 것이다. 내 몸을 스스로 통제할 수 있다는 느낌은 토마스의 입맞춤보다 나에게 더 위로가 되었다. 나는 내 몸과 기능을 통제했다. 완전히. 내 몸은 절대로 나를 배신하지 않을 것이고, 나는 계속 주의를 기울일 것이다. 그러나 나는 꿈꾸던 몸매, 리자나 쥐스틴처럼 완벽한 몸매는 가지지 못했다! 하지만 그건 중요하지 않았다.

지난 몇 달 동안 가장 행복했던 일, 심지어 체중 감량보다 훨씬 더 행복했던 일은 토마스였다. 나는 학교에서 가장 멋진 소년과 데이트를 하고 있었다. 그건 확실하다. 토마스는 내가 불평하고,

비난하고, 울고, 추측하고…… 침묵하는 모든 것을 들어주었다. 관계의 초기에는 나는 단지 친절한 미소와 재치만을 보여 주려고 했다. 하지만 이제 나는 수다쟁이가 되어 있었다. 나는 토마스 앞에서는 온갖 노력을 다하고 싶었지만, 그것은 종종 내 능력을 넘어섰다.

'나쁜 소식' 역시 목록이 길다. 아니, 사실은 아주 짧다. 그건 초콜릿과 라파엘뿐이다. 나는 좋아하던 것을 더 이상 먹지 않았다. 사실은 아무것도 먹지 않았다. 나는 먹지 않으려고 애쓰지 않았다. 게다가 새로운 문제가 생겼다. 나는 그 어느 때보다 더 몸이 좋지 않고, 내 불편함을 감출 마법의 무기가 없었다. 토마스의 품은 밀크 초콜릿만큼 효력을 발휘하지 못했다. 잔인한 사실이다. 토마스가 어느 저녁에 둘이 데이트하자고 제안했을 때 나는 단호하게 거절했다.

아마 토마스와 단둘이 있는 순간은 긴장을 풀 수 있었을 것이다. 토마스의 달콤한 말, 시선, 입맞춤을 즐기면서. 이런 것들은 분명히 나에게 도움이 되었을 것이다. 하지만 토마스는 나를 식당으로 데리고 가고 싶어 했다. 언젠가는 그럴 거라고 나는 생각했다. 수첩을 감추어 둘까? 몇 시간 동안만 수첩을 생각하지 말까? 목록을 떠올리지 않을 수 있을까 끝까지? 그건 자살 행위였다. 토마스와 단둘이 나는 무엇을 할 수 있을까? 나는 그 순간을 즐기고 메뉴판을 읽으면서 무너지고 말 것이다. 그리고…… 먹을 것이다. 짐승이 다시 깨어날 것이라고 나는 확신했다. 그 짐승이 화를 내면서 빙빙 돌다가 그를 묶어 놓은 사슬의 고리를 잡아당기는 모습을 상상해 보았다. 내가 짐승을 풀어 준다면, 충동은 강하게 되살아날 것이다. 어쩌면 나는 멋진 남자아이와 데이트하는 평범한 여자아이일지도 모른다. 하지만 내 일상은 여전히 완전히 엉망이었다. 나는 내가 만든 굴레에 갇혀 있었다.

나는 블로그에 다시 몇 개의 글들을 올렸다. 킬로마스터에게 도움을 요청하는 글이었다. 아무런 답변이 없었다. 나는 최근의 놀라운 체중 감소, 철저한 식단 관리에 대해서 알렸다. 그리고 거의 항상 비어 있는 위의 경련이 내게 가져다주는 기쁨에 대해서 말했다. 킬로드라마 아니 킬로마스터의 침묵은 고통이 만들어 놓은 무관심이라는 방어벽을 위태롭게 만들었다. 그 아이 역시 나를 버리는 걸까? 절대로 그러지 않겠다고 약속했었다. 우리는 단지 체중 감량과 식단 조절에 대해서 이야기했지만, 우린 다른 이야기도 하고 있었다! 킬로마스터는 항상 내 메일에 매우 빠르게 응답했고, 한때는 킬로마스터가 일상보다 웹에서 친구가 더 많을 거라고 추측하기도 했다. 킬로마스터는 자신의 껍질에서 나올 때라고 결정한 것이 분명하다. 나는 그렇게 이해했고, 그렇다면 진심으로 기뻐해 줄 수 있다. 하지만 어찌 되었든 간에 나에게 이메일을 보낼 시간 정도는 낼 수 있었을 텐데.

나는 마침내 무슨 일이 일어나고 있는지 이해했다. 킬로마스터의 학생이 마스터를 능가한 것이다. 현재 나의 체중 조절 능력이 그 아이를 화나게 한 것이 틀림없다. 내가 3킬로나 더 뺐으니까. 킬로마스터는 더 이상 체중 감량을 원하지 않는다고 썼었다. 심지어 100그램도. 어쩌면 그 아이는 더 이상은 할 수 없었던 것이 아닐까? 내가 킬로마스터보다 더 강했다. 만약 킬로마스터가 더는 견딜 수가 없었고, 그래서 실패했다면 정말 안타까운 일이다! 과연 그랬을까?

라파엘은 내게 돌아오지 않았다. 리자와 쥐스틴은 내 친구에게 약을 먹여 그들과 함께 탈의실로 따라 들어오라고 강요한 것이라고 고백하지 않았다. 내 머릿속에서 이 고통스러운 에피소드는 지워지지 않았다. 하지만 사실을 알게 된 이후, 줄곧 나를 따라다니던 구토감을 느끼지 않고 잠에서 깨어났다. 단지 그 느낌에 익숙해졌을 뿐이었다……. 그게 다였다.

29
장

청소년 시기에는 헤어지거나 헤어짐을 당할 권리가 있다. 부모들은 이것이 사춘기의 시작이며 해명할 필요가 없다는 걸 안다. 하지만 타당한 이유를 밝히지 않고 가장 친한 친구와 다투는 것은 엄격히 금지한다. 정당방위임을 증명하지 않는다면.

우리 가족이 라파엘과 나 사이에 문제가 있다는 것을 알기까지 그리 오래 걸리지 않았다. 라파엘은 보리스와 사귀기 시작한 이후로 분명히 우리 집에 오는 횟수가 훨씬 줄어들었다. 하지만 내 친구는 어쨌든 정기적으로 오긴 했다. 그래서 엄마는 무언가를 의심하기 시작했다. 프랑스어 숙제가 있는데도 라파엘이 우리 집에 숙제하러 오지 않았을 때, 엄마는 알아차렸다. 그래서 나는 엄마와 딸 단둘이 대화하는 멋진 순간을 맞이해야 했다.

꼭 그런 것은 아니지만 하나의 대화에는 둘이 필요하다. 하지만 우리 대화는 우정의 가치에 대한 훌륭한 독백으로 이루어졌다. 솔직히 좋은 이야기였다. 가장 친한 친구는 첫사랑보다 더 소중한 보물인 듯하다(엄마는 보리스, 혹은 내 남자 친구라고 짐작하는 토마스와의 사이에 무언가를 의심했다). 평생 함께하는 중요한 사람들의 명단에서 이런 친구들은 아주 영예로운 자리를 차지한다. 조부모와 동급이고, 심지어 때로는 형제자매보다 앞서 있다(나도 그렇게 믿고 싶다). 참고로 첫 번째 자리는 당연히 부모 차지이고, 그건 누구나 짐작했을 것이다(나, 나라면 아이들과 남편을 넣었을 것이다. 하지만 엄마는 분명히 나에게 아직은 다른 가족이 없다는 전제에서 출발했을 것이다!). 간단히 말해서 무슨 일이 있었든지 간에 친구 사이의 불화를 정당화시킬 수는 없다는 것이다.

무슨 일이 있었든지 간에…… 거기서, 나는 정말로 내 컴퓨터를 켜서 엄마에게 조심스럽게 보관해 온 내 엉덩이 사진을 보여 주고 싶었다. 라파엘과 그 새로운 친구들이 '무슨 일'을 벌였는지 엄마에게 말하기 위해서. 하지만 나는 그 결과가 두려웠다. 의심할 여지도 없이 엄마는 딸의 실추된 명예를 회복하고 싶어 할 것이다. 엄마는 그랬다. 엄마는 불의를 용납하지 않았다. 특히 엄마와 가까운 사람 중 한 명이 불의를 당한다면. 이 모든 것은 좋은 감정에서 출발하겠지만, 그 결과는 재앙이 될 것이다. 엄마는 불도저를 타고 학교로 와서 교장 선생님을 만나고 쥐스틴, 리자, 라파엘을 불러 심문을 하고, 어쩌면 범죄 현장을 재현할 것을 요구할지도 모른다. 엄마는 심지어는 고소를 할 수도 있다. 그렇게 되면 사진이 공개되었을 당시에 내 엉덩이 사진을 미처 보지 못했던 보기 드문 몇몇 아이들이 뒤늦게 그 사진을 보게 될 수도 있을 것이다. 물론 나는 신경 쓰지 않을 수 있다. 그 후로 내 엉덩이 크기가 많이 줄어들었으니까. 분명히 나는 이런 상황이 벌어져서는 안 된다고 생각했다. 몸무게가 더 나가든 덜 나가든 나는 여전히 같은 사람이다. 어처구니없게도 라파엘은 고발의 희생자가 되고 나는 사나운 밀고자가 될 수도 있다. 그리고 그것은 의문의 여지가 없었다. 그래서 나는 입을 꾹 다물고 엄마의 추측에 맡겼다.

아빠 또한 가장 친한 친구와의 이 명백한 다툼에 대해 매우 적절한 의견을 냈다.

"십 대들은 원래 그런 거야. 그러면서 크는 거라니까……."

이 아름다운 사회학적 연구에 나는 말문이 막혔다……. 아빠에게도 나는 아무 말을 하지 않았다.

오빠는……. 여동생의 삶 따위는 안중에도 없었다(당연한 일이겠지만 오빠는 역사가 아니라 물리학 전공이다). 물론 오빠는 모든 논평을 자제했다. 오빠는 막 시험 기간을 마쳤고 고등학교 때는 충분했던 공부량이 이제는 더 이상 성공을 보장해 주지 못한다는 사실을 실망스럽게 느끼고 있었다. 물론 오빠는 이렇게 자세히 말하지 않았다. 단지 충격적인 문구로 요약했다.

"망했어."

오빠는 동생의 친구 문제에 대해 관심이 없었다.

아무튼 그랬다. 그런데 어느 저녁에 오빠가 내 방문을 열었다. 방으로 들어오기 전에 노크까지 하고서. 처음이었다! 오빠는 어깨를 구부린 채 침대 끝에 조용히 앉았다. 오빠는 못생기지도 잘생기지도 않았다. 적어도 나는 늘 그렇게 생각했었다. 그날 밤, 나는 침대 끝에 당황스러운 표정으로 앉아 있는 이 소년이 꽤 매력적이라고 생각했다. 오빠에게 무슨 일이 일어난 것일까? 내가 오빠의 나쁜 시험 성적에 대한 독점권이라도 가지게 된 것일까? 여동생 마농이 오빠를 위로해야만 할까? 부모님께 시험 결과를 말하기 위한 계획을 세울 수 있도록 오빠를 도와야 할까? 나는 오빠보다 창의적이고, 오빠도 그 사실을 알고 있고, 그리고…….

"마농, 내가 오늘 에티엔의 집에 갔었어. 에티엔의 여동생은 너도 알다시피 아직 고등학교에 다니고 있어. 그 아이가 마침 집에 있었어. 그리고 나에게 모든 사실을 말해 주었어."

녹아웃. 깜짝 놀랐다! 나는 '그 일'이 오빠를 통해서 가족에게 전달될 거라고는 상상도 못 했었다. 사실 오빠는 몇몇 친구들을 통해 여전히 우리 학교의 소식을 듣고 있었다.

"모든 것이라니, 정확하게 뭘 말하는 거야?"

나는 공격적이지도 방어적이지도 않은 편안한 말투로 말하려고 했지만 내 목소리가 나를 배신했다. 오빠는 시선을 허공에 두고 나를 쳐다보지 않은 채 똑같이 초연한 태도로 계속 말을 이어갔다.

"모두 다. 사진, 네 엉덩이, 라파엘 그리고 너에게 그런 짓을 한 나쁜 두 년."

정말이지 잘 요약했다…….

"그래서?"

"그래서……."

거기서 오빠는 마침내 고개를 들어 나에게 시선을 고정했다.

"그래서, 그건 나쁜 짓이야, 마농. 사진을 찍은 것도 나쁘고 보내는 것도 나쁘고, 심지어 본 것도 나빠. 내게 말했어야지!"

이것까지는 좋았다! 오빠는 여동생이 받았던 모욕에 분노했다. 하지만 오빠는 기억력이 아주 나쁘다! 이번에 나는 거의 오빠만큼이나 나를 놀라게 한 분노를 더 이상 통제하려고 하지 않았다.

"아, 그래? 그러면 오빠가 뭘 할 수 있었을까? 그 아이들이 하는 짓을 막을 수 있었을까? 학교 정문에서 그 아이들을 기다렸다가 혼내 줬을까? 아니면 나를 뚱뚱한 엉덩이라고 부르는 모든 아이들을 때려 줬을까?"

"하지만 널 뚱뚱한 엉덩이라고 부르는 건 나빠!"

오빠의 빈곤한 어휘력은 정말 한심한 지경이다…….

"나쁘다고? 오빠가 생각하는 게 겨우 그거야? 그렇게 생각한다니 놀라워. 나를 뚱뚱한 엉덩이라고 처음으로 불렀던 사람은 바로 오빠야. 이미 몇 년 전에 여러 차례. 심지어 이런 말도 했었지. '소파에서 뚱뚱한 엉덩이 좀 치워', '네 뚱뚱한 엉덩이를 움직여서 물 좀 가져와', 더 기억나게 해 줘? 다른 기억도 많아서, 나는 아직 한참 더 말해 줄 수 있어."

나는 소리를 지르면서 울었다.

"내 열세 번째 생일 기억 나? 내 친구들 앞에서 유머랍시고 멍청한 소리를 떠들어 댔잖아? 친구들과 영화를 보러 갈 때면 엉덩이가 여전히 의자에 맞을 때 영화를 충분히 즐기라고! 오빠도 그 아이들만큼 쓰레기야. 게다가 오빠는 아무 데도 쓸모가 없어. 왜냐하면 그 아이들은 적어도 내가 살을 빼도록 만들긴 했으니까. 오빠는 아무런 이득 없이 내 인생을 망치고 있어. 이게 무슨 낭비야?"

오빠의 얼굴은 창백해졌다. 내가 말 그대로 오빠에게 큰 소리로 대든 것은 그의 생애에서 처음이었고, 게다가 전혀 예상하지 못했던 일일 것이다. 물론 나 역시 마찬가지였다. 오빠는 착한 사마리아인 역할을 하러 왔는데 그 자리에서 총에 맞은 것이다. 오빠는 마침내 고개를 들고 기분 상한 표정으로 오빠로서의 명예를 회복하기 시작했다.

"과장하지 마, 마농. 너는 이야기를 덧붙이고 있어. 그래, 난 너를 놀렸어. 하지만 너 역시 내 말에 신경 쓰지 않았어. 그건 다 장난이었다는 걸 너도 알잖아. 지금 모든 책임을 나에게 돌리는 건 쉬운 일이야."

오빠는 잠시 침묵했다. 마치 자신의 생각을 말로 표현하기 전에 다시 검토하려는 듯이.

"네 생일에 왔던 친구들도 그게 단지 농담이라는 걸 알고 있었어. 게다가 잘 웃는 아이들도 몇 있었고. 그런데 너는 늘 부풀려서 말하고 있어. 특히 너에게 불리한 상황에서는 더."

거기서 어쩔 수 없이 오빠 역시 자신의 말이 모순된다는 것을 알아차렸다. 나는 사정 없이 밀어붙였다.

"다른 사람의 방에 갑자기 들이닥친 사람이 누군지 기억해 봐. 노크를 하는 수고를 했지만 분명히 침입이야. 그리고는 또 뭐? 계속 이런 말만 반복하고 있잖아. '그건 나쁜 짓이야, 나쁜 짓이야.'"

나는 핵심을 찔렀다. 나는 오빠에 대해 그동안 쌓아 왔던 모든 분노를 마침내 쏟아낼 수 있는 이 순간을 오랫동안 기다려 왔다. 내가 오빠의 헛소리와 잔인함에 직면하게 되는 순간을. 나는 기분이 좋아지고 홀가분해져야 했다. 하지만 그렇지 않았다. 나는 조금 더 지친 기분이었다.

"좋아, 마농."

오빠는 미소로 나에게 환심을 사려고 했다.

"내가 너에게 그렇게 말한 것에 대해서 할 말이 없고, 나 역시 그 점에 있어서 다른 사람들보다 나을 것이 없어. 내가 너를 그 정도로 고통스럽게 했을 것이라고 상상도 못 했어."

내 시선이 점점 굳어져 가는 것을 보면서 오빠는 서둘러 덧붙여 말했다.

"그건 변명의 여지가 없어! 하지만 너에게 어떻게 말해야 할지 모르겠어. 나는 그건 다른 문제라는 느낌이 들어. 말과 사진은 달라. 그건 다른 차원의 문제라고."

오빠의 말이 완전히 틀린 것은 아니지만 나는 그것을 인정하지 않았다. 나는 아직 용서하는 멋진 장면을 연기할 준비가 되지 않았다.

"오빠, 엄마 아빠에게 아무 말도 하지 마."

"내 생각엔 차라리……."

"오빠는 아무 말도 하지 마."

오빠는 한마디도 더 말하지 않고 내 방에서 나갔다. 나는 오빠가 말하지 않을 것을 알고 있었다.

30
장

　나는 폴린에게 오빠와의 말다툼을 털어놓았다. 내가 오빠에게
했던 모든 말을 스스로 납득하는 데 어려움을 겪었다. 나는 그날
저녁때까지 사진과 오빠의 농담을 비교해 본 적이 없었다. 그 이
후로 무엇이 문제인지 명백히 알 수 있었다. 그 누구도 다른 사람
을 외모로, 심지어 몸무게로 판단할 수 없다. 우리 각자가 더 나가
는 몸무게에 대해서 완전히 책임이 있는 것은 아니다. 그랬다면 우
리는 모두 말랐을 것이다! 폴린은 고개를 끄덕였다. 폴린은 단 1
그램도 뺄 살이 없었지만 늘 개방적인 태도로 다른 사람들을 배려
했다. 다행히도 그 문제에 대해서도 마찬가지였다. 섬세함과 정직

함 덕분에 폴린은 라파엘이나 나와 각각 친구로 남는 방법을 알고 있었으며, 무엇보다 우리가 그 사실을 받아들이도록 만들었다. 우리는 과거에 내가 가장 친했던 친구에 대한 이야기를 꺼내지 않았으며 아마 폴린은 라파엘과 함께 있을 때도 마찬가지일 것이다. 사실, 나는 폴린에게 차마 물어볼 수가 없었다.

나는 폴린에게 이 말다툼에 대해서 말했다. 왜냐하면 토마스에게는 말할 수 없었기 때문이다. 토마스는 오빠와 나의 관계에 대해서, 오히려 관계가 없다는 것에 대해서 알고 있었다. 게다가 우리는 오래 묵은 내 몸무게 문제에 대해서 정말로 말을 하지 않았다.

아, 게다가 나는 토마스가 사진 이야기를 정말로 싫어한다는 것을 알고 있었다. 게다가 토마스는 나에게 라파엘과 화해하라고 굳이 고집부리지도 않았다. 내 상처가 너무 깊다는 것을 잘 이해하고 있었다. 토마스도 내 엉덩이 사진을 전송받았을까? 토마스라면 분명히 친구에게 전달하지 않고 삭제했을 것이다.

하지만 토마스는 뚱덩이에게는 가까이 가지 않았었다. 토마스는 뚱덩이에 대해 전혀 신경 쓰지 않았고, 뚱덩이가 자신을 향한 사랑으로 죽어 가고 있을 때에도 거의 말조차 걸지 않았다(아니, 나는 과장하지 않았다…… 만약 말을 걸었다면 아주 조금!).

이쯤이면 나도 내가 이상하다는 것을 당연히 알고 있다. 아무튼, 마농은 풍뎅이를 제일 먼저 싫어한 사람이고 같은 이유로 자신의 남자 친구를 탓할 수는 없다. 하지만 나는 얼마나 여러 번 내가 언제 마음에 들었는지 묻고 싶었는지 모른다! 그래서 그 당시에 체중계가 가리킨 내 몸무게를 찾아낼 것이다. 그리고 얼마나 여러 번 내가 다시 뚱뚱해지면 싫어질지 묻고 싶었는지 모른다! 얼마나 여러 번 토마스에게 수첩에 대해서 말하고 싶었는지 모른다!

오빠와의 대화는 결실이 있었다. 오빠와 나는 아주 슬그머니 가까워졌다. 거의 눈에 띄지 않을 정도로. 나는 더 이상 단지 어린 여동생이 아니었고, 이제는 정말로 성인들의 세상을 경험하고 있었다! 그런 면에서 나는 더 많은 것을 고려할 자격이 있었다. 또한 내 방은 오빠에게 소중한 전략적 피난처가 되었다. 오빠의 물리학 시험 결과는 당연히 좋지 않았다. 갑자기 오빠는 부모님과 마주치는 것을 피하기 시작했다. 좀 더 정확하게 말하면 오빠는 아빠를 멀리하기 위해 소파와 TV를 피했다. 엄마의 경우는 좀 더 복잡했다. 엄마는 우리가 특별히 대화를 나누고 싶은 기분이 아닌 순간조차 '나는 네 엄마니까, 모든 것을 이해해.'라는 분위기로 우리를 방구석에서 끌어내는 재주를 가지고 있었다. 그런 순간이면 나는 마치 묘비처럼 대화에 응했기 때문에 내 방은 엄마가 집착하지 않는 유일한 장소였다. 그래서 오빠는 그런 식으로 시간을 '보내는'

습관을 갖게 되었다. 늘 노크를 하면서! 오빠는 내 헌책을 뒤적이기도 하고, 내 수학 숙제를 도와주기도 하고, 특히 무심한 척하며 내 학교생활에 관해 물어보곤 했다.

우리는 겨우 세 살 차이였지만 고등학교에 대한 같은 기억은 없었다. 물론 오빠가 고등학교를 다니던 시절에도 핸드폰은 있었지만 당시의 기능은 제한적이었다. 만약 오빠가 나와 같은 사건을 경험했다면 어떻게 반응했을지 가끔 궁금해지곤 했다. 아마 오빠는 뚱뚱한 엉덩이 사진을 직접 찍지는 않았을 것이다. 하지만 오빠는 장난을 즐겼을 것이고 그 사진을 신나서 함께 퍼뜨렸을 것이다. 그런 생각이 들자, 나는 오빠를 내 방 밖으로 내쫓고 싶어졌다. 그래서 나는 오빠가 말하는 것들 즉, 오빠의 대학 친구들, 학업에 대한 걱정에 다시 집중하려고 노력했고, 그러자 내 오빠가 극소량의 인간성을 가지고 있다는 사실을 알 수 있었다. *고마워, 라파엘. 네 덕분에 엄청난 발견을 했어! 내가 그 사실을 너에게 말할 수 없다는 것은 유감이지만……*

이 모든 일에도 불구하고 나는 정신이 멀쩡했다. 오빠와 나는 아무튼 비밀을 공유할 만한 관계는 아니었다. 새롭게 싹트는 우리의 공모는 우리가 대중 앞에 서는 순간부터 사라졌다. 말하자면 주로 엄마 아빠 앞에서. 그리고 식탁에서. 나는 더 이상 예전처럼 오빠의 빈정거림이나 곁눈질을 받지 않았다. 의심할 여지없이 오빠는 나를 감시했다. 더 정확히 말해서, 오빠는 내 접시를 감시했다. 너무 집중하느라 가끔 눈살을 찌푸리곤 했기 때문에 나는 오빠가 내가 입속으로 밀어 넣는 음식들의 칼로리를 마음속으로 계산하고 있는 것은 아닐까 생각하기도 했다. 오, 나는 오빠의 일을 훨씬 수월하게 만들어 주었다. 식사가 끝날 때까지 나는 5백 칼로리를 넘지 않았다. 아직은 내 몸에 대한 통제력을 놓을 때가 아니었다.

오빠의 태도는 정말로 날 성가시게 했다. 나는 오빠를 잘 알았다. 오빠는 머릿속으로 무언가 집중하고 있을 때는 절대로 딴 데 정신을 팔지 않는다! 오빠는 조사하고 있었고, 나는 오빠가 발견하게 될 사실이 두려웠다. 하지만 오빠가 내 방을 뒤질 수 있다고 생각하지는 않았다. 오빠가 나를 걱정하지 않는 한……. 지금은 분명히 그런 경우였다.

"마농, 이건 망상이야…… 너는 정말로 더 이상 아무것도 먹지 않고 있어."

마침내 나에게 이야기하기로 결심한 저녁에, 오빠는 자신감에 차서 곧바로 요점을 말했다. 나는 위로가 되는 동시에 걱정이 되었다. 나는 오빠의 의심을 일깨우지 말아야 했다.

"그렇게 말하지 마, 오빠. 나는 고기를 먹고 있어……."

"그걸 말이라고 하니, 생선과 닭고기만 먹었잖아."

"과일과 채소도……."

"채소만!"

"유제품……."

"탈지유!"

"오빠 지금 나를 감시하는 거야? 내가 먹는 걸 어디 수첩에라도 적어둔 거야?"

나는 오빠의 말에 반박하면서 눈을 깜빡이지 않으려고 했지만 배가 조여지는 느낌이 들었다.

"전보다 덜 먹고, 전보다 배가 덜 고픈데, 괜찮았어. 게다가 오빠는 내가 여자라는 걸 기억했으면 좋겠어. 그래서 오빠보다 위가 훨씬 더 작고 튼튼해."

"헛소리하지 마. 너는 굶어 죽게 돼도 너 자신을 방치할 거야. 네가 그러는 이유를 정말 모르겠어. 넌 이제 정말 말랐고, 널 있는 그대로 사랑해 주는 남자 친구가 있어……."

"오빠가 뭘 알아? 오빠 일이나 신경 써야 할 때인 것 같은데. 만약 오빠가 대학에 다니기에 부족하고 고등학생 시절을 아쉬워한다고 해도 나에게는 아무런 책임이 없어. 이제 오빠가 나를 내버려 둬야 할 때야."

나는 분명히 오빠를 화나게 했고, 아주 잠시 나 자신을 탓했다. 하지만 현재 우리의 우애는 정말 좋았다. 단지 오빠가 내 몸무게와 다이어트는 비밀이라는 것을 이해할 필요가 있었다. *사나운 개를 조심해, 나는 물 수도 있어. 쓸데없이 끼어들지 마.*

"네가 원하는 대로 해, 나는 너를 위해서 말한 거야!"

"……."

"가끔 넌 성질 부리는 걸 못 참아!"

"그건 가족 내력이야……."

31
장

사춘기가 정말 배움의 시기라면, 나는 올해 단기 집중 강좌를 받은 셈이다! 2월 중순이 되면서 나는 다른 사람의 엉덩이 사진을 찍어서 그것을 단지 재미 삼아 핸드폰으로 전송할 수 있다는 사실을 배웠다. 그리고 먹을 것에 대한 집착을 이겨낼 수 있다는 사실을 배웠다. 나는 사랑과 섹스 또한 알게 되었다. 그리고 허울뿐이었던 오빠를 재발견했다. 결국 배신을 경험하기도 했다……. 솔직히 말해서 그것만으로도 고등학교 과정을 통과할 수 있을 것이다. 이 정도면 충분하지 않을까?

그런데 아니었다. 나의 서류에는 중요한 항목이 빠졌다. 그것은 바로 예상치 못한 여행이었다……

봄 방학 중이던 어느 금요일 저녁이었다. 나는 공연히 킬로마스터로부터 메일이 왔는지 편지함을 다시 한번 확인하고 실망하고 있었다. 내가 새 닉네임을 만들어 달라고 한 이후로 킬로마스터는 더 이상 답장하지 않았다. 나는 여전히 그 아이에게 의지하고 있는데 말이다. 나는 내 몸에 대해 불편함을 느낄수록 그 아이에게 신경이 쓰였다. 하지만 그걸로 충분하다! 결국 내가 몸무게 문제를 가장 많이 이야기한 사람은 그 아이일 것이다. 그런데 그 아이는 내 블로그 어디에도 써놓지 않은 내 이름조차 나에게 묻지 않았다.

나는 킬로마스터의 침묵에 신경 쓰지 말아야 하는 수많은 합당한 이유를 지칠 정도로 찾아보았지만 아무런 소용이 없었다. 킬로드라마, 킬로마스터는 내 곁에 없다. 그 아이는 늘 곁에 있었고, 의지가 되었고, 내가 의심할 때마다 확신을 주었다.

엄마가 내 방에 들어왔다. 엄마는 침대 끝에 걸터앉아 셔츠 자락만 매만지고 있었다. 나는 무슨 일인지 도무지 짐작할 수 없었지만 중요한 일인 건 분명했다!

"마농. 내일 무슨 계획이 있니?"

"응, 폴린과 수영장에 갈 거야. 그리고 오후에는…… 누구를 만나야 해. 왜?"

"취소할 수 있니? 아주 중요한 일이야……."

엄마는 '누구'를 만날 것인지 곧장 묻지 않으려고 조심했다. 나는 토마스와의 약속을 취소하고 싶었다. 우리는 토마스의 집에 단둘이 있게 될 위험이 있었고, 나는 그런 상황이 신경 쓰였다. 이상하게도 내가 포기하고 싶지 않은 것은 수영장이었다. 나는 수영이 좋았고, 내가 건강한 체중을 유지하는 데 꼭 필요한 운동인 것 같았다.

"나에게 왜 그런 걸 물어봐? 플로랑스 이모가 전화했어? 아망딘과 휴고를 봐 달라고?"

"아냐…… 전혀 아니야! 나…… 나는 너를 어디로 데리고 가고 싶어. 누…… 누군가를 만나러……."

불쌍한 엄마, 엄마는 매우 심란해 보였다! 나는 엄마가 무슨 생각을 하고 있는 것인지 추측해 보았다. 그리고 결국 나는 그 의문의 '누군가'라는 설명에 만족하지 않았다.

"누구가 누구야? 그리고 어디로? 우리 둘이 그곳에 간다고? 엄마는 꼭 내가 필요한 거야? 오빠에게 부탁하면 안 돼? 오빠는 이제 운전면허도 있잖아. 운전을 해 줄 수도 있을 거야!"

나는 엄마가 이렇게 난처해하는 모습을 보는 것이 재미있었고, 엄마가 거기서 벗어나도록 돕지 않았다는 걸 인정한다. 엄마는 고개를 들고 단호한 목소리로 말했다.

"친구들에게 전화를 걸어서 수영장과 오후 약속을 취소해. 우리는 내일 아침에 몬트리올로 갈 거야. 하루 종일 걸릴 거야."

"몬트리올? 엄마 농담하는 거지? 도대체 우리가 몬트리올에서 뭘 할 건데?"

막이 내렸다! 관객은 여전히 휘파람을 불고 있었지만 여배우는 곧은 자세로 당당하게 퇴장했고 어떤 부름에도 대답하지 않았다. 나는 화가 나서 발을 구르고 벽을 향해 내 사자 인형을 던졌다. 그런 다음 마음이 바뀌었다. 엄마가 내 방에 들어왔을 때, 엄마는 몹시 불편한 기색이었다. 몹시 망설이며 말을 꺼냈다. 그것은 엄마답지 않은 일이다. 나는 엄마가 왜 나를 데리고 몬트리올에 가려고 하는지 몰랐지만 그 일이 중요하다는 것을 이해했다. 어쩌면 엄마는 나의 진짜 생물학적 할아버지나 혹은 20년 동안 가족과 인연을 끊었던 자매를 소개하려는지도 모른다. 나는 다음날 일정을 취소했다. 폴린에게 먼저 전화를 걸고, 그다음 토마스에게 전화를 걸어서 긴 대화를 나누었다.

엄마와 나는 다음 날 아침 일찍 길을 나섰다. 방학 첫날인데도 등교할 때와 마찬가지로 일찍 일어나야 한다는 것이 짜증이 났고, 점심을 먹게 될 식당에서 식사를 거부하는 것이 불가능할 것이라는 생각에 노골적으로 싫은 표정을 짓기로 마음을 먹었다. *자, 엄마, 내가 엄마에게 말을 하게 만들려면 적어도 두 번 이상 시도해야 할 거야!* 쓸데없는 걱정이었다. 엄마는 나와의 침묵을 깨뜨리는 데 특별히 관심이 없었다. 엄마는 CD플레이어도 켜지 않았다. 나는 MP3를 가지고 오지도 않았다. 길을 가는 내내 단조로운 엔진 소음에 몸을 맡기기 싫었고, 자동차 콘솔박스에서 CD를 꺼내기로 결심했다.

우리는 주말에도 차가 막히지 않는 10번 고속도로를 탔다.

침묵이 흘렀다.

브로몽을 지났다.

여전히 침묵했다.

몬트리올에 가까워졌다.

엄마가 처음으로 잔기침을 했다.

길가에 있는 표지판은 성 요셉 성당이 전 세계 관광객들이 방문하는 곳이라는 것을 알려 주었다. 잠시 나는 엄마가 관광을 목적으로 나를 데리고 온 것은 아닌지 두려웠다. 촛불에 불을 붙이기 위해서 이 먼 길을 달려오다니! 엄마는 예쁜 성당 그림이 붙어 있는 고속도로 출구를 지나쳤다. 그리고 베르됭으로 향하는 62번 출구 쪽으로 방향 지시등을 켰다. 엄마는 분명히 조용히 자고 있었을 고양이를 깨우기 위해서 마른기침을 했다. 필요할 경우를 대비하여 엄마는 GPS를 탑재했지만, 실제로 필요하지 않았다. 엄마는 경로를 충분히 숙지해 둔 것 같았다. 아니면 엄마가 이미 와 봤던 곳일까? 나는 이 의문의 목적지에 대한 궁금증에 사로잡혀 있었다. 마침내, 엄마는 〈카로의 친구들〉이라는 카페 앞에 주차했다.

"저기구나." 엄마는 아주 단조롭게 말했다.

저기라고? 카페에 가기 위해서 1시간 반을 차를 타고 왔다고? 아니, 이건 재미없어!

"지금 우리가 저기서 뭘 해야 하는지 설명해 줘?"

"마농, 말조심해!"

평소 같았으면 분명히 무례하게 말하지 않았을 것이다. 하지만 나는 엄마의 심사를 뒤흔들어서 내 신경을 심각하게 거스르는 이 장면을 멈추게 하고 싶었다. 엄마는 마침내 나에게 설명하기로 결심했다.

"마농, 누군가에 대한 얘기부터 해야 해. 네가 아는 누군가…… 결국 정말로 아는 건 아니지만…… 정말 복잡하구나!"

새로운 할아버지? 숨겨진 여동생? 옛날 애인?!?

"듣고 있어."

"이 카페에서 만나기로 했어…… 네 친구의 엄마와. 그러니까, 네 블로그를 통해서 만났던 소녀."

"내 블로그? 하지만 엄마가 내 블로그에 대해서 어떻게 알았어?"

엄마가 내 블로그를 어떻게 찾을 수 있었을까? 누가 엄마에게 내 블로그 얘기를 했을까? 나는 어느 누구에게도 말한 적이 없다, 심지어 라파엘에게도! 그렇다면 오빠가 내 컴퓨터를 뒤진 것일까…….

"마농, 내가 다 설명할게. 너는 내 말을 들어야 해. 진정하고 내 말을 들어 봐."

진정하라고, 자 시작해 봐!

"지난주에 나는 전혀 모르는 한 여자로부터 전화를 받았어. '실비 비르앙'이라는 사람이었어. 지금 우리가 만나게 될 사람이야. 그분은 네 블로그에 댓글을 남긴 소녀의 엄마야. 너도 알지, 자신을 킬로드라마라고 불렀던 소녀를?"

킬로마스터라니, 엄마, 하지만 제발 계속 말해 봐. 도대체 무슨 이야기인지.

"킬로드라마, 그건 닉네임……."

"그렇군!" 나는 빈정거렸다.

"마농, 제발. 이 일을 복잡하게 만들지 말아 줘. 이건 쉽지 않은 일이야."

내가 또다시 엄마의 말을 중단하지 않도록 엄마는 크게 심호흡을 하고 단숨에 말을 이어갔다.

"에밀리, 그 아이 이름이야. 에밀리는 아파. 벌써 한 달도 넘게 이곳 몬트리올의 병원에 입원해 있어. 에밀리는 신경성 거식증을 앓고 있어. 그리고 그 아이의 컴퓨터에서 네 이메일을 발견한 그 아이의 부모님은 어쩌면 너도 그럴 거라고 생각한 거야."

32
장

에밀리, 킬로드라마는 거식증이었다.

엄마는 나도 그럴 거라고 생각한다는 말을 하려고 한 시간 반을 운전해서 왔다. 나는 더 이상의 설명도 없이 이렇게 끌려온 것에 대해서 이미 기분이 좋지 않았다. 하지만 거기서 나는 말 그대로 덫에 걸린 기분이었다.

"엄마, 도대체 무슨 일을 꾸미는 거야?"

"난 네가 말하는 것처럼 무언가를 꾸미려는 것이 아니야. 나는 한 통의 전화를 받았고, 그게 다야. 네 친구…… 그 아이의 엄마가 자신들에게 무슨 일이 일어났는지 나에게 말해 주고 싶어 했어. 그분이 너에 대해서 걱정했다고 상상해 봐."

"그분은 무엇을 할 생각인데요?"

"그분이 옳다고 믿을 필요가 있어. 너도 어쩌면 위험한 상태일 수도 있으니 너를 찾아야 한다고 그분에게 말해 준 것은 그 아이 담당 의사였어."

"무슨 위험? 날 봐! 내가 배가 고파서 죽을 거 같아?"

나는 선바이저에 부착된 작은 거울로 내 모습을 보기 위해서 거친 동작으로 선바이저를 열었다. 나는 더러운 카페 앞에 주차된 차 안에서 화가 난 얼굴을 보았다. 안색이 초췌하고 창백해 보였던 것은 사실이다. 나는 분명히 다이어트 때문에 살짝 피곤해 있었다. 하지만 그것 때문에 내가 위험해진다는 것은 말이 안 된다!

"마농, 제발 흥분하지 마. 이건 쉬운 문제가 아니야. 의사들은 너에게 말해 주고 싶어 해. 그게 전부야. 너에게…… 네 친구에게 무슨 일이 일어나고 있는지를 말이야. 의사들은 어쩌면 너희들이 만날 수도 있겠다고 생각했어."

단지 나에게 말하기 위해서라고? 나는 그제서야 나를 그토록 강하게 화나게 하는 것이 무엇인지 깨달았다. 잠시, 아주 잠시 나는 엄마가 나 역시 병원에 입원시킬까 봐 두려웠던 것이다. 엄마 역시 나와 동시에 그것을 이해했다.

"오 마농, 내 사랑! 설마 내가 너 역시 입원시키고 싶어 한다고 믿는 것은 아니겠지?"

입원, 킬로드라마는 입원했다…….

"오, 아니야, 내 사랑! 난 단지…… 네가 모든 것을 알기를 원했어……. 네가 원한다면 그리고 네가 할 수 있다면, 그 아이를 돕고 모든 걸 이해할 수 있게 되기를 말이야."

"그렇다면 집에서 왜 이 모든 것에 대해서 말하지 않았어?"

그것은 사실이었다. 왜?

"난…… 내 생각엔…… 그건 네 친구의 엄마가 해야 한다고 생각했어!"

간발의 차이로 난감한 상황을 모면했다. 창문 너머에 있는 테이블에서 한 아줌마가 일어나 우리가 있는 방향으로 크게 손짓을 했다.

우리는 카페 안으로 들어갔다. 간판에 쓰인 '카로의 친구들'은 보이지 않았고, 카운터와 연결된 바의 두 개의 기둥과 우리에게 손짓을 하는 한 아줌마만 있었다. 우리는 서로 인사하고 서로를 살펴보았다. 나는 엄마와 아줌마 사이에 묘한 기류가 흐르고 있음을 즉각적으로 느꼈다. 논리적으로 우리 엄마는 동맹을 맺어야 했다. 나는 계속 경계 태세를 취했다. 나는 아줌마가 공격, 다시 말해서 첫 번째 질문을 던지기를 기다리고 있었다. 이 아줌마는 내가 킬로드라마, 아니 에밀리를 통해서 상상했던 엄격함과는 거리가 있는 매우 부드러운 목소리를 지녔다.

"안녕하세요. 전 실비라고 합니다! 만나서 반가워요……."

아줌마는 우리에게 대답할 시간을 주지 않았다.

"마농, 내가 너에게 해야 할 이야기는 쉽지 않구나. 나는 네가 에밀리를 단지 인터넷을 통해서만 알고 있었다고 생각했어. 하지만 너희들의 메일을 읽으며, 너희 둘을 연결하고 있는 관계를 추측할 수 있었어."

우리의 메일을 읽었다는 것은 무슨 뜻일까? 나는 바보가 아니었다. 나는 아줌마가 단지 딸의 건강에 대해서 한탄하려는 것이 아니라는 사실을 알아 차렸다. 아줌마는 과도한 다이어트의 부작용에 대해서 경고하러 온 것이다. 그리고 동시에 엄마에게 이 같은 상황에 대한 모든 것을 알려 주기 위해서 온 것이다. 수첩, 목록, 그 모든 것이 거론될 것이다. 그리고 나에게 해명 그리고 물적 증거를 요구할 것이다. 엄마와 아줌마는 수첩을 보고 싶어 할 것이다. 나는 거기에 대해 준비가 되어 있지 않았지만, 비록 그들이 둘이라고 하더라도 나는 겁먹지 않을 것이다. 결국 나는 이 일이 수첩을 감춰 둔 벽장에서 멀리 떨어진 중립 지역에서 벌어지고 있다는 사실이 기뻤다.

이상하게도 엄마는 차마 대화를 시작하지 못하고 있었다. 나는 엄마가 더 빨리 공격하기를 기대했다. 어쩌면 엄마는 내가 아무 말도 하지 않을 거라는 것을 알 만큼 나를 잘 알고 있었는지도 모른다. 나는 또한 엄마가 약간 후회하고 있다고 느꼈다. 엄마의 사랑, 개방적인 태도, 풍부한 독서에도 불구하고 엄마는 위기의식을 느끼고서 내가 어떻게 체중을 줄였는지 알아내려고 애쓰느라 나와 멀어지고 있다는 사실을 감지하지 못하고 있었다. 엄마에게 그 사실을 알려 준 사람은 낯선 사람이었다……. 그것도 이런 상황에서!

나는 이 초라한 카페의 인조 대리석 테이블에서 자백해야 할 것이라고 예상했지만 킬로드라마, 킬로마스터 아니 에밀리의 엄마는 훨씬 예리한 전략가였다. 어쩌면 딸의 이야기가 내 이야기보다 더 중요했는지 모른다. 에밀리의 엄마는 작은 테이블 위에 두 장의 사진을 올려놓았다.

전과 후.

첫 번째 사진에는 열 두세 살 정도 되어 보이는 어린 소녀가 있었다. 어깨 길이의 갈색 머리를 하고 있었다. 앞머리에는 빨강 스프레이가 잔뜩 뿌려져 있었다. 사진 오른쪽 가장자리로 파란 머리를 선택한 친구의 얼굴이 절반만 보였다. 그 친구는 마지막 순간에 카메라 렌즈에서 비켜나고 싶어 했던 것처럼 보였다.

에밀리, 그 아이는 활짝 웃고 있었다.

"이건 중학교 1학년 때 학년 말 여행에서 찍은 사진이야. 병이 시작되기 1년 반 전이었지." 에밀리의 엄마가 말했다.

두 번째 사진은…… 두 번째 사진은 홀로코스트에 관한 책에서 가져온 사진일 수도 있다. 에밀리는 강제 수용소에서 해방되자마자 사진을 찍힌 수용자들처럼 눈은 퀭하고, 뺨은 움푹 들어간 초췌한 모습이었다. 입고 있는 청바지는 헐렁헐렁했고, 머리카락은 원래의 색이긴 했지만 윤기가 하나도 없었다. 이 사진을 찍었을 때 에밀리는 몇 살이었을까? 짐작하기 힘들었다.

"지난 크리스마스였어. 병원에 입원하기 두 달 전."

병원…… 아주 천천히, 퍼즐 조각이 맞춰졌다. 킬로드라마는 나를 버리지 않았다. 더 이상 컴퓨터에 접속할 수 없게 되어서 이메일을 확인하지도 못한 것이다. 나는 부적절하게도 안도감을 느꼈다. 킬로드라마는 나를 버리지 않았다. 나를 버린 것이 아니었다. *버린 것이 아니었어*…….

"괜찮니, 마농?"

엄마는 내가 나만의 생각에 빠져 있는 것을 눈치챘다. 에밀리의 엄마는 딸의 사진에서 눈을 떼지 않았다. 사진에서 눈을 떼지도 우리와 시선을 마주치지도 않은 채, 에밀리의 엄마는 단조로운 목소리로 이야기를 시작했다.

"에밀리는 다른 아이들처럼 평범한 아이였어. 쾌활하기도 하고 잘 토라지기도 하고 웃기기도 하고 힘들어 하기도 했어. 외모 면에서도 특별한 점은 없었어. 에밀리는 통통했지만 뚱뚱하지는 않았어. 십 대가 되었을 때도 마찬가지였어. 에밀리에게는 매우 마른 친구들이 있었어. 그래서 스트레스를 받기 시작했지. 에밀리는 그 아이들처럼 보이고 싶어 했어. 그렇지 않으면 무리에서 제외될 테니까. 집에서 에밀리가 살짝 과장해서 말하긴 했지만……."

이 말을 했을 때가 가벼운 떨림을 느낀 유일한 순간이었다.

"……우리는 그 일을 진지하게 받아들이지 않았어. 처음에는 사탕이나 다른 불량 식품들을 먹지 않는 것으로 에밀리는 걱정 없이 살을 뺄 수 있었어. 솔직히 아주 좋았지. 하지만 그것으로 만족하지 않았어. 에밀리는 갑자기 채식주의자가 되겠다고 선언했어. 몸매와는 아무 상관이 없는 것 같았는데. 그게 아니었어. 그다음 에밀리는 젖소가 학대를 당한다고 말했지. 그래서 우유와 치즈를 거부하겠다고 말이야. 생선은 양어장에서 강제로 먹이를 먹이며 키운다는 이유로 먹지 않겠다고 말했어. 에밀리는 사과나 다른 과일

나무가 학대로 고통받았다는 것은 증명할 수 없었기 때문에, 자신의 창자가 견딜 수 있는 만큼만 먹었어. 결국 에밀리에게 남은 것은 채소뿐이었어.

2년 만에 에밀리의 몸무게는 62킬로에서 33킬로로 줄어들었지. 그래서 3학년 말에 입원했고, 정상적으로 4학년으로 올라갈 수 있었어. 우리 가족은 그걸로 악몽이 끝났다고 믿었어. 하지만 다시 시작되었어. 천천히. 에밀리는 우리 앞에서 늘 우리보다 먼저 먹었다고 말했고, 학교 식당의 식사만으로 그 아이에게 충분했던 거야. 핑계는 많았어. 아무튼, 상황이 다시 나빠지고 있다는 사실을 가족 모두가 알게 되었고 에밀리를 다시 병원에 입원시키고 싶었지만 에밀리는 거부했어. 에밀리는 밤마다 비명을 지르고 폭언을 했어. 병원에 다시 입원시키면 자살할 거라고 했고 우리는 그 말이 마음에 걸렸어. 그런데 문제는 체중이 아니라 썩은 학교였어. 그래서 우리는 에밀리에게 학교를 그만두게 했지. 에밀리는 홈스쿨링을 잘 받았고, 성적이 좋았기 때문에 우리는 학교가 문제였다고 결론 내렸어.

나는 직장에 다니지만, 에밀리를 온종일 혼자 내버려 두고 싶지 않아서 점심시간에 집으로 와서 에밀리와 함께 식사를 했어. 이 부분에서도 내 딸은 매우 강했어. 에밀리는 아주 일찍 일어나는 습

관이 있었지. 그래야 수업에 더 집중할 수 있다고 말하면서 말이
야. 그래서 혼자 아침을 먹었고, 내가 점심을 먹으러 집에 돌아오
면 자신은 이미 먹었다고 말하곤 했어. 그럴듯했어. 에밀리는 학교
에 다니지 않았기 때문에 온 가족의 식사를 책임졌어. 에밀리는 비
는 시간에 장을 봤어. 에밀리는 요리를 많이 했고, 자신이 먹는 것
처럼 보이기 위해서 항상 요리의 일부를 가져간 것처럼 보이게 했
어. 물론 케이크를 제외하고. 에밀리는 우리를 바보라고 생각하지
는 않았거든…….

　아침마다 에밀리는 공부했고, 그런 다음 한 시간 정도 산책했
어. 이 모든 것이 우리에게 완벽하게 괜찮아 보였기 때문에, 에밀리
가 체중이 늘지 않았을 뿐만 아니라 여전히 살이 빠지고 있다는
사실을 인지하는 데 시간이 걸렸지…….　에밀리에게 다시 병원에 입
원시키겠다고 위협하면서 식사를 강요했어. 나는 에밀리를 돌보기
위해 직장에서 반나절만 근무하기로 했어. 대학에 다니는 에밀리
의 언니도 학업이 허락하는 한 에밀리와 함께 있겠다고 했고. 에밀
리는 이런 감시를 견딜 수 없어 했고, 늘 혼자 산책하러 갔을 때만
자유롭다고 말했지. 하지만 적어도 에밀리는 먹고는 있었어. 설탕
을 넣지 않고 직접 만든 이유식, 비스킷, 사과잼, 이런 것들로 충분
히 다시 살찔 수 있었지만 에밀리는 몇 달 동안 너무 굶주려 있었

어. 물론 에밀리를 제외하고 우리는 모두 살짝 안심했어."

이야기를 듣다가 이 시점에서 킬로드라마의 또 다른 메일이 생각났다. 자신의 몸무게는 가족과 의사들만의 관심거리일 뿐이고, 자신은 몸무게를 변화시키길 원하지 않는다고 말했었다.

"에밀리는 산책을 계속했어. 단지, 이제부턴 걷지 않고 달리기로 결심했던 거지. 먹은 만큼 빼기 위해서. 조금씩 달리다가 서서히 더 많이 달렸어. 에밀리는 너무 숨이 찬 상태로 집에 돌아오지 않기 위해서 늘 걷는 것으로 마무리했어. 그래서 우리는 에밀리가 추위 때문에 뺨이 붉어져 있다고 믿었어. 어쨌든 여전히 추운 날씨였어. 4월 초의 어느 날에 에밀리는 다른 아침보다 더 빨리 달렸나봐……. 에밀리가 심장 마비를 일으킨 거야. 사람들이 많이 붐비는 공원이라 소방관들이 매우 빠르게 대응해 줬어. 그들이 에밀리를 되살릴 수 있었지만 아무튼 에밀리의 심장은 잠시 멈췄었어. 에밀리는 일주일 동안 심장내과에서 치료를 받고 다시 정신과로 옮겨졌어……."

에밀리의 엄마는 이야기하는 내내 목소리를 높이지도 않았고, 두 번째 사진 위에 올려놓았던 손을 떨지도 않았다. 하지만 지금은 조용히 눈물을 흘리고 있었다.

나는 너무 충격을 받아 아무것도 느끼지 못했다. 내 머릿속에는 온통 '4월 초'라는 날짜 생각뿐이었다. 에밀리는 킬로마스터라는 자신의 새로운 닉네임을 말하고는 심장에 문제가 생겼기 때문에 내 메일에 답장하지 못했던 것이다.

33
장

그런데 이제 뭘 해야 하지?

나는 무엇을 하고, 말하고, 생각해야 할까?

잠시, 아주 짧은 순간 동안 나는 혼자 있는 것이 아니라는 사실을 잊었다. 엄마가 에밀리 엄마의 손에 자신의 손을 올리고 부드럽게 잡는 것이 보였다.

"정말 유감입니다. 우리는 진심으로 안타깝게 생각해요……."

항상 '우리'의 힘이란……. 엄마는 자신의 이름으로 말하는 것을 선호했지만, '우리'라는 표현이 지금은 아주 자연스럽게 느껴졌다.

"우리를 찾아 주신 것에 대해서 특히 더 감사드려요. 제가 얼마나 안타까운지 표현할 말이 없습니다. 어쩌면 이렇게 말할 수도 있을 것 같아요. 실비, 당신의 이야기는 저를 두렵게 만들었어요. 매우 이기적이게도 말입니다. 그 이유는 짐작하실 거예요."

엄마의 솔직함은 나를 놀라게 했지만 에밀리의 엄마를 화나게 하지는 않은 것 같았다.

"어떻게 제 딸을 찾을 수 있었는지 말해 주시겠어요?"

'실비'는 손수건을 꺼내 마스카라가 번지지 않도록 조심하면서 눈 주위를 닦고 있었다. 갑자기 이런 조심성이 기괴하게 여겨졌다. 딸의 생명을 걱정하면서 어떻게 화장에 신경 쓸 수 있을까? 이런 쓸데없는 생각은 떨쳐 버리자. 인생은 계속된다. 그뿐이다.

"에밀리의 컴퓨터 하드 드라이브에 들어가는 데 시간이 좀 걸렸습니다. 처음 우리는 특히 에밀리의 성전을 더럽히고 싶지 않았어요. 에밀리는 모니터 뒤에서 너무 많은 시간을 보냈거든요! 그런데 의사들은 그것을 알아내는 것이 중요하다고 우리를 설득했습니다. 거식증 환자들은 종종 네트워크를 형성하곤 한다고요."

킬로드라마는 솔직히 말해서 조금 성급하고 까다롭다고 생각할 정도로 항상 내 메일에 즉시 응답했다. 마치 나처럼······.

"다시 입원하게 되었을 때 모든 걸 알고 싶었어요. 제 남편은 반대했어요. 하지만 나는 무슨 일이 일어나고 있는지, 우리가 어떻게 그렇게까지 모르고 있을 수 있었는지 알아내야 했습니다. 에밀리가 우리에게 예고한 적은 없었을까? 도움을 요청한 적은 없었을까? 그랬다면 누구에게? 에밀리의 이메일을 확인하고 에밀리가 자주 방문하는 사이트를 보고 싶었습니다. 에밀리는 누군가에게 도움을 요청한 적이 없었습니다. 오히려 도움을 제안하고 있었죠!"

에밀리 엄마의 말투가 갑자기 굳어졌다. 우리 엄마는 기운을 차린 듯했다.

"그래서 너와 어떻게 교류했는지 알게 되었어, 마농. 에밀리는 너와 주고받았던 메일을 모두 다 보관하고 있었지. '뚱덩이'라는 특별한 편지함에 말이야."

에밀리의 엄마는 아무런 감정의 동요 없이 단어를 발음했다. 엄마, 엄마는 소스라치게 놀랐다. 불쌍한 엄마, 엄마는 아직 이 별명에 대해서 모르고 있었던 걸까? 엄마는 내 블로그를 정말로 보지 못했던 걸까? 그렇다면 엄마는 아직 아무것도, 거의 아무것도 모르는 걸까? 이번에는 내가 괜찮다는 것을 보여 줘야 할 차례였다.

"그 안에는 뭐가 있었나요?"

"에밀리가 '뚱덩이의 수첩'이라고 제목을 붙인 문서가 있는데, 거기에는 네가 식단에서 제외한 음식의 목록이 있어."

"하지만 전 에밀리에게 말하지 않았어요!"

엄마는 당혹감을 감추지 못하고 우리가 나누는 이야기를 듣고 있었다.

"분명히 에밀리는 그 음식들을 추측했을 거야. 거기엔 또한 네 체중 곡선도 있었어……."

에밀리의 엄마는 잠시 말을 멈추었다.

"다른 문서도 있었어. 에밀리의 표현에 의하면 네 '능력'에 대해 분석한 문서였어. 네 체격, 엉덩이, 덩치. 오 마농, 이 모든 진실을 말하는 것이 너를 아프게 하겠지만 너도 알아야만 해!" 에밀리의 엄마가 말했다.

그래, 내가 알아야만 해…….

"괜찮아요, 아줌마 말이 맞아요. 저도 알아야겠어요."

그리고 내가 유일한 사람은 아니었다. 엄마는 창백해졌다. 엄마는 차마 우리 대화에 끼어들지 못하고 있었지만, 나는 공포에 질린 엄마의 표정으로 엄마가 더 이상은 견디기 힘들 것이라고 판단했다. 그렇지만 에밀리의 엄마가 엄마에게 말을 해야겠다고 선택한 것은 바로 그 순간이었다. 에밀리의 엄마는 지갑으로 사용하는 듯한 커다란 토트백을 열고서 그 안에서 커다란 서류봉투를 꺼냈다. 청록색이었다. 재미있는 우연의 일치다.

"이 봉투 안에 방금 우리가 말했던 문서가 모두 들어 있어요. 당신이 읽을 수 있도록 프린트했습니다."

나는 무슨 일이 일어나고 있는지 너무 늦게 파악했다. 이 여자는 엄마에게 딸과의 모든 이야기를 들려주었다. 나는 서류봉투를 잡으려고 손을 뻗었지만 에밀리의 엄마가 치워 버렸다.

"마농, 미안해. 이건 네 것이 아니야. 네 부모님이 네게 보여 주겠지만, 나는 부모님이 먼저 이걸 읽었는지 확인하고 싶어."

"아줌마는 그럴 권리가 없어요. 이건 내 이야기예요! 이건……."

나는 두 번 다시 그 단어를 사용하고 싶지 않았다. 나는 최근에 그것을 왜곡할 정도로 남용하고 있었다.

"배신이라고? 네 말이 맞아. 나는 너를 이렇게 힘들게 해서 안타까워. 하지만 나를 믿어. 나는 내 딸을 배신하지 않았던 것을 훨씬 더 후회해."

긴 침묵이 어색한 우리 세 사람 사이에 흘렀다. 엄마는 그 서류봉투를 이상스레 들고 있었다. 꼭 쥐고 있었지만, 동시에 손끝이 타들어 가고 있는 듯한 느낌을 주었다. 엄마는 마침내 서류봉투를 테이블 위에 다시 올려놓았다.

"실비, 기꺼이 이걸 다 읽어 볼게요. 하지만 지금은 이걸 당신에게 잠시 맡길게요. 오, 길지 않을 거예요. 걱정 마세요. 한 10분 정도. 어쩌면 그보단 조금 더 길어질 수도 있고요. 저는…… 저는 당신이 제 딸과 단둘이 대화를 나누었으면 좋겠어요. 제 딸은 어쩌면 당신에게 묻고 싶은 것들이 있을 거예요. 에밀리의 병이 아니라 에밀리에 대해서……. 그 시간 동안 제가 이 문서들을 읽고 있는 것을 딸이 상상하게 하고 싶지 않아요. 제가 가지고 있으면 어쩔 수 없이 그런 생각을 하게 될 거예요."

말을 하는 동시에 엄마는 자리에서 일어났다.

"조금 걷다 올게요……. 마농, 핸드폰 가지고 있지? 엄마에게 전화해……. 실비, 감사합니다."

엄마는 밖으로 나갔다. 내가 속속들이 알고 있던 모습이 멀어져 가는 걸 지켜보면서, 나는 처음으로 엄마를 제대로 보는 듯한 느낌이 들었다.

나는 이 우울한 카페에서 이 낯선 사람과 단둘이 남겨졌다. 내 세계에서 꽤 멀리 떨어져서. 내 삶에서 꽤 멀리 떨어져서. 이상하게도 '킬로드라마가 아팠을 때 몸무게가 얼마였어요?'가 내 머릿속에 처음으로 떠오른 질문이었다. 그리고 '언제부터 다이어트가 정말로 위험해지기 시작했나요?' 이 말들이 내 머릿속에 맴돌았지만, 나는 차마 소리 내어 물어보지 못했다. 나 역시 킬로드라마를 그녀의 몸무게, 숫자를 통해서만 보고 있었다…….

"32."

"네?"

"에밀리의 몸무게는 32킬로야. 그게 네가 나에게 묻고 싶은 것이 아니니?"

"어떻게 아셨어요?"

"그게 사람들이 항상 제일 먼저 묻는 질문이거든……. 가장 나쁜 경우는 자신들의 몸무게, 그들이 생각하는 이상적인 몸무게와 내 딸의 몸무게의 차이를 내 앞에서 계산하는 사람들도 있다는 거야……."

"저는 계산……."

"나는 마농을 알아. 너는 아니야. 걱정하지마. 나는 그런 거에 전혀 충격을 받지 않으니까."

에밀리의 엄마는 미소를 지었다. 얇은 입술 끝이 아주 살짝만 올라갔지만, 마치 따뜻한 물결처럼 미소가 온 얼굴로 퍼져 나갔다. 조금 전에 그토록 어두웠던 시선마저 약간 밝아진 것 같았다.

"아줌마……."

"실비라고 불러 줄래."

"실비…… 그 애가…… 그 애가……."

정말이지 나는 갑자기 더욱 신중해진 기분이었다. 나의 솔직함과 나의 전설적인 임기응변 능력은 어디로 사라졌을까?

"제가 그 애에게 약간이라도 중요하다고 생각하세요? 저는 잘 모르겠어요."

이 작은 질문에 숨이 막혔다. 하지만 나는 그것을 물었다. 그리고 마침내 벽을 허문 듯한 느낌이 들었다.

"그래 마농. 나는 확신해. 우리가 알게 된 모든 사실들이 우리에게는 정말 충격이었어. 사람들은 에밀리가 그곳…… 그곳에 너를 데리고 가고 싶어 했다고 생각할 수도 있어. 끝을 향한 여정 말이야. 하지만 나는 그렇지 않다는 것을 알아. 그 아이가 너를 데리고 가려고 했던 곳은 그 아이의 천국이었어. 그 아이는 네 블로 그에서 네 모든 고통뿐만 아니라 네 모든 감수성도 느꼈어. 그리고 네 능력도. 네가 에밀리의 자료를 읽게 되더라도 마농, 보이는 것만 믿지 마. 에밀리에게 너는 소위 말하는 '현실' 친구들보다 더 중요한 의미였어."

실비는 잠시 침묵했다. 얼굴에서 미소가 사라졌다.

"에밀리는 더 이상 친구가 없어. 아무도 버텨 내지 못했지……. 나는 그 아이들을 탓하지 않아. 에밀리는 더 이상 우정을 유지하고 외출할 수 있는 육체적 힘이 없었을 뿐만 아니라 걸핏하면 화를 내고 짜증을 냈어. 정말 고통스러웠지."

"아줌마도 아시겠지만 뚱덩이, 그걸 만든 건 제가 아니에요. 어쩌면 그럴 수도 있지만, 아니에요……. 저 혼자 만든 건 아니에요. 다른 사람들이 만들었어요. 바로 이 사진……."

나는 갑자기 눈물을 흘렸다. 내 별명, 어쩌면 내 수첩을 보았을 에밀리의 엄마 앞에서 나를 정당화시킬 필요를 느끼는 것만큼 갑작스러웠다.

"그것 역시 알아. 마농, 에밀리도 비슷한 경험이 있었어. 한 남자아이가 에밀리를 자기 기준에서 너무 뚱뚱하다고 데이트를 거절했다는구나. 에밀리가 이유를 물어봤을 때 '나는 괜찮겠지만 친구들이 나를 놀릴 거야…….'라고 말했대. 그 아이도 아마 좋은 아이이고, 그 둘은 서로를 진심으로 좋아했다고 나는 생각해. 아무튼 내게 그 이야기를 전해 준 에밀리의 친구도 그렇게 생각했어. 상상하긴 힘들지만 그렇지 않니?"

아뇨, 나에겐 그렇지 않아요……. 그리고 나는 왜 그래야 하는지 완전히 이해하지도 못한 채 이 여자에게 모든 걸 이야기했다. 한 시간 전에는 알지도 못했던 이 여자는 지금은 그 누구보다 나에 대해 더 많은 걸 알고 있다. 나는 그녀의 딸에게도 이 정도까지 다 털어놓지 않았다. 그녀는 아무 말 없이 듣고 있었다.

"마농, 그 아이들이 너에게 한 짓은 아주 비열해. 다른 말로는 그 아이들의 행동을 설명할 수가 없어. 그런데 나는 그런 행동에 대한 대가를 치르는 것이 결국 그 아이들이 아니라는 느낌을 받았어. 아무튼 쥐스틴과 리자는 아니었어. 나는 너에게 용서하라는 설교는 하지 않을 거야. 전문가들, 에밀리가 그런 사람들을 조금 더 일찍 만났더라면 얼마나 좋았을까. 그리고 토마스와의 관계를 망가뜨리지 마. 아픔과 분노 때문에 말이야. 너도 알겠지만 남자들은 되새김질하는 여자들을 좋아하지 않아!"

거기에서, 이번에는 내가 미소를 지었다. 실비의 말이 맞다! 나는 더 이상 뚱뚱한 엉덩이가 아니라 아픔과 분노에 집중하고 있었다.

"엄마한테 말하지 말아 주세요, 사진에 대해서. 이번에는 제가 아줌마를 믿어도 될까요?"

나는 엄마에게 수첩을 공개한 것에 대해서 아줌마가 원망스러웠고, 뚱덩이에 대해서는 내가 엄마에게 밝혔어야 한다고 생각했다.

"마농, 지금 당장 내 말을 받아들이거나 이해하라고 너에게 요구하는 게 아니야. 하지만 나는 한 가지는 알고 있어. 너 혼자서 이 모든 문제에서 벗어날 수 없다는 거야. 네가 에밀리가 처해 있던 상황과는 다르다고 나도 확신해. 하지만 너는 생각을 바꿔야만 해. 음식과 관련해서 말이야. 그리고 그렇게 한다고 해서 반드시 다시 뚱뚱해지는 것은 아니야."

"그만 하세요! 아줌마도 잘 아실 거예요. 제가 힘들게 몇 킬로를 빼도, 스테이크를 한 번만 먹고 나면 곧장 다시 찌고 말 거예요!"

"그렇다면 그건 네 몸이 정말로 그럴 필요가 있다는 뜻일 거야!"

"말도 안 돼요!"

이런 논쟁은 나에게 너무 부적절하게 느껴졌다. 자신의 딸은 거식증으로 입원해 있는데 내 다이어트에 대해서 고민하고 있다니 말이다.

"잘 들어 봐. 우리는 굶지 않고도 식단을 완전히 관리할 수 있어. 비만이 되지 않고도 고기를 먹을 수 있어. 하지만 나도 내가 허공에 대고 말하고 있다는 것을 잘 알아. 내 딸은 굶어 죽을지도 몰라. 나는 그런 일이 너에게만은 일어나지 않았으면 해. 너는 어쩌면 내가 마음의 짐을 덜려고 여기에 왔다고 생각할 수도 있어. 무엇이든 상관없어……. 너는 바보가 아니니까 그 이상의 중요한 문제가 있고, 내가 너를 진심으로 걱정한다는 것을 잘 이해했을 거야."

그리고 그녀의 말투가 갑자기 바뀌었다.

"그다음에 나는 네가 무언가를 해 주었으면 해. 에밀리를 위해서. 너 역시 궁지에서 벗어났으면 하고. 네가 돌아올 수 없는 곳까지 가지 않았으면 좋겠어. 하지만 만일 네가 에밀리를 만나는 데 동의한다면. 글쎄, 단지 만나기만 하는 것이 아니라, 물론 에밀리와 이야기를 나누기를 원한다면……. 에밀리는 모를 거야. 나도 에밀리가 어떻게 나올지 모르겠어……. 그리고 너에게 뭐라고 할지……. 에밀리는 무척이나 힘든 상황이야! 하지만 나는 네가 그 아이를 진심으로 도울 수 있다고 생각해."

킬로드라마, 에밀리의 엄마는 말, 감정, 모든 것이 뒤엉킨 듯했다. 그리고 에밀리의 엄마는 죄책감이 섞인 연민을 불러일으켰다.

"저도 알아요……. 아줌마가 저를 위해 이 모든 일을 해 주신다는 걸 알아요. 고마워요. 생각해 볼게요." 나는 웅얼거리며 말했다.

"엄마에게 전화해도 될 것 같구나. 네 엄마도 아마 네가 오늘 에밀리를 만나도 된다고 생각할 거야. 의사들도 동의했어."

모든 것이 완벽하게 준비되고 있었고 관심이 없는 유일한 사람은 나였다. 킬로드라마와 더불어!

"네, 엄마에게 전화할게요. 아줌마의 딸…… 그 아이 잘못이 아니에요. 그 아이가 멈추고 싶었어도 멈출 수 없었을 거예요."

"나도 알고 있단다. 고맙다, 마농. 너 자신을 잘 돌봐야만 해."

34
장

나는 엄마에게 전화할 필요가 없었다. 엄마는 에밀리의 엄마가 보이는 곳에 머물러 있었다. 그래서 에밀리의 엄마는 우리가 있는 곳으로 오라고 엄마에게 크게 손짓했다. 20초 정도 뒤에 엄마는 불안, 걱정, 배려가 담긴 시선으로 내 눈을 가만히 바라보았다. 엄마는 이 세 가지 감정을 한마디로 요약했다.

"괜찮니, 우리 마농?"

아니, 전혀 괜찮지 않았다. 엄마의 '마농'은 더 이상 어린아이가 아니었고 이런 식으로 다루어지는 것을 좋아하지 않는다. 이 얼마나 우스꽝스러운 상황인지! 그리고 무엇보다 쓸모없는……. 지금

쯤 우리는 집에서 이른 오후 주부들이 다림질하며 보다가 울게 할 목적으로 만든 TV 영화에 마음을 뺏기고 있었을 텐데.

솔직히 말해 나는 에밀리를 만나는 게 무서웠다. 서로를 어떻게 소개하게 될까? '안녕, 킬로마스터, 나는 뚱덩이야!' 라고? 우리 닉네임이 갑자기 괴상망측하게 여겨졌다.

"같이 가실래요? 의사들도 기다리고 있어요." 에밀리의 엄마가 실패를 무릅쓰고 시도했다.

아, 프로그램 시간이 이미 정해졌나?

엄마는 내 어깨에 손을 얹었다.

"마농, 미안해. 나는 네가 이 모든 것을 겪지 않았으면 좋겠구나. 하지만 어쩌면 네가 네…… 네 친구를 만나면 기뻐할 수도 있다고 생각해. 아무튼, 나는 네가 그 아이를 포기하지 않을 것이라고 확신해."

"물론이야. 하지만 나는 정말로 이렇게까지 할 필요는 없다고 생각해. 정말 말도 안 돼. 마치 클레어 라마르시 쇼 같아."

나는 갑자기 한층 더 잔인해지고 싶었다. 결국 나는 오늘 아침부터 참고 있었던 거니까.

말해 봐, 이 모든 게 엄마가 만든 상황이야? 카메라가 병원 앞에서 우리를 기다리고 있기라도 한 거야?

"마농 그만해, 나중에 얘기하자!"

"안 돼! 지금 모두 다 얘기해야 해!"

"마농!"

마침내 상황을 진정시킨 것은 에밀리의 엄마였다.

"미안해. 진심으로 미안해. 네가 원한다면, 모두 다 취소할 수 있어. 그건 아무런 문제도 되지 않아. 글쎄, 그건 중요하지 않으니까. 나도 이해해, 진심으로. 나는 이해한다고 맹세할 수 있어."

에밀리의 엄마의 슬픈 시선이 내 방어벽을 단숨에 허물어뜨렸다.

"아뇨……. 아니에요! 가요, 가."

우리는 차를 타고 에밀리의 엄마인 '실비' 차를 뒤따라갔다. 엄마는 끊임없이 말했다.

"마농, 너에게 이런 식으로 이런 상황을 겪게 한 걸 후회해. 난이 일에 대해 그다지 용감하지 않았어. 나는 네 반응이나 질문이 두려웠거든."

이럴 땐 침묵이 답이다…….

"솔직히, 에밀리의 엄마가 나에게 전화했을 때 정말 당황했어. 나는 네가 점점 더 적게 먹고 안색이 나빠지는 것에 신경이 쓰였거든. 하지만 그렇다고 해서 거식증을 생각하기에는……. 말해 봐,

마농, 너 여전히 생리는 하고 있지? 왜냐하면 그것도 거식증의 증상 중 하나인 것 같아서."

나는 정말 아무 말도 하고 싶지 않았다. 침묵 속에 틀어박혀 있고 싶었다. 하지만 나도 참을 수가 없었다.

"엄마, 나 좀 봐. 잠시만 나를 봐. 내가 몸무게 30킬로처럼 보여?"

나는 기어 레버에 올려진 엄마의 손을 거칠게 잡았다.

"만져 봐, 이 허벅지를 만져 보라고! 뼈가 툭 튀어나왔어? 그리고 말해 봐. 엄마는 내가 그 아이를 만나고 싶어 할 지 단 일 초도 생각해 봤어? 엄마는 내가 무슨 말을 할 수 있을 거라고 생각해? 아니면 그 아이 엄마와 의사들과 함께 생각해 낸 거야? 지금 이러는 게 완전히 이상하다고 생각한 사람은 단 한 명도 없었어?"

확신할 수는 없지만 엄마의 눈에 눈물이 고인 것 같았다. 엄마의 목소리가 떨렸다.

"에밀리는 좋아지고 있어. 그래서 에밀리가 너를 만날 수 있는 거야. 하지만 네가 싫다면 차를 돌려서 집으로 돌아가자."

나를 설득하기 위해서 엄마는 유턴을 예고하는 방향 지시등을 켰다.

"아니, 돌아가지 않을 거야. 당연히 아니야. 나는 다시는 도망치지 않을 거야."

나는 넓은 공터에 내려 나무가 우거진 긴 산책로를 따라 걸어갈 거라고 상상했다. 길 끝에 웅장한 흰색 건물이 서 있고, 잔디밭에는 환자와 가족들을 맞이하기 위한 벤치들이 놓여 있을 거라고 말이다. 영화에 나오는 정신 병원은 늘 이런 모습이었다. 하지만 우리 차는 병원 안으로 들어갔다. 그리곤 본관을 돌아 더 작고 눈에 띄지 않는 건물 앞에 주차했다.

에밀리의 엄마는 이 장소에 꽤 익숙해 보였다. 지나치는 사람들에게 매번 인사를 건넸다. 우리가 걸을 때마다 복도의 회색 리놀륨에 신발 밑창이 뻑뻑거리는 소리가 났다. 벽에 드문드문 붙어 있는 몇몇 포스터는 우울증이 질병이라거나 자살이 청소년 사망의 주요 원인이라고 말하고 있었다. 의심할 여지 없이, 에밀리는 이곳이 마음에 들었을 것이다! 우리는 엘리베이터를 탔다. 우리 중 누구도 아무 말도 하지 않았다.

문이 열리자 완전히 다른 세상이 펼쳐졌다. 이 층에는 벽이 밝은 녹색으로 칠해져 있었다. 커다란 파란색 소파에서 소녀들이 이야기하고 있었다. 공익 포스터는 보이지 않았고, 태평양 섬과 눈 덮인 산의 포스터가 붙어 있었다. 에밀리의 엄마는 근무 중인 의사와 간호사를 소개했다.

"안녕, 마농. 너는 에밀리를 만나는 데 동의하니?" 옷에 달린 배지가 말하는 '까미유 R.'이라는 의사가 친절하게 말했다.

"네, 제가 초대받은 시간에 늦지 않았다면 더 좋겠네요."

엄마는 눈살을 찌푸렸고, 에밀리의 엄마는 얼굴을 붉혔고, '까미유 R.'은 웃었다. 이유는 모르겠지만 나는 까미유 선생님이 마음에 들었다.

"가자, 에밀리가 너를 기다리고 있어."

"혼자 가고 싶어요."

또다시 두 엄마가 한꺼번에 반응했다.

"너는 정말……."

"좋아."

계획된 것은 아니었다. 나에게 덫을 놓은, 우리 둘에게 덫을 놓은 어른들을 화나게 만들기 위한 자존심 싸움도 아니었다. 다만 이것 하나는 분명했다. 킬로드라마와 나는 단둘이 대화를 해야 한다. 그래서 나는 그 아이를 만나고 싶었다. 의사 선생님은 나에게 환한 미소를 지어 보이며 자신의 한쪽 눈을 가리고 있던 금발의 머리카락을 뒤로 쓸어 넘겼다.

"에밀리가 너를 기다리고 있어."

나는 크게 심호흡을 한 다음 눈을 끔뻑거리고 있는 엄마에게 살짝 눈짓을 해 보였다. 때로는 간단한 몸짓이 긴 대화보다 낫다. 그리고 문고리를 잡았다. 나는 초연하고 싶었다. 이 작은 세상을 놀라게 하기 위해서가 아니었다. 에밀리 때문도 아니었다. 아무튼, 그런 건 아니었다. 내가 주연의 자격이 있는 가치 있는 사람이라는 것을 스스로 증명해야 했다. 나는 변했다! 나는 변하지 않았을까? 그런데 나는 왜 모든 것이 천천히 되돌아가고 있는 기분일까?

…… 뚱덩이는 뒤를 돌아보지 않고 등 뒤로 문을 닫았다. 킬로드라마는 등을 보인 채 창가에 서 있었다. 검은 레깅스를 덮는 길고 헐렁한 회색 스웨터를 입고 있었지만, 뚱덩이는 단번에 이 소녀가 매우 날씬하다는 것을 알아차렸다. 아니 날씬한 것이 아니라 말랐다. 빌어먹을 정도로 말랐다! 반사적으로 킬로드라마는 엄지와 검지로 허벅지를 움켜쥐었다. 그렇다, 이 두 소녀 사이에는 하나의 세상이 있었다. 그녀들 사이에는 진정한 삶, 삶의 중간 지대가 있었다.

"오라고 한 사람은 내가 아니야."

됐다, 소개는 이미 되었다! 킬로드라마는 뒤로 돌아섰고, 뚱덩이는 심하게 야윈 얼굴이 실제로는 훨씬 더 소름 끼칠 수 있다는 것을 알았다. 카페에서 봤던 사진은 뚱덩이를 꼼짝할 수 없게 만들었다. 킬로드라마에게 절대로 볼 인사는 할 수 없었을 것 같았다. 아무튼, 이것이 이런 만남에 대해서 기대할 수 있는 시나리오였다. 하지만 킬로드라마가 기습 효과를 즐기는 것처럼 보였기 때문에 뚱덩이는 반격하기로 결심했다.

"넌 날 만나고 싶다고 하지 않았어, 맞아. 하지만 지금 이 순간에도 넌 내가 얼마나 살이 빠졌는지 눈으로 계산하고 있어."

뚱덩이는 정확하게 과녁을 맞췄고, 그 사실을 스스로도 느꼈다. 뚱덩이는 테이블 위에 올려진 메뉴 선택지를 보았다. 킬로드라마는 분명히 단백질, 탄수화물, 칼슘이 풍부한 요리 중에서 선택할 요리에 표시를 해야 했지만 메뉴 선택지는 아무 표시가 되어 있지 않았다. 단지 여백에 착해 보이는 사람들이 작은 자전거를 타고 있거나 코에 손가락을 대고 신문을 읽고 있거나 줄낚시를 하고 있는 그림이 그려져 있었다. 매우 단순하게 그려진 그림이지만 아주 잘 표현되어 있었다. 무엇보다 그림은 아주 재밌어 보였다.

"넌 그림을 잘 그리는구나."

"네 글쓰기도 나쁘지 않아. 심지어 잘 쓰는 편이지."

문 뒤에 귀를 대고 쪼그리고 있는 사람들은 무엇을 상상하고 있을까? 두 소녀가 다이어트, 거식증, 초콜릿에 대해 이야기하는 모습? 한 소녀가 다른 한 소녀를 부러워하는 모습? 어쩌면 그 반대?

"다른 것도 있니? 그림말이야."

"응, 병원 사람들은 메뉴 선택지에 그린 내 그림들을 모으는데 지쳤나 봐. 정신과 의사도 내 낙서에서 아무것도 읽을 수 없었거든."

"아무것도 쓰지 않은 것처럼!"

마지막 순간에 킬로드라마는 웃음을 멈췄다. 마치 방문자에게 항복의 신호를 너무 대놓고 보여 주기 싫다는 듯이. 하지만 뚱덩이는 이겼다고 느꼈다. 뚱덩이는 조금 전에 문을 열고 들어왔다. 뚱덩이는 그것이 킬로드라마의 기분을 조금 좋게 만들었다는 것을 알고 있었다.

두 사람은 이런저런 이야기를 나누었다. 병에 대해서도. 학교에 대해서도. 에밀리는 사진에 대해서 질문했다.

"말해 봐, 네 블로그에 있는 그 사진, 네가 찍은 건 아니지? 우리 학교에서도 망할 사진이 퍼진 적이 있어."

뚱덩이는 목이 약간 잠기는 기분이었다.

"그건 내 가장 친한 친구가 한 거였어."

"젠장……."

"자, 이제 다른 이야기로 넘어가자. 너…… 너는 컴퓨터가 아쉽지 않니?"

"그걸 말이라고! 나는 여기서도 네 생각을 자주 했어. 너를 돕는 것이 내 의무라고 생각했지만 때로는 좋은 스승인 척하느라 요령을 제대로 알려 주지 못한 건 아닌지 두려웠어."

"그건 중요하지 않아……."

"네 말이 맞아, 그건 중요하지 않아! 그런데 사람들이 나를 왜 가두었을까?"

뚱뚱이는 웃음을 터뜨렸다. 뚱뚱이는 아주 잠시 즐거웠다. 에밀리는 침대 가장자리에 앉아 있었다. 나는 테이블 옆에 있는 의자를 붙잡아 에밀리 쪽으로 끌고 갔다. 나는 기분이 꽤 좋았다. 물론 내 시선은 여전히 에밀리의 길고 가는 손가락, 다리를 꼬거나 풀었을 때 드러나는 내 손목보다 굵지 않은 발목에 머물러 있었다. 에밀리의 움푹 파인 뺨이나 퀭한 눈에도 자꾸 시선이 갔다. 나는 아픈 소녀가 아니라 하나의 질병과 마주하고 있는 기분이었다. 그리고 나, 마농은 뚱뚱이를 밖으로 쫓아냈다. 더 좋아지기를 희망하면서. 나는 뚱뚱이를 창밖으로 던져서 주차장의 콘크리트 바닥에 박살 내 버렸다. 이 방에서 에밀리와 나는 서로 시선을 피하고 있었다. 에밀리도 느꼈을까? 우리는 각자의 진실 속에 있는 것 같았다.

손수건을 꺼낼 필요는 없다. 나는 우정을 제대로 발견하지 못했다. 이미 그럴 거라고 알고 있었는지도 모른다. 우리는 청소년기의 새로운 철학적 기반에 대해 논하지 않았다. 우리의 이야기는 결국 진부했다. 나는 에밀리가 특히 음악에 재미있는 취향을 가지고 있다고 한두 번 정도 생각했다. 에밀리는 사고방식이 매우 경직되어 있어서 매일 많이 힘들었을 것이다! 내가 던진 몇 가지 유머들이 들렸다. 마지막으로 우리 둘 다 대화를 끝내고 싶었지만 아무도 적당한 순간을 찾지 못하고 있었다. 마침내 핸드폰이 울렸다. 에밀리는 전화벨이 흘러나오는 주머니를 향해 손짓을 해 보였다.

"말해 봐, 너는 나에게……."

에밀리는 말을 끝낼 시간이 없었다. 노크도 하지 않고 간호사가 방으로 달려 들어왔고, 두 엄마가 그 뒤를 이었다.

"에밀리, 너는 전화를 할 수 없어. 너도 알겠지만."

"잠깐만요. 벨이 울린 건 제 핸드폰이었어요, 에밀리 게 아니라……."

에밀리는 어깨를 으쓱했다. 에밀리의 엄마는 낡은 리놀륨 바닥을 내려다보았다. 엄마는 내 어깨를 붙잡았다.

"가자, 마농. 우린 가야 해."

나는 두 엄마가 이렇게 쉽게 난관에서 벗어나길 원하지 않았다.

"에밀리, 말해 봐. 우리가 다시 이야기를 나누려면 우리 엄마가 운전을 해서 데려다 주어야만 하는 거야? 서로 채팅을 하거나 전화를 할 수 없을까? 이렇게 한 번에 너는 치료를 받아야만 하는 거야? 부작용은 생각하지 않는대?"

에밀리는 반응하지 않았다. '고마워', '네가 나와 함께 할 거라는 것을 알아.'라고 희미하게 미소지으며 말해 주었으면 좋았을 텐데. 하지만 에밀리는 나를 쳐다보지도 않고 자리에서 일어났다. 그리고 우리에게 등을 돌린 채 창 앞에 가만히 서 있었다. 길고 헐렁한 회색 스웨터가 검은색 레깅스를 덮고 있었지만, 나는 이 소녀가 위험할 정도로 말랐다는 사실을 알 수 있었다.

집으로 돌아가는 내내, 나는 아무 말도 하지 않았다. 똑같이 갚아 주겠다는 심산이었다. 내가 에밀리를 만나고 있는 동안 엄마가 사 두었던 샌드위치도 거절했다. 엄마는 간청했지만, 나는 노골적으로 차창을 바라보며 등을 돌리고 있었다.

"마농, 이 모든 것에 대해 충분히 이야기해야 해."

"지금은 아니야." 나는 결국 엄마에게 양보하고 말았다.

다행히도 엄마는 고집하지 않았다.

35
장

킬로드라마를 방문한 다음 날 밤에 끔찍한 악몽을 꾸었다. 내 몸이 녹아 내려서 점점 얇아지는 느낌이었다. 처음에는 그것이 환상적이라고 생각했다. 청바지가 헐렁헐렁해졌기 때문이다. 잠시 상상해 보자. 내가 청바지를 입을 수 있을 뿐만 아니라 청바지가 너무 크기까지 하다니! 허벅지에서도 걸리지 않고 엉덩이가 조이지도 않을 정도로. 그런데 조금 지나자 청바지가 흘러내릴 정도로 몸이 얇아져서 나는 학교에서 엉덩이를 드러낸 채 서 있었다. 아무리 바지를 끌어 올려도 소용이 없었다. 나는 청바지를 발목에 걸친 채 복도를 걸어갔고, 학생들이 마구 웃었다. "빨리, 빨리, 사진 찍어!"

내 악몽에서 라파엘은 나와 함께 있었다. 우리는 서로 화내지 않았다. 라파엘이 나에게 말했다.

"자, 마농, 어서. 너는 무엇이든 먹어야 해. 너는 살이 쪄야 할 필요가 있어."

나는 라파엘에게 수첩에 대해 말하기를 포기하고 라파엘이 주는 것을 모두 삼켰다. 초콜릿, 함박 스테이크, 초밥, 파스타(그렇다, 라파엘은 이 모든 것을 손에 쥐고 있었다. 이것이 꿈의 장점이다). 그런데 어느 것도 맛있지 않았다. 초콜릿, 채소, 고기, 감자(그랬다, 이 모든 것이 정말로 다), 나는 정말 아무런 맛도 느낄 수 없었다. 마치 마분지를 먹고 있는 느낌이었다. 그리고 킬로드라마가 나타났는데, 그 아이의 손에는 내 수첩이 들려 있었다. 킬로드라마는 체념한 표정이었다.

"자, 뚱덩이, 멈춰. 너는 먹을 수 없어. 너도 잘 알잖아. 네가 수첩에 썼으면 그걸로 끝이야. 너는 이 모든 음식으로부터 자유야. 넌 더 이상 음식 맛을 느끼지도 못하잖아." 킬로드라마는 중얼거리듯 말했다. 내 청바지가 흘러내린 것을 알아차리고 킬로드라마가 덧붙여 말했다.

"걱정하지 마, 우리는 다른 사람들의 시선에 익숙해져야 해. 사람들은 어떤 식으로든 너를 가두겠지만, 너는 괜찮아질 거야."

잠에서 깨어났을 때, 나에게 가장 고통스러웠던 것이 무엇인지 몰랐다. 몬트리올로의 여행인지 내 악몽인지. 아빠와 오빠는 자전거를 타러 나가고 집에 없었다. 나는 엄마에게 산책을 제안했다. 그런 다음 엄마가 던질 질문들을 예상해 보았다.

나는 내 약속에 충실했다. 적어도 부분적으로는. 에밀리의 엄마가 준 문서들을 읽으면서 어차피 엄마 스스로 알아냈을 테지만, 나는 내 다이어트가 어떤 것인지 엄마에게 설명했다. 그리고 지금은 나에게 아무것도 요구하지 말라고 했다. 의학적 소견을 듣고 피검사를 하고 심전도 검사를 받는 것도 좋다. 하지만 솔직히 내 몸무게는 걱정할 것이 없었다. 신장 대 체중 비율의 신성한 척도인 내 BMI는 21이었으며, 이는 완전히 정상이었다. 어쨌든 내가 너무 마르지 않았다는 걸 증명해야 하다니…… 어이가 없었다. 마른 엉덩이, 이건 좀 이상하지 않나?

물론 나는 곤란한 상황에서 벗어나기가 쉽지 않았다. 월요일 저녁부터 나는 '네가 처음으로 감기 치료를 받았던 우리 집 주치의'에게 진료 예약을 잡았다는 통보를 받았다. 화요일 오전에는 공복 상태로 혈액 검사를 받아야만 했다.

혈액 검사 결과 부족한 부분들이 나타났다. 철분이 필요했고 마그네슘이 부족했다. 다행히도 의사와 부모님은 이 문제를 바로

잡기 위해 몇 가지 영양제를 복용하는 데 동의했다. 그리고 나를 귀찮게 하지 않겠다는 약속을 분명히 받은 다음에 나는 다시 점심을 먹기로 했다. 내가 나 자신에게 허용한 음식만을 먹었지만 그 음식에다 영양제를 보충하면 기운을 차리는 데 도움이 될 거라고 생각했다. 내가 이 야단법석을 받아들이기로 한 것은 부모님이나 의사 선생님, 내가 아는 누군가를 위한 것이 아니었다. 이것은 에밀리를 위한 것이었다. 에밀리의 병실에 들어갔을 때 창가에 서 있던 너무도 가냘픈 그 아이의 모습이 내 뇌리에 새겨져 있었다.

내가 음식과 정상적인 관계를 유지하는 데 성공한다면, 에밀리는 괜찮아질 것이다. 나는 그것을 확신했다. 나는 에밀리에게 행운을 가져다줄 것이다. 나는 에밀리에게 너무 많은 빚을 졌다…….

우선 토마스부터! 토마스는 내가 살이 빠지고 나자 나에게 관심을 가졌다. 토마스 내 사랑. 나는 정면충돌을 무기한 미룰 수 없었다. 토마스는 오래전부터 라파엘의 배신 외에 무언가 잘못되었다는 것을 알고 있었다. 하지만 내가 먼저 이 주제를 다룰 때까지 기다리고 있었다. 나는 그의 생각에 반대하지 않았다. 그렇다면 이제 어디서부터 시작해야 할까?

토마스, 내 엉덩이 사진 가지고 있니?

토마스, 언제부터 나에게 관심을 가지기 시작했어?

토마스, 내가 거의 먹지 않는다는 거 알아?

몬트리올을 방문한 그다음 주 수요일 오후에 기회가 생겼다. 정말이지 이 짧은 방학에 얼마나 바쁜 일정인지! 우리 단둘이 있을 때, 나는 말을 시작했다.

"토마스, 너한테 말하고 싶은 게 있어⋯⋯. 너도 요즘 무언가 문제가 있다는 것을 알아차렸을 거야. 그게⋯⋯, 지난 토요일에 친한 친구를 만났어. 내 친구 이름은 에밀리라고 하는데 병원에 입원해 있어⋯⋯."

나는 거꾸로 접근하기로 했다. 에밀리가 킬로마스터가 되었다가, 킬로드라마가 되었다. 그런 다음에 지난 가을 내 블로그를 통해서 나에게 연락한 낯선 사람이 되었다. 그리고 나, 나는 이야기를 하는 동안 몸무게를 회복하고 음식을 다시 먹었다. 적어도 나는 그런 느낌을 받았다. 왜냐하면 내 이야기는 사실 이보다 훨씬 더 일관성이 없었기 때문이다. 수첩에 대해서 어떻게 말하지? 뚱덩이를 언급하지 않고 내 뚱뚱한 엉덩이에 대해 어떻게 말할까?

토마스는 점점 더 자주 내 말에 끼어들었다.

"전에는 그 여자아이를 만난 적이 없어?"

"고기를 6개월 이상 먹지 않았다고?"

"네 블로그 이름은 뭐야?"

"이건 말도 안 돼, 넌 미쳤어, 이건 정신 나간 짓이야……."

토마스는 이 모든 것을 다시 정리했고, 모두 이해했다. 그리고 이제 남은 것은 토마스와 나, 내 몸무게뿐이었다…….

사진.

다이어트.

내가 살이 빠졌을 때 나에 대한 토마스의 관심.

그리고 우리를 하나로 이어 준 강력한 감정. 이제부터는 어떤 거짓말이나 핑계를 대지 않기로 했다.

"토마스, 너도 사진 받았어?"

"아니……. 하지만 봤어."

"……."

"마농, 내 핸드폰엔 카메라가 없어. 그래서 받을 수도 없어! 하지만 나도 사진을 보긴 했어……. 다른 아이들처럼. 하지만 나는 그게 아무것도 아니라고 생각했어. 그 점은 너에게 분명히 말할 수 있어. 너 나를 믿지?"

"널 믿어."

"그 당시에 나는 너를 거의 알지 못했어. 솔직히 말해서 그래, 나에게 넌 늘 마른 아이와 어울려 다니는 엉덩이가 큰 여학생이었어."

젠장, 그런 말은 아직도 아파……

"마농, 계속할까?"

아니!

"그래, 계속해……."

"다시 말하고 싶진 않지만, 너희 둘은 재미있는 단짝이었어. 그리고 너희들은 정말로 다른 아이들과 어울리고 싶어 하지 않았어. 너희는 우리를 위에서 내려다 보았지……."

토마스는 틀리지 않았다. 나는 입가에 스카치테이프로 붙인 듯 늘 '상냥하고 멋진' 미소를 지으며 연기를 아주 잘 해왔다고 스스로 확신했다.

"그 일이 일어났을 때 우리는 서로 말을 해 본 적도 없었던 것 같아. 무엇보다 우리는 같은 반이 아니었고, 같은 학교 출신이 아니었으니까……."

내가 속해 있던 무리의 아이들에게 네가 말을 건 횟수까지 합치면, 우리는 정확히 일곱 번 반을 말했어. 반은 라파엘과 내가 너희 무리에게 수학 선생님이 결석했다고 말해 준 날이었어. 너는 '아, 그래?'라고 대답했지. 그걸 셈에 넣으면. 하지만 나는 너에게 그걸 말할 수 없었어.

"토마스, 내가 살이 빠지지 않았다면 넌 나랑 데이트했을까?"

"……."

"대답해 줘!"

"마농, 만일 내 몸무게가 100킬로나 나간다면 너는 나랑 데이트 하겠니?"

"아, 고마워. 너는 나를 그렇게 봤구나? 다시 한번 고마워. 하지만 솔직히 너는 헛다리를 짚었어. 나는 그 정도는 아니야, 정말 아니라고. 확실해!"

"마농, 그만해, 내 말이 그런 뜻이 아니라는 건 너도 잘 알잖아. 너는 그 정도 몸무게가 나간 적이 절대로 없어. 나는 내 키를 감안해서 아무 숫자나 말한 거야. 하지만 너는 항상 모든 걸 너와 연관 짓고 있어……."

자, 이건 내가 새겨 두기로 결심할 필요가 있다. 내가 이런 말을 듣는 건 처음이 아니라고…….

"그래, 당연하지. 나는 너와 데이트했을 거야. 외모, 그건……."

"마농, 솔직해져."

솔직? 그래…… 나는 남들보다 더 낫지 않아. 그걸 증명하는 건 복잡하지 않아.

"네 말이 맞아."

그쯤에서 토마스는 나를 땅에 묻을 수도 있었다. 그건 쉬웠을 것이다. 나는 이미 땅속으로 내려가 있었으니까. 하지만 그랬다면 토마스가 아니었을 것이다. 그는 나에게 할 말이 있었지만, 그걸 아무렇게나 말하지는 않았다. 그 순간 토마스는 내 손을 잡고 내 손가락 끝에 키스했다.

"마농, 내가 솔직하기를 원한다면 그럴게. 내 친구 중 몇몇 은⋯⋯."

사실 걔들은 너의 진정한 친구라고 할 수도 없어!

"⋯⋯ 내가 네 엉덩이 주름에 빠진 것인지 묻기도 했어. 남자아 이들은 원래 그래. 여자아이들도 더 나을 게 없지만. 너나 나도 여 기서 예외는 아니야. 하지만 나는 우리가 한 가지 더 가지고 있다 고 믿어. 우리를 리자나 쥐스틴과 다르게 만들어 주는 양심, 바로 감수성이야. 네 친구 라파엘도 그 아이들과 같지 않아. 그리고 너 도 마음속 깊이 그 사실을 알고 있어. 이제 라파엘에게 왜 그렇게 했는지 물어봐. 그건 결국 네가 그 아이를 아주 잘 알지는 못했다 는 걸 인정하는 것이기도 할 거야. 하지만 어떤 경우에도 완벽한 건 없어."

나는 정말 정말 노력했지만 눈물을 참을 수가 없었다. 이렇게 갑작스럽게 비난하는 토마스를 원망하며 눈물이 소리 없이 흘러 내렸다. 토마스는 위축되지 않았다.

"너는 내가 지나치거나 불공정하다고 생각할 거야. 나는 단지 분명히 하고 싶을 뿐이야. 하지만 내 말을 잘 이해해 줘. 너에 대한 내 사랑은 절대로 변하지 않을 거야. 너는 완벽하지 않아. 나도 마찬가지이고. 하지만 나는 너를 사랑해. 정말로 사랑해. 그래서 네가 자존감을 높이기 위해서 겪었던 모든 고통을 알게 되고, 네가 음식과 다시 화해하기까지 겪어야 할 고통을 상상하는 것이 나로서는 몹시 가슴 아파. 하지만 지금은 그런 걸 따지고 있을 때가 아니야, 마농. 이건, 네 친구…… 이름이 뭐였지?"

"킬로드라마……."

"에밀리가 원하는 게 아닐 거라 생각해."

36
장

　토마스는 진정한 내 남자 친구다, 토마스는 얼마나 성숙한지! 토마스가 나 같은 바보와 데이트를 하는 건 유감이다. 나는 토마스처럼 지혜롭지 않았다. 드디어 나를 괴롭히던 주제에 대해 토마스와 아주 솔직한 대화를 나눴다. 그런데도 나는 객관성이 부족한 이야기를 했다. 내가 여전히 뚱뚱했다면 토마스는 나와 데이트를 하지 않았을 것이고, 내 다이어트는 비상식적이고, 나는 아무런 문제의식도 느끼지 못한 채 다른 사람들을 판단하는 이기적인 사람이라고. 나는 정직하지 않았다. 그 사실을 잘 알고 있었다. 하지만 나는 정직할 수가 없었다.

내가 기분이 상했다는 것을 토마스에게 티 내지 않았다. 그런데도 나의 어리석은 반응은 대화를 하려는 서로의 노력을 수포로 만들 위험이 있었다. 결국 나는 만족감과 동시에 죄책감을 느꼈다. 나는 좋은 배우임에 틀림없다. 토마스에게는 아무것도 느끼지 않게 했으니까. 토마스는 우리가 서로에게 모든 것을 털어놓아서 기쁘며, 식단을 관리하는 데 도움을 줄 것이고, 라파엘에 대해서 자신이 했던 말에 대해 다시 생각해 봤으면 좋겠다고 여러 차례 반복해서 말했다.

나는 고개를 끄덕이고 토마스에게 키스했다. 그리고 인생을 바라보는 그의 단순하고 진심 어린 시선이 부러웠다. 토마스는 단지 먹을 것을 얻기 위해서 우리에게 다가오는 고양이를 알레르기를 일으키는 부드러운 털 뭉치가 아니라 고양이라고 불렀다. 뚱덩이에게 그것은 그렇게 간단한 일이 아니었다. 뚱덩이? 뚱덩이가 다시 돌아왔을까?

모든 것이 내 머릿속에서 뒤엉켜 버렸고, 뚱덩이는 그 틈을 이용했다. 나에게 다이어트, 아니 '다이어트 반대'를 말하는 우리 부모님과 토마스 사이에서 꼼짝할 수 없게 된 나는 더 이상 음식을 어떻게 대해야 할지 알 수가 없었다. 나는 그래야만 했고, 그래서는 안 되었다.

엄마는 나와 킬로드라마가 메일로 주고받았던 글을 읽었다. 아빠도 함께였다. 딸의 일상을 몇 장으로 요약한 이 글들이 아빠에게는 뜻밖의 선물이었을지도 모른다! 아빠는 매우 걱정스러워했는데, 아빠가 특히 콜레스테롤 수치를 떨어뜨리기 위한 프로그램으로 고군분투하고 있었기 때문에 더욱 그랬을 것이다. 그리고 다시 한번 나는 완전히 옳지 못했다. 아빠는 나를 사랑했고, 내가 잘되기만을 바랐다. 이번만큼은 아빠는 나를 다른 사람들보다 더 잘 이해해 주었다. 그런데 왜 나는 조금 더 돕고, 조금 더 이해하고, 조금 더 나 자신을 아끼지 못했을까?

밖에서의 나는 미소를 짓고 당당하고 귀를 기울이고 관심을 가졌다. 모든 것이 다 해결될 것처럼.

안에서는 뚱덩이가 모든 공간을 차지했다. 뚱덩이는 당당히 자리 잡고 있었다. 하지만 그녀를 진정시킬 초콜릿, 쿠키, 심지어 방향을 안내해 줄 킬로드라마도 없었다.

킬로드라마, 내 생각들 속에서 여전히 꽤 모호한 점이 있었다. 이 아이는 최근 몇 달 동안 내 존재의 중심에 있었지만 나는 우리가 친구인지조차 알지 못했다. 내가 병실을 나설 때 보여 준 에밀리의 침묵이 달갑지 않았다. 동시에 그것은 매우 무의미하기도 했다. 에밀리를 원망하는 것이 나에게 더 도움이 되었고, 그래야만 내가 에밀리를 걱정하거나 지금 사람들이 나에게 기대하는 것에 대해 의문을 갖지 않을 수 있었기 때문이다. 어쩌면 에밀리도 그것을 기대했는지도 모른다. 나는 그 암울한 도시로 다시 가서 감옥 같은 병원의 철문을 통과하고 싶은 마음은 추호도 없었다. 그 일그러진 얼굴을 다시 볼 생각 역시 없었다.

그런 다음 분노는 후회와 뒤섞였다. 킬로드라마는 자신을 파괴했다. 그 아이는 나를 어디로 데리고 가고 싶었던 것일까? 그 아이는…… 그 아이는…….

내가 항상 꿈꿔 왔던 것을 내게 준 킬로드라마. 분명히 그 아이의 방법은 '부모의 동의'를 받지 못했다. 하지만 효과가 있었다. 그렇다면 나는 정신병자의 손아귀에서 구원받은 사랑스러운 마농일까 아니면 어둠의 동맹을 후회하는 끔찍한 풍뎅이일까? 몇 년 후면 이 '어둠의 포스'로부터 탈출했다고 말하게 될지도 모른다!

엄마는 나에게 도움이 필요하다고 결정했다. 엄마도 아빠도 친구들도 나에게 도움을 줄 수 없을 것이다. 아빠도 인정했다. 나에게는 외부의 도움이 필요했다. 중립적인 시선. 나에게는 정신과 의사가 필요했다.

마농은 나아질 것이다, 계속 도움을 받고 있으니까. 우리 엄마 아빠는 마침내 괜찮은 부모로서의 영광을 되찾게 되었을 때 기뻐하며 마법의 공식을 선언할 것이다! 적어도…… 적어도 부모님이 나에 대해 진심으로 걱정하지 않는다면 말이다. 나는 이런 가능성은 고려하기가 힘들었다. 분명 킬로드라마는 우리 부모님 또한 희생자로 만들었기 때문이다. 나는 오직 나 혼자서 고통에 대한 책임을 지려고 했었다.

솔직히 말해, 나는 이 '외부의 도움'을 반대하지 않았다. 지난 몇 달 동안 내 암울한 삶을 엄마의 슈퍼 세탁기 안에 집어넣는 기분이었다. 그렇다. 엄마는 깨끗이 씻어서 찌든 얼룩을 제거했다. 하지만 안녕, 탈수기여! 더 많은 지방, 되살아나는 얼룩…… 그리고 거꾸로 된 머리. 나는 이 모든 것 속에서 순서를 다시 바로잡고 싶었다.

내 문제를 담당하면서 엄마에게 심리치료사와의 협진을 제안한 것은 이번에도 우리 가족의 주치의였다. 주치의 선생님은 엄마를 믿었고 우리도 그를 신뢰했지만, 이것이 단지 환상일 수도 있다. 나의 심리치료사는 글로방 선생님이라고 했다. 그녀는 유능하다고 인정받는 심리치료사였다. 만약 내가 문제에서 나아지지 않는다면 어떻게 될까! 이 멋진 여성의 유일한 단점은 다음 달까지 새로운 환자를 받을 시간이 없다고 엄마에게 전화로 친절하게 대답했다는 것이다.

"하지만 시급해요!" 엄마는 화를 내다가……, 간청했다가…….

"만일 지라드 박사가 저를 소개한 것이라면 당신 딸의 경우 한 달 정도는 괜찮을 거라고 생각했기 때문일 거예요."

엄마는 기습을 당했고, 나는 내 어두운 생각에 엄마의 어둡고 불안한 시선까지 감당해야 했다.

다행히, 금요일 오후. 비비디 바비디부! 나의 대모 요정이 나를 만나러 왔다. 마법 지팡이가 아니라 진짜 마법의 물약을 가지고서. 이모는 다음 주에 휴가를 떠날 예정이었고, 함께 갈 베이비시터를 찾고 있었다. 이모부인 스테판과 이모를 진정으로 숨을 쉴 수 있게 해 줄 믿음직한 베이비시터를.

"너무 늦게 부탁해서 미안해 마농, 이해해 줘. 우리는 정말 조금이라도 한숨 돌리고 싶어. 하지만 아이들과 함께라면 쉽지 않을 거야. 그래서 널 생각했고 스테판도 좋아했어."

내가 버지니아에서 이모와 일주일을 보내고 싶었을까? 게다가 돈까지 준다니……. 휴가를 떠나려는 마지막 순간에 베이비시터를 데려갈 생각을 했다는 것이 나에게 이상하게 여겨졌다. 나는 엄마가 이모와 전화 통화를 하면서 몬트리올 방문 이야기를 하고, 그러자 플로랑스 이모가 휴가에 데려갈 것을 제안하는 모습을 상상해 보았다. 처음에는 내 등 뒤에서 음모를 꾸미는 두 자매의 모습이 나를 화나게 했다. 잠시 뒤 토마스가 생각났다. 토마스였다면 이 제안을 어떻게 받아들였을까? '네 엄마는 너를 걱정하고 있어. 네 대모는 너와 시간을 보내면서 너를 돕고 싶어 해. 마침 잘 됐어. 너도 함께 가는 것이 마음에 들잖아.' 토마스는 퐁딩이보다 더 크게 말했고 나는 제안을 받아들였다. 토마스는 방학 둘째 주를 가스페에 있는 아빠 집에서 보내기로 했기 때문에 우리는 어차피 서로 만날 수 없는 상황이었다.

대모가 나를 데리러 왔을 때 나는 대모에게 내가 모든 것을 먹을 수는 없으며 그렇다고 해서 나를 비난하지 말아 달라는 설명을 했다. 왜냐하면 그건 정말로 쉽지 않은 일이었기 때문이다.

"마농, 그만해! 내가 너에게 물어봤어? 아니잖아, 그렇다면 불안해하지 마. 네 엄마가 네가 먹는 것에 대해서 대충 설명해 줬어. 나는 미국에서 설령 두유라고 하더라도 저지방을 찾아낼 거야."

말하는 동안 대모는 손바닥으로 내 머리를 쓰다듬었다. 다른 사람이라면 애정의 표현으로 받아들일 이 동작이 나는 짜증스럽게 여겨졌다. 대모와 함께 하는 삶이 항상 더 쉽게 느껴졌던 이유는 무엇일까?

37
장

　나는 인터넷도 안 되는 별장으로 가서 토마스와 전화 통화를 하며 내 핸드폰 요금을 치솟게 할 작정이었다. 하지만 일상에서 벗어나게 되니 마냥 행복했다. 우리는 자동차로 여행을 했고, 거기서 나는 내 사촌들은 항상 천사가 아니고 대모 역시 인내심이 바닥날 수 있다는 사실을 알게 되었다. 나는 계속 미소를 지으려고 애쓰면서 휴고가 던진 젖꼭지를 한 번, 또 한 번 자동차 바닥에서 주워 주었고, 이모가 준비한 신선한 야채 샐러드를 점심으로 먹었다. 그래, 나는 이모를 믿어야 했다. 이모는 길가에서 샌드위치를 사먹는 것보다 차라리 밀폐 용기에 차가운 음식을 싸 오는 게 더 낫다고 말했다. 이모는 서툴게 거짓말을 하고 있었고, 그래서 나는 이모를 더욱 사랑했다.

별장은 흔히 슈퍼마켓 하나가 그 지역 상권을 독점하는 그런 작은 시골 마을의 외딴곳에 있었다. 예외적으로 화요일과 목요일 아침마다 교회 앞마당에 열린 시장에서 상인들의 외침이 울려 퍼졌다. 상인들의 억양은 과일이나 채소만큼 다채로웠고, 그들의 외침에 저항하는 것은 반시민적인 행동이었다. 물론 좋았다. 마음씨 좋은 아줌마, 그들이 파는 토마토, 바질 잎, 그리고 딸기도! 딸기는 너무 향기로워 지나가는 사람들을 취하게 했다. 그 맛 역시 너무도 달콤하다고 사람들은 말했다.

딸기……. 과일……. 내 수첩에 이미 써 놓았던가? 시장에서 아주 조심스럽게 하지만 예리하게 나를 감시하는 선량한 대모의 시선을 받으며 나는 어느 상인이 건네준 딸기를 받아 들고 냄새를 맡은 후 한입 깨물었다. 내 입가에 즙이 흘러내렸다. 내 눈가에서 눈물이 떨어졌다. 내가 무엇을 하는 거지? 치유되고 있는 것일까, 재발하는 것일까?

뚱덩이의 수첩에 적힌 음식 중 하나를 처음으로 포기했다. 내가 말하는 방식에 주의할 필요가 있다. 나는 휴가를 오면서 수첩을 가져오지 않았다. 하지만 여전히 맹신하고 있었다. 별장으로 돌아오자마자 나는 즉시 내가 먹었던 모든 것을 종이에 적어 읽고 있던 소설책 사이에 끼워 두었다. 대모는 이 사건에 대해 아는 척 하거나 몰래 나가서 엄마에게 이 첫 번째 승리에 대해 알리지 않을 정도로 세심했다. 그때부터 매 식사는 커다란 샐러드 접시에 담긴 딸기 한 접시로 끝났다.

또 다른 양보도 이어졌다. 승리일까, 패배일까? 나는 다시 살이 찌는 것이 끔찍하게 두려웠다. 하지만 나는 킬로드라마와 같은 상태가 될 수도 있다는 사실이 더 참을 수가 없었다. 그래서 나는 멜론을 먹고 주스를 잔뜩 마셨다. 이틀이 지난 후에 거기다가 프로슈토 햄 한 조각을 곁들였다. 내 이는 마치 육식 동물이 먹잇감의 살점을 뜯어먹는 것처럼 프로슈토를 찢었다. 그것은…… 즐거운 동시에 찜찜했다. 나는 훈제 연어를 즐겼다. 다시 충동에 빠질까 봐 두려워서 연어를 생으로 먹지는 않으려 했다. 나 자신을 신뢰하기가 힘들었다. 그리고 만일 내가 이런 즐거움에 또다시 빠진다면?

물론 나는 체중계를 두고 여행을 왔다. '물론'이라니, 이 얼마나 위선인가! 나는 지금은 우리 아빠를 괴롭히고 있을 이 친구를 간절히 가지고 오고 싶었다. 그렇게 한다면 한동안 아빠를 자유롭게 해 줄 수 있을 것이고, 그건 틀림없이 아빠에게 도움이 되었을 것이다. 나는 아빠가 살이 빠졌을 것이라고 확신했다. 하지만 가져올 수 없었다. 뺄 살이 없는 사람이 여행지에 체중계를 가져간다는 것은 분명히 바보 같은 짓이다. 심지어 뺄 살이 있다고 하더라도 가방에는 그럴 만한 공간이 없었다…….

나는 다시 살이 찔까 봐 두려웠다. 그런데도 연어, 햄이라니! 별장에는 수영장이 있었다. 크지는 않았지만 아이들이 자는 동안에 지루함을 달래고 아쿠아로빅을 하기에는 충분했다. 내 대모는 내가 그렇게 하도록 내버려 두었다. 그것은 단지 '나의 슈퍼 대모'이기 때문이 아니라, 대모 역시 다른 엄마들과 마찬가지로 침실에서 혼자만의 고요한 순간을 즐기고 싶었기 때문이다. 스테판 이모부는 내 집념을 재밌어했다.

나는 옷장 서랍에서 재봉용 줄자를 발견했다. 나는 더 이상 몸무게를 잴 수 없었다. 하지만 내 몸을 측정해 볼 수 있다! 심지어 생선을 먹은 후에도 햄을 먹은 후에도 내 허벅지는 더 굵어지지 않았고, 내 허리둘레도 마찬가지였다. 나는 이모와 이모부처럼 먹었고, 그리고 그들처럼…… 살이 찌지 않았다. 그렇다면 나는 이제 정상적인 사람들의 범주에 들어간 것일까? 흥분하지 말자, 흥분하지 말자…….

플로랑스 이모는 나에게 음식에 대한 재협상을 제안했다. 이모

자신도 예상하지 못했던 또 다른 선물을 나에게 주었다. 이모는 환상적인 베이비시터가 있음에도 불구하고 엄마가 머리를 감겨야 한다고 아망딘이 욕실에서 소리를 지르면 인내심을 잃곤 했다. 휴고가 자신의 작은 밥그릇을 타일 바닥에 반복해서 집어던질 때도 마찬가지였다. 그럴 때마다 이모는 자신의 언니처럼 소리를 질렀다! 완벽함이란 이 세상에 존재하지 않는 것일까? 아망딘도 13년 (혹은 12년, 11년, 10년) 동안 독방 쓰기를 거부하면서 자신의 엄마에게 형벌을 내리게 될까? 나는 또한 이모와 이모부 사이의 역할 분담이 불공평하다고 생각했다. 이모가 예민해지는 목욕과 식사 사이의 빈 시간에 스테판 이모부는 조깅을 하거나 자전거를 타러 나간다는 이유로 비난을 받곤 했다. 결국 이모와 이모부는 나에게 돈까지 지불하면서 휴가에 데리고 간 것이었다! 이 모든 것은 사실은 나에게 음식을 먹게 하기 위한 위장이었을까? 나는 정확하게 알 수가 없었다. 하지만 내 대모에게는 결점이 있었다. 지나치게 쿨했다.

토요일, 집으로 돌아오자 나는 정말 기분이 더 좋아졌다. 매일 여러 차례 통화했던 토마스에게는 많은 얘기를 했다. 하지만 이제 다른 사람들과도 모든 것을 이야기할 때가 되었다.

38
장

"어떻게 네가 나에게 그럴 수 있니?"

간단하고도 직접적인 질문이다. 라파엘에게 보낼 메시지를 수백만 번도 더 상상해 보았다. 나는 우리의 해명 글에 엄숙함을 부여하고 싶었다. 160자라는 문자 메시지의 글자 수에 제한을 받지 않기 위해서 라파엘에게 이메일을 보낼 생각이었다. 어쩌면 나는 라파엘과 마주하기가 두려웠는지도 모른다. 분명하다. 그렇지 않다면 나는 왜 이 몇 마디 단어를 입력하지 못하고 주저했을까?

어떻게 네가 나에게…….

'그럴 수 있니, 마농?' 라파엘과 나는 확실히 서로 통했다. 메시지를 보낸 것은 라파엘이었다. 놀랍게도 라파엘이 내게 해명을 요구한 것이다. 나는 마치 환각에 빠진 기분이었다. 그런 다음 라파엘의 메시지를 끝까지 읽고, 무슨 말인지 이해했다.

엄마가 이모 집으로 나를 데리러 왔을 때 내게는 이야기하지 않으려 조심했지만, 엄마는 똥덩이 사건을 그냥 덮어 두지 않기로 했던 것이다. 에밀리의 엄마를 통해 이미 다 알고 있었다. 분명 내가 에밀리와 이야기를 나누는 동안이었겠지……. 엄마는 제일 먼저 라파엘의 부모님을 소환했다. 그렇다. 오빠가 내게 말했던 것처럼, 엄마는 심판자로 그들을 부른 것이다. 아빠도 그 법정에 출석하라는 요청을 받았다. 온갖 이야기들이 오갔다. 라파엘, 리자와 쥐스틴이라는 못된 아이들, 그리고 학교. 인명 구조원은 탈의실에서 무슨 일이 벌어지고 있는지 몰랐기 때문에 소환되는 것을 피할 수 있었을 것이다! 이 사건을 받아들인 후에 라파엘의 부모는 쥐스틴과 리자의 부모에게 알리기로 결정했다…….

방학 중인데도 교장 선생님은 엄마의 끊임없는 메시지에서 벗어날 수 없었다. 우리 부모님은 교장실에서 라파엘의 부모님과 쥐스틴, 리자의 엄마를 만났다. 사진을 찍은 아이들은 3일 출석 정지라는 처분을 받았다. 이 일에 어쩔 수 없이 엮였다는 호소에도 불구하고 라파엘 역시 본보기를 보여 줘야 한다는 이유로 같은 처분을 받았다.

라파엘은…… 부모님으로부터 외출 금지를 당했다.

"내가 평정을 되찾을 때까지야."

라파엘의 아빠는 학교 복도에서 라파엘에게 소리쳤다.

명예를 회복하고 나자 엄마는 두 번째 행동 단계인 관용으로 넘어갈 수 있었다. 라파엘은 '자기도 모르게 그런 행동을 했다 하더라도, 우리 집에서 항상 환영받을 것'이라는 보장을 받았다.

"그 일은 단지 그 일일 뿐이야, 그렇지 않니, 라파엘? 너도 모르게 그런 거지. 나는 네가 마뇽에 대해 1그램의 나쁜 마음도 품었다고 생각할 수 없어. 나는 네가 여전히 좋은 아이라는 걸 알고 있단다."

엄마는 라파엘에게 했던 설교를 나에게 한 마디 한 마디 반복하면서 얼마나 자랑스러워하던지!

내 가장 친했던 친구는 아직 큰 용서를 받을 준비가 되어 있지 않았다. 라파엘은 울면서 내 품 안으로 뛰어들지 않았다. 라파엘의 메시지는 직접적인 동시에 신중했다. 감정을 잘 통제하고 있었다. 나는 차라리 감정을 마구 쏟아 냈더라면 더 좋았을 것이라 생각했다. 그랬다면 나는 죄책감이라는 그 불쾌한 떨림을 느끼지 않앉을 것이다. 사실 나는 엄마의 행동에 대한 책임이 없었다. 적어도 나는 멀리 떨어져 있었다는 핑계가 있었다. 엄마가 경고를 시작했을 때, 나는 그곳에 없었다. 내가 있었다면 분명히 엄마를 말렸을 것이다. 적어도 노력은 했을 것이다. 하지만 라파엘, 라파엘은 수영장 탈의실에서 가만히 있었다. 나는 어떤 제지하는 목소리도 들은 기억이 없다. 오히려 숨죽이는 듯한 웃음소리만 들렸을 뿐. 그래서 나는 발뺌을 하지 않기로 했다. 따지지도 공격하지도 않았다.

"내일 오후 4시에 카페 〈르 미뉘트 필〉에서 만나."

물음표를 달지 않았다. 제안이 아니라 명령이었다. 라파엘은 대답하지 않았지만, 그 자리에 올 것이라는 사실을 알고 있었다. 나는 라파엘을 충분히 잘 알고 있다. 적어도 그렇게 믿고 싶었다.

카페 〈르 미뉘트 필〉은 학교 근처에 있었지만, 일요일 오후에는 조용했다. 라파엘이 먼저 나와 있었다. 라파엘은 햇살이 쏟아져 들어오는 커다란 창가 자리를 선택했다…… 내가 그랬던 것처럼. 나는 어두운 분위기를 견디기 힘들어했고, 내 친구는 그것을 잘 알고 있었다. 라파엘의 곧은 등은 의자 등받이에 기대고 있지 않았다. 마치 회복하고 싶은 자신의 명예처럼 꼿꼿이 세우고 있었다. 하지만 자세히 살펴보니, 라파엘은 씹고 있는 껌 종이를 기계적으로 잘게 찢고 있었다. 나는 이 버릇을 잘 알고 있다. 라파엘의 불안할 때 나오는 버릇이다.

우리는 서로를 쳐다보았다. 미소를 짓지도 노려보지도 않았다. 우리는 지금 어디에 있는 것일까?

"주문했어?"

그렇다, 나는 라파엘과 한 달 이상 말을 하지 않았고, 우리가 다시 만난 것은 당황스러울 정도로 평범했다. 딱 필요한 만큼 중립적이었다.

"연락을 기다렸어."

그렇다, 우리는 의미 없어 보이는 말을 나눌 수 있었다. 우리는 주문을 했다. 다시 침묵이 찾아왔고, 우리는 서로를 도자기에 그려진 강아지처럼 멍하니 쳐다보았다. 부서진 도자기에.

"마농, 우리에게 무슨 일이 있었던 거니?"

내가 꿈을 꾸고 있나? 내 이름의 두 음절을 가볍게 강조하는 라파엘의 억양에서 아주 잠깐 '나'의 라파엘의 목소리를 들었다고 생각했다. 나는 더 이상 방학을 엉망으로 보내고 싶지 않았고, 나의 라파엘과 관계를 회복하면 좋을 거라고 잠시 생각했다! 그렇다, 하지만 라파엘의 눈빛은 라파엘이 사용하는 말투를 반박하고 있었다. 라파엘도 변했다. 단순히 손등으로 서로에게 진 빚을 문질러 없앨 수는 없었다.

"나는 모르겠어, 라파엘, 모르겠어. 하지만 처음부터 이야기해야 할 것 같아. 왜냐하면 그 빌어먹을 수영장 탈의실에서 무슨 일이 있었는지 너는 나에게 말해 주어야 하니까."

라파엘도 그것을 기대하고 있었다. 라파엘은 그 질문에 대해 준비하고 내 반응을 예상했다.

"좋아, 말해 줄게. 하지만 너는 조용히 들어 줬으면 좋겠어, 괜찮겠어? 네가 판단해서 원한다면 여기서 나가도 좋아. 하지만 내 얘기를 모두 다 듣고 난 후에 그렇게 해 줘."

"그으래……."

"먼저, 계획된 것은 아무것도 없었다는 것을 알아야 해. 그냥 그렇게 일어났어. 그게 다야."

그래서 내가 그 일을 축하라도 해야 하니?

"내가 쥐스틴이나 리자와 이야기를 한 것이 처음은 아니었지만……."

이런!

"…… 바보 같다는 거 나도 알아. 하지만 그 아이들은 보리스와 나를 잘 알고 있었어. 보리스가 나를 제 정신이 아니도록 만들었어. 나는 보리스에게 가까이 다가가고 싶었어……."

결국, 배심원 여러분, 계획적인 범죄였다고 생각하십니까?

"…… 한 번이나 두 번 정도? 그 이상은 아니야. 수학 문제를 연습할 수 있는 웹 사이트 주소를 그 아이들에게 알려 주었어…… 너도 알잖아. 내가 너에게도 그 사이트에 대해 말했을 거야! 나 또한 그 아이들에게 립글로스 상표를 물어보기도 했던 것 같아……."

아아…….

"…… 간단히 말해서, 그날 수영장에서 그 아이들은 우리가 서로 맞은편 탈의실로 들어가는 것을 보았어. 그리고 그 아이들은 내가 탈의실 문을 닫기 직전에 내 탈의실로 뛰어 들어왔어. 너는 이미 옷을 갈아입는 중이었고. 나는 그 아이들 앞에서 옷을 벗기가 정말 거북했어……."

라파엘은 많이 변했다…….

"…… 그리고 그 아이들이 핸드폰을 꺼낸 후 문을 살짝 열었을 때 나는 옷걸이와 바지, 수건과 씨름하고 있었어. 그건 너에게 확실히 말할 수 있어. 그 아이들이 무엇을 하는지 이해하지 못했어. 바로 그 순간에는 말이야. 그 후에…… 그 후에는 너무 늦었어."

"말도 안 돼!"

내가 소리를 지르자 라파엘은 자신도 모르게 몸을 바르르 떨었다.

"너는 내가 무엇을 했기를 바라니?"

"적어도 너는 나에게 말해 줬어야 해. 그랬으면 내가 그 전에 그 아이들을 막을 수 있었을 거야."

"어쩌면 네가 그럴까 봐 그랬어!"

이번에는 라파엘이 인내심을 잃었다…….

"너라면 그 아이들을 뒤쫓아 갔을까? 나의 엉덩이 마농! 이건 말하자면 그렇다는 거야. 너는 이 잔인한 세상을 저주했을 거야. 그리고 내 어깨에 대고 징징거렸을 것이고, 나는 모든 것을 막아야 했을 거야. 그리고 고마워하기는커녕, '너는 어떻게 그 아이들이 그렇게 하도록 내버려 둘 수 있니?', '왜 너는 가만히 있었어?' 라는 원망을 감당해야 했겠지. 그래, 마농, 솔직하게 말해 줄게. 비겁함은 뚱뚱한 아이들만 가지고 있는 것이 아니야. 나는 비겁했어. 그래, 나는 겁쟁이였어!"

라파엘은 반성하는지 잠시 시선을 아래로 떨구었다. 하지만 그건 착각일 뿐이었다. 여세를 몰아서, 라파엘은 나에게 마지막 일격을 가했다.

"네가 인터넷에서 만난 거식증으로 입원했다는 네 친구와 네가 겪고 있는 일에 대해서 알게 되기 전까지, 나는 이 끔찍한 이야기가 너에게 기회였다고 확신하기까지 했어. 그 일로 너는 네 문제를 해결하고 네 인생을 주도할 수 있는 능력을 얻었어. 하지만 지금은 나도 더 이상 확신할 수 없어. 왜냐하면 너와 함께라면 그 무엇도 간단하지가 않았거든."

라파엘이 호흡을 가다듬었다. 그리고 나를 쳐다보았다…… 다른 눈빛으로. 라파엘의 눈빛은 이제 흔들리고 있었다.

"자, 너는 결국……."

"자, 이제 네 차례야." 라파엘은 마침내 한숨을 쉬며 말했다.

거기서, 나는 정신을 차려야만 했다. 나는 우두커니 서 있었다. 나는 라파엘이 단지 허세를 부리는 것일 뿐 정말로 화가 난 것이 아니라고 생각하기로 했다. 이 카페에서 우리는 우정을 회복하겠다는 서약을 해야 했다. 그러면 나는 라파엘이 너무 오랫동안 해명하느라 쩔쩔매지 않도록 너그러이 용서할 것이라는 상상을 하기도 했다. 나의 상상은 진실과 너무 거리가 멀었다!

"엄마한테 너희 부모님께는 알리지 말라는 말을 못 했어. 그렇게 하려면 내가 엄마에게 더 빨리 말했어야 했으니까. 나는 엄마가 킬로드라마……, 거식증에 걸린 그 아이에 대해서 알기를 원하지 않았어. 그 아이 이름은 에밀리야."

어이가 없다. 변명하고 있는 쪽은 나였고, 나는 생각의 실마리를 놓쳤다.

"네 말이 맞아. 그 일로 나는 살을 뺄 수 있었어. 아무튼, 그 일은 네 일이 아니야. 다른 누구의 일도 아니지! 네 말이 옳아. 비록 네가 말할 용기가 없었다고 하더라도 말이야. 그 사진이 없었다면, 나는 토마스를 만나지 못했을 거야. 하지만 누가 알겠어…… 어쩌면 다른 누군가가 찍었을 수도 있는데, 결국은 말이야. 어쩌면 내 엉덩이 사진에 대고 던지기 대회를 했을지도 모르지……"

이만하면 됐다. 나는 또 헛소리를 하고 있었다. 나는 라파엘에게 단지 내가 힘들었다고 말하지 못했다. 나는 공격해야만 했다. 그 사진은 정말로 내 인생을 바꿔 놓았다. 조금 더 먹고 있는 지금도 여전히 살이 다시 찌지 않는다면 말이다. 하지만 빌어먹을, 탈의실에 라파엘까지 있을 필요는 없었다. 그 바보 같은 쥐스틴과 리자, 둘이면 충분했다. 그랬다면 나는 무기를 버리고 투구를 벗었을 것이다.

"너 기억하니, 라파엘? 우리가 책에서 찾았던 이 문장. '우리, 너와 나는 인생을 넘어 우정으로 연결되어 있다'. 이것을 우리의 좌우명으로 삼으면서 우리가 얼마나 자랑스러워했는지 기억해? 나는 이 문장을 네 수첩에 적어 주었고, 너는 그걸 내 수첩에 적어 주었어. 나는 그 문장을 믿었어. 그런데 지금 우리는 서로에게 말할 수 없었던 것들이 너무 많아. 내 몸무게, 보리스…… 토마스……"

"마농, 그게 정상이야. 우리는 서로에게 모든 것을 말하고 모든 것을 공유할 수는 없어. 그렇다고 해서 서로에 대한 우정이 줄어들지는 않아. 너는 보리스가……."

나는 라파엘이 할 말을 찾고 있다고 생각했지만, 라파엘은 내 눈을 빤히 쳐다보고 있었다.

"보리스가 너만큼 나에 대해 알고 있다고 생각하니?"

나는 미소를 지었다.

"하지만 너는 나보다 보리스를 더 많이 찾잖아……."

"맞아, 그건 인정해."

"그래서?"

"그래서 뭐?"

"그래서, 우리는 어떻게 되는 거지?"

"마농, 예전 같지는 않을 거야. 우리는 너무 많이 변했어. 하지만 어쩌면…… 우린 바보처럼 서로를 피하는 것을 멈출 수 있을지도 몰라."

"그래…… 넌 어쩌면 프랑스어 숙제하러 우리 집으로 올 수도 있겠지."

"나는 네 엄마와 마주치고 싶지 않아."

"하지만 너도 잘 알다시피……."

"그래!"

그런 다음 라파엘은 웃었다. 시계를 쳐다보고는 당황한 표정을 지었다.

"이제 가야 해. 약속이 있어."

나는 그 약속의 상대가 여전히 또 보리스인지, 아니면 오늘 더 깊이 들어가는 것을 피하기 위해 작은 거짓말을 하는 것인지 궁금했다.

"또 보자." 라파엘은 툭 하고 내던지듯 말했다.

"내일 학교에서 봐." 내가 확인했다.

"아, 내일은 안 돼⋯⋯." 라파엘은 약간 냉소적으로 반박했다.

"나는 사흘 동안 등교 정지야."

39
장

"응, 확실해. 쟤야……."

원점으로 돌아갔다. 아이들은 다시 내 뒤에서 수군거렸다. 더이상 내 뚱뚱한 엉덩이가 아닌 내 오지랖에 대해서.

"쟤가 세 명의 아이들을 사흘 동안 출석 정지시켰대."

"심지어 걔들 중 한 명은 가장 친한 친구였대."

아이들은 엄마의 개입이나 내 엉덩이 사진에 대해서는 잊고 있었다. 간추린 소문은 진실성을 잃었지만 파급 효과는 더 컸다. 곧학교 전체가 이 일에 대해서 알게 되었다. 출석 정지를 당한 아이들이 없었던 사흘 동안, 나는 의혹에 찬 조롱의 피해자였다. 아이들은 내가 지나갈 때마다 카메라를 '찰칵' 하고 누르는 흉내를 냈고, 나를 '코닥Kodak'이라고 불렀다.

쥐스틴과 리자가 돌아왔다. 그렇다고 해서 나에게 달라진 것은 없었다. 그 아이들과 함께 라파엘이 있었다. 그리고 그들의 분위기는 달라졌다. 라파엘과 말다툼한 이후로 나는 보리스와 더 이상 말을 하지 않았다. 그렇다고 해서 보리스가 아쉬울 것은 전혀 없어 보였다. 보리스와 나 사이에는 이른바 협상 같은 것이 존재했다. 우리는 서로를 적당히 참아 주고 있었다. 보리스는 내 친구를 바보로 만들었고, 나는 보리스에게 내 친구에게도 자신의 인생이 있다는 사실을 일깨워 주었다. 마침내 보리스는 나에게 분노를 표출할 수 있는 좋은 핑계를 얻었다. 목요일 아침에 보리스 무리가 학교 운동장으로 걸어가는 것을 본 순간 나는 보리스가 나를 그냥 지나치지 않을 것이라는 사실을 알아차렸다. 다행히 토마스와 폴린이 내 곁에 있었다.

나는 라파엘의 반응을 살폈다. 라파엘이 나를 향해 다가올지, 아니면 대외적으로 우리가 여전히 서로에게 화가 난 상태임을 고수할지를 말이다. 나는 라파엘이 나에게 달려와 안길 것을 기대하지는 않았지만, 어떤 몸짓이든 보여 줄 것을 기대하고 있었다.

라파엘의 '남자 친구', 그의 반응은 그동안 나에게 완전히 무관심한 거였다. 나는 라파엘이 나와 말을 하기로 결정했는지 알아볼 기회가 없었다. 보리스가 라파엘의 팔을 잡아당기며 우리 무리를 향해 공격적으로 다가왔다. 보리스는 이제 나를 무시하지 않기로 결심한 듯했다! 이 불쌍한 친구는 여자 친구 앞에서 정의의 수호자를 연기하기 위해 사흘을 기다려야 했다.

"마농, 이제 너의 바보 같은 짓에 만족하니? 이게 너의 하찮은 복수였어?"

너희 엄마는 너에게 인사하는 것도 가르쳐 주지 않았니, 보리스?

"엄마가 나서서 그런 일까지 처리해 줘서 정말 좋았겠다. 항의할 용기가 있었다면 그건 네가 아닐 테니까!"

"어이 보리스, 진정해!"

나를 보호하려는 토마스를 나는 손짓으로 말렸다.

"아니, 말하게 내버려 둬……. 저 애가 이미 할 말이 바닥난 것이 아니라면 말이야, 불쌍한 친구."

나는 보리스의 눈을 똑바로 쳐다보며 계속 말을 이었다.

"핸드폰을 봐도 돼. 어쩌면 네 친구들이 너에게 적절한 대사를 문자로 보냈을지 모르니까."

보리스의 얼굴이 파랗게 질렸다. 사납게 물 준비를 하던 턱은 갑자기 분노로 마비된 듯했다. 하지만……

하지만 라파엘은 슬그머니 미소를 짓고 있었다.

"어쨌든 나는 인생에 부딪힐 용기가 없어서 뚱뚱한 엉덩이 뒤에 숨진 않아."

보리스가 반격했다. 보리스는 나를 자극했고, 그도 그 사실을 알았다. 그런 다음 내 상처를 꾹 눌렀다.

"난 아무것도 꾸며내지 않았어. 나에게 모든 걸 설명해 준 건 라파엘이야! 그리고 너희들이 아직도 서로에게 화가 나 있는 것도 아니잖아. 솔직히 말해서, 나는 네가 여전히 뚱뚱하다고 생각해. 음, 아무튼 네가 지금 날씬하다고 말할 수는 없으니까, 넌 정말 뚱뚱한 거야!"

보리스는 짧고 크게 웃었다. 혼자서만 만족스럽게. 나는 라파엘을 쳐다보았다. 그런 다음 다시 보리스를 쳐다보았다. 라파엘. 보리스. 라파엘…….

토마스가 내 손을 잡았고 나는 화가 나서, 그리고 혼란스러워서 붙잡고 있는 토마스의 손에 더욱 힘을 주었다. 내 친구는 나에 대한 놀라운 이론을 가지고 있었다! 나는 내 친구의 다른 사람에 대한 판단력 부족을 정말이지 높이 평가한다.

라파엘은 눈에 띌 정도로 몹시 당황했다. 라파엘의 뇌가 분당

2천 번 이상 회전하고 있다는 것을 파악할 정도로 나는 라파엘을 잘 알고 있었다. 라파엘은 문득 무언가 생각난 듯했다. 라파엘은 보리스의 손을 놓고, 반 바퀴 몸을 돌려 보리스와 똑바로 마주 선 다음에 말했다.

"보리스, 내 가장 친한 친구를 이런 식으로 대할 생각이라면 우리는 어쩌면 서로에게 더 이상 할 말이 없을 것 같아."

"뭐어라고?"

그랬다! 정말, 소 울음소리 같았다…….

"너 지금 농담하는 거지? 나는 지금 네 편을 들어주기 위해서 이러는 거라고!"

라파엘은 물러서지 않았다.

"내가 무슨 말을 하고 싶은 건지 네가 잘 이해했을 거라 생각해."

보리스는 라파엘의 팔을 잡았다.

"잠깐, 얘기 좀 해."

"네가 원한다면."

라파엘은 보리스를 따라갔지만 나는 상관하지 않았다. '내 가장 친한 친구', 나는 똑똑히 들었다. 라파엘은 이제 나를 떠나지 않을 것이다. 나는 그 사실을 분명히 알게 되었다. 우리는 두 사람이 서로에게 장황하게 말하는 모습을 지켜보았다. 우리가 서 있는 곳까지 소리는 들리지 않았지만, 충분히 알 수 있었다. 결국 보리스는 갔고, 라파엘은 돌아왔다.

"마농, 그동안 빠졌던 수업을 네가 보충해 줄래?"

"보리스가 뭐라고 했어? 너 지금 보리스를 찬 거야?"

"내가 사흘 동안 방에만 처박혀 있어야 했던 게 아무튼 너 때문이라는 걸 너도 기억했으면 좋겠어."

"라파엘, 무슨 소리야?"

"내가 따라잡아야 할 과제들."

"아니, 난 보리스에 관한 이야기라고!"

"보리스에 대해서는 할 말이 없어."

우리가 대화하는 법을 잊어버린 것일까? 아니면 반대로 우리가 오래된 반사 신경을 되찾은 것일까? 라파엘은 보리스에 대해 말하고 싶어 하지 않았다. 그건 분명했다. 나는 그 주제에 대해 그냥 넘어가지 않기로 결정했다. 토마스와 폴린은 우리의 말싸움을 놀라워하며 지켜보았다.

"그래, 라파엘, 할 말이 있어. 너는 그러면 안 돼……."

"마농, 그만해."

단지 약간의 평화를 원하는 불쌍한 토마스가 개입했다.

"토마스 말이 맞아. 라파엘을 그냥 내버려 둬."

폴린이 주장했다.

"보리스는 돌아올 거야. 이제야 상황을 해결해야 할 때라는 걸 보리스도 이해할 거야. 불쌍한 아이, 내가 우리 말다툼으로 보리스를 너무 도취하게 만든 것 같다. 보리스는 우리가 이렇게 빨리 화해한 것을 고맙게 생각해야 할 거야. 보리스를 자기 친구들과 있도록 잠시 내버려 두면, 오늘 저녁이면 괜찮아질 거야."

라파엘이 단언했다.

그 생각은 틀렸다. 라파엘과 보리스는 바로 그날 저녁에 전혀 괜찮아지지 않았다. 그다음 날 저녁에도 여전히 마찬가지였다. 보리스는 라파엘과 이야기하기를 거부했다. 보리스가 일주일 후 마침내 라파엘의 문자 중 하나에 답했을 때, 그것은 라파엘에게 자신을 내버려 두라고 요청하는 내용이었다. 보리스는 이제 쥐스틴과 데이트하고 있다. 라파엘이 나에게 그 이야기를 했을 때, 나는 라파엘이 내 어깨에 기대어 실컷 울기를 바랐다. 그랬다면 라파엘의 마음만큼 내 양심도 후련해졌을 것이다. 하지만 라파엘은 내가 동정심 많은 마농의 역할을 하도록 내버려 두지 않았다.

"날 내버려 둬. 난 얘기하고 싶지 않아. 너도 이해하지?"

그리고 라파엘은 내가 너무 좋아서 숨 막히도록 안아 줄 시간도 주지 않고 자리를 떴다. 나는 라파엘의 반응을 충분히 이해했다. 그것은 당연하고 예상했던 바였다. 아무튼, 내가 두 사람의 이별의 원인이었으니까.

나는 라파엘을 이해했지만 또한 견딜 수가 없었다. 혼란스러웠다. 라파엘과 나는 화해했다. 토마스는 항상 내 곁에 있었다. 나는 마침내 더 이상 내 콤플렉스가 아닌 몸을 가지게 되었다. 하지만 나는 기분이 좋지 않았고, 다시 한번 나는 머릿속에 단 한 가지 생각만을 하게 되었다. 먹는 것. 타고난 천성이란⋯⋯.

집으로 가는 길에 슈퍼마켓에 들렀다. 나는 곧장 먹을 수 있는 샐러드 하나를 샀다. "나는 이것이 감자 칩이라고 나 자신을 속이면서 푸성귀를 먹고 있다." 나는 혼자 중얼거렸다. 이것이 효과가 없다는 사실이 놀랍지도 않을 것이다. 그래서 나는 가던 길을 돌아서 다시 슈퍼마켓으로 갔다. 그리고 이번에는 생선 코너로 가서 생참치 한 덩어리를 샀다. 그리고 그것을 길거리에서 삼켰다. 그런 다음에 끈적거리고 비린내 나는 손가락을 마침내 입을 수 있게 된 청바지에 닦았다⋯⋯.

집에 돌아와서 나는 다시 먹었다. 딸기에 아스파탐을 섞어 으깨고, 탈지유를 섞어서 마셨다. 1리터 전부를. 내 위는 우유-샐러드, 참치-딸기 칵테일을 좋아하지 않았다. 나는 모두 토해 냈다.

나는 살이 찌지 않을 것이다. 방금 먹었던 걸로는. 이것이 내 초콜릿 위기와 유일한 차이점이었다. 나는 아직도 그렇게 엉망인 걸까? 나는 대모와의 여행 이후로 다시 평온하게 먹을 수 있게 되었다고 생각했다. 비통하게도 내가 틀린 것일까? 나는 변기 가장자리를 붙잡고 몸을 일으켜 세운 후 입을 헹구고 코를 풀었다. 콧구멍에서 참치와 샐러드 조각이 나왔다.

오! 토마스, 오! 라파엘, 오! 엄마…… 이 모든 것은 언제 끝날까요?

40
장

폭식증이라는 위기를 겪은 후에 나는 정신과 의사를 만나기를
정말 고대하게 되었다. 나는 무서웠다. 나는 그런 모습을 보여 주
지 않으려 특히 노력했고, 더 이상 엄마를 힘들게 만들고 싶지 않
았다. 대모와 함께 보낸 시간과 학교에서의 복수가 엄마를 진정
시키기에 충분하기를 바랐다. 엄마는 적어도 평온하게 정신과 의
사와의 만남을 기다리고 있었을 것이다. 거의 2주 만에 엄마는 딸
을 구하고 복수를 했다. 정말 강인하지 않은가? 엄마가 친애하는
〈샤틀렌〉 잡지의 기삿거리로도 충분할 것이다.

하지만 엄마는 그렇게 쉽게 경계를 늦추지 않았다. 아무튼, 거식증으로 입원한 소녀가 있었다. 물론 멀리 있기는 하지만. 분명히 내 잘못은 아니었다. 하지만 엄마는 킬로드라마가 나를 데리고 사라져 버리고 싶어 했다고 확신했다. 그것은 '심각한' 일이다. 그래서 엄마는 나를 감시했다. 내가 눈치채지 못하도록. 그것이 더 나빴다. 나는 목욕을 하려면 타이머를 작동시켜야 할 판이었다. 엄마가 '다 괜찮은 거지, 애야?' 하고 욕실로 들이닥치도록 하지 않게 하려면 말이다. *네, 엄마, 나는 엄마의 욕조에서 피를 흘리는 멍청한 짓을 하진 않을 거예요.*

식사하는 순간의 압박감을 견디기 위해 나는 작은 게임을 만들었다. 내 수저는 입과 접시 사이를 적어도 백 번은 왔다 갔다 해야 했다. 요구르트를 티스푼으로 40번에 걸쳐서 먹고 싶지 않다면, 나는 앙트레와 메인 요리를 먹을 때 수저가 오가는 횟수를 적절히 배분할 필요가 있었다! 이 게임은 또한 내가 '샐러드-생선-딸기'로 만든 밀크셰이크를 마신 후에 낮아진 자신감을 회복하는 방법이기도 했다. *나는 할 수 있다, 나는 할 수 있다, 나는 해야만 한다*……. 나는 과일, 생선, 닭고기를 다시 먹었다. 때로 빵을 먹기도 했다. 하지만 이 모든 것에는 여전히 지방과 자발성이 부족했다!

휴가를 마치고 돌아왔을 때, 나는 수첩을 찾지 못했다(엄마에게 고마워해야 할까? 오빠에게 고마워해야 할까?). 그래서 나는 또 다른 수첩에 내가 삼키는 것에 대해 쓸데없는 기록을 남겼다. 칼로리를 계산하지 않았고 다시 읽지도 않았지만, 나는 여전히 써야만 했다. 또 다른 일탈을 피하기 위해서.

마침내 약속 날짜가 되었다. 엄마는 나만큼 그날을 기다렸다. 그래서 나는 엄마의 부담감 또한 해소되기를 기대했다. 글로방 선생님은 첫 만남부터 내 마음에 들었다. 까만 머리카락에 피부색이 까무잡잡한 글로방 선생님은 여러 가지 빛깔의 플라스틱 진주로 된 긴 목걸이를 하고 있었다. 다른 사람의 목에 걸려 있었다면 어머니의 날 선물로 받은 고해 성사용 목걸이라고 생각했을 것이다. 하지만 선생님의 목에 걸린 목걸이 색감은 선생님이 전하고자 하는 삶에 대한 인상을 설명해 주는 것처럼 보였다.

글로방 선생님은 엄마가 내 수첩, 다이어트, 킬로드라마, 사진…… 심지어 토마스에 대해 말하는 것을 듣고 있었다. 엄마는 내 이야기를 하고 있었는데, 이 선생님은 엄마의 말을 끼어들지도 엄마에게 이렇게 말하지도 않았다. '그런데 저 아이로부터 이 모든 이야기를 듣고 싶군요.' 그것이 나를 조금 짜증 나게 했다. 나는 또 다른 사람들의 장단에 놀아나야 하는 걸까?

엄마가 마침내 입을 다물자, 글로방 선생님은 엄마를 향해 가슴 따뜻하고 진심 어린 미소를 지었다.

"부인, 부인께서 저에게 말씀하신 모든 것을 잘 들었습니다. 마농과 저는 이 모든 일들을 함께 다루어 볼 것입니다. 그리고 마농이 저에게 털어놓게 될 것들에 대해서도 물론이고요……."

휴…….

"부인께 단지 한 가지 부탁드리고 싶은 것이 있어요. 이 일은 단지 마농뿐만이 아니라 온 가족에게 영향을 끼치고 있어요. 이 모든 것들을 경험하고 어떠셨나요? 무슨 일이 일어나고 있는지 정말로 이해하셨나요? 부인께서 이런 이야기를 해 주시는 게 좋을 거라고 생각해요. 부인 역시 상담에 계속 참가하시기를 바라시나요?"

와우……. 이 모든 것을 부드러운 동시에 단호한 어조로 말했다. 나는 말문이 막혔고 엄마도 마찬가지였다. 엄마는 처음에 매우 놀란 듯했지만 이내 미소를 지었다.

"우리가 함께 상담할 수 없다면……."

"아뇨, 부인, 그건 마농에게나 부인에게 좋지 않습니다. 정 그러시다면 저와 같은 생각으로 일하는 동료들의 연락처를 알려 드릴 수 있어요."

상담 날짜를 정할 때, 이번에는 내가 놀랄 차례였다. 글로방 선생님은 나에게 2주에 한 번씩 보자고 제안했다, 우선은.

"우리가 더 자주 만나도 될지 조만간 알게 될 거야."

나는 솔직하게 털어놓고, 충동을 극복하고, 먹는 방법을 다시 배우기로 결심하고서 정신과 의사를 찾아왔다. 나는 글로방 선생님에게 왜 더 자주 만나면 안되는지 통명스럽게 물었다.

"제가 상담이 특히 필요한 건 지금이에요. 저는 선생님께 할 말이 많아요. 처음에 집중적으로 하고 그 다음에 간격을 둘 필요가 있는 거 아닌가요?"

"왜 그래야 할까?" 글로방 선생님은 느긋하게 물었다.

"만일 네가 일주일에 한 번, 두 번 혹은 세 번씩 나를 만나러 온다면, 너는 어쩌면…… 이 어쩌면을 강조하고 싶구나. 결국 나를 초콜릿이나 웹에서 만난 그 소녀의 대용으로 느낄 수도 있을 거야. 그건 우리가 원하는 게 아니지 않을까?"

글로방 선생님은 가느다란 손가락으로 목에 걸린 진주를 만지작거렸고, 나는 시선이 마주치는 것을 피하기 위해 진주 목걸이의 아름다운 청록색 진주알만 찾고 있었다. 선생님의 말이 옳았지만 나는 그 말이 듣고 싶었는지 확신하지 못했다. 상담이 힘들어질 것 같았다. 그런데 나는 초콜릿을 끊는 것과 같은 가장 힘든 일도 해내지 않았던가?

며칠 후에 몬트리올에서 편지를 받았다. 병원에서 공식적으로 사용하는 봉투였지만 주소는 손으로 적혀 있었다. 그것이 나를 안심시켰다. 아마도 에밀리가 보낸 편지이고 그렇다면 나에게 나쁜 소식을 전하는 공식적인 편지는 아닐 것이다. 나는 재빨리 봉투를 뜯었다. 봉투 속에는 실제로 작은 글씨가 거미처럼 까맣게 쓰여진 편지지 한 장이 들어 있었다.

마농,

축하해! 나는 편지를 쓸 수 있는 권리를 얻었고, 너를 체중 늘리기 대회의 우승자로 선택했어. 이 감옥에서는 모든 것을 협상해야 하니까 어쩔 수가 없어! 말하자면 이런 거야, 그들이 나에게 먹을 것을 강요하고, 나는 먹고 살이 찌고, 그러면 그들이 나에게 보상을 주는 식이지. 어쨌든 나는 우리가 다시 연락을 주고받을 수 있게 되어서 기뻐. 솔직하게 말해서 이메일 교환을 할 수 없어서 아쉬웠거든. 가끔이라도 이메일로 내 모든 분노를 쏟아 낼 수 있다면 얼마나 좋을까! 하지만 나에겐 그럴 권리가 없었고, 단지 메뉴 신청서의 가장자리에 작은 사람들을 그려 넣는 거에 만족할 수밖에 없었어. 결국 그들이 내 목숨을 구했고, 나는 가족을 비난하진 않을 거야! 어떤 경우라도 그러지는 않을 거야. 너를 만나서 반가웠어.

나는 정신과 진료를 즐기기 시작했어. 힘든 것은 모든 것이 내 몸무게와 내가 먹는 음식을 중심으로 돌아간다는 것인데, 나는 때로 정말로 그 부분에 대해서는 생각을 안 하고 싶거든. 내가 아파 보이는 건 어쩔 수 없잖아……. 나도 거울 속 나의 그런 모습을 보고 싶지 않긴 하지만 말이야. 무언가가 잘못되었다는 생각이 들 때는 그들이 나에게 혈액 검사 결과를 보여 줄 때야.

'거식증', 이 단어는 아직 나에게 별 의미가 없어. 사실, 나는 음식과 관련해서 내가 너보다 더 아프다고 생각하지는 않아. 너를 자극하거나 불안하게 만들려고 이런 글을 쓰는 것은 아니야. 이건 내 생각일 뿐이야. 그리고 너도 알겠지만, 단지 우리만 그런 건 아니잖아. 오늘날 음식에 대해서 자연스럽고 건강한 관계를 맺고 있는 사람이 얼마나 되겠니? 나는 그 수치가 궁금해. 이쯤에서 조심해야겠어. 내 편지가 검열을 통과하지 못할지도 모르겠어! 계약에는 답장에 대한 권리까지 포함되어 있었거든. 결국 네가 답장을 한다면 말이야. 그리고 내가 너무 마른 것에 대해서 부담을 느끼지 않았으면 좋겠어.

네가 원한다면 다음에 또 쓸게!

에밀리.

매우…… 바보 같지만, 에밀리가 나에게 편지를 쓰기로 결정한 것에 대해 나는 기뻤다. 나는 에밀리에게 단지 분석 대상이자 체중 변화 곡선은 아니었다! 동시에 그 분석 자료에 대한 기억이 떠올라 나는 화가 났고, 내 취향이라고 하기에 너무 심했었다. 그래서 나는 에밀리에게 답장을 하고 싶은지 잠시 생각해 보았다. 에밀리의 말이 맞긴 하지만 그녀의 추론이 너무 가벼웠다고 말해 주어야 할 필요가 있었다. 우리 사회가 음식과의 관계를 왜곡했다는 이유로 어린 소녀들이 굶어 죽도록 내버려 두고 싶어 하지는 않는다고 말이다. 나에게 에밀리는 단순한 환자 이상이라고 말해 주고 싶었다. 갑자기 어떻게 써야 할지 너무 복잡하게 여겨졌다. 어쩌면 편지가 가장 적절한 혹은 가장 용기 있는 답이 아닐지도 모르겠다.

41
장

"엄마, 다시 한번 병원에 데려다 줄 수 있어? 에밀리를 다시 만나고 싶어. 엄마 생각엔…… 괜찮을까?"

엄마는 내 질문에 놀라는 것 같지 않았으며, 아마 이미 얼마 전부터 기다리고 있었던 것 같았다. 엄마는 나에게 글로방 선생님께 의견을 물어봐야 한다고 말하지도 않았다. 나는 학교 일로 엄마에게 화가 많이 나 있었고, 엄마 대신 내가 많은 대가를 치르고 있다고 분명하게 말했었다. 엄마는 내가 공격적이지 않은 태도로 엄마에게 부탁한 것에 대해 고맙게 생각하고 있었다. 심지어 나는 요청하는 말투를 사용하기까지 했다. 엄마는 과장해서 말하지 않았다.

"네가 원할 때 갈 수 있어. 미리 알려 주기만 해."

누구에게 미리 알려야 하지? 의사 또는 킬로드라마? 에밀리, 에밀리, 에밀리. 나는 이 이름에 익숙해져야 했다. 온갖 상황에서도 이 이름을 사용하기 위해서 나는 연습하고 또 연습했다. 킬로드라마는 더 이상 없다. 엄마는 에밀리가 의사들과 맺은 계약 조건을 최대한 지키려고 노력하기 때문에, 병원에서도 에밀리에게 방문객을 허락해 주었다고 했다. 에밀리는 편지에서 암시했던 것보다 체중이 늘고 있었던 것이다.

"요즘 에밀리는 검사 결과를 속이기 위해서 몸무게를 재기 전에 물 1리터를 억지로 먹지도 않고, 다시 먹는 것을 그리고 살이 찌는 것을 천천히 받아들이고 있다는구나."

나는 엄마에게 왜 이 소식을 듣자마자 전해 주지 않았는지 묻고 싶었지만, 그날 저녁에는 더 깊은 이야기로 들어갈 용기가 없었다. 결국, 엄마도 현관 입구에 눈에 띄게 놓여 있어서 나보다 먼저 봤을 것이 분명한 편지에 대해서 아무것도 묻지 않았다. 나는 엄마가 에밀리와 에밀리의 병원을 내 인생에 끌어들이고 싶어 하지 않는다는 것을 이해할 수 있었다. 우리는 방문 날짜를 정했다. 우리는 에밀리가 친구를 맞이할 수 있는 다음 주 수요일에 가기로 했다.

　엄마와 나는 병원으로 가는 동안 서로 침묵하지 않았다. 나는 엄마에게 라파엘과 다시 화해했으며, 보리스가 라파엘을 떠났다고 말해 주었다. 엄마는 아빠의 혈액 검사 결과가 더 나아졌는데도 여전히 아빠가 걱정스럽다고 말했다(엄마는 차마 나에 대해서도 걱정이라고까지는 말하지 못했다). 아빠가 다이어트를 하는 모습을 지켜보면서, 엄마는 이미 오래전부터 알고는 있었지만 다이어트가 그 정도로 힘든지는 몰랐다고 했다.

　멀리서 병원이 보이기 시작하자 우리 사이에 다시 침묵이 자리 잡았다. 하지만 더 이상 비난, 비밀, 불안으로 가득 찬 침묵은 아니었다. 건물 역시 우리에게 침묵을 강요했고, 우리는 그 규칙을 따랐다. '다른 건 다 잊으세요. 당신 뒤로 당신의 기분, 당신의 색깔, 당신의 음악만을 남겨 주세요.' 건물이 명령했다.

　우리는 복도를 다시 가로질러 엘리베이터를 탔다. 내 눈은 다시 한번 벽에 걸린 포스터를 천천히 훑고 있었다. 내 시선이 내 걸음을 늦출 것이라는 유치한 희망으로. 난 두려웠다. 에밀리가 아니라 에밀리의 퀭한 눈과 움푹 팬 볼이 두려웠다. 나는 나 자신도 두려웠다. 나는 결국, 나 자신이 에밀리와 많이 다르지 않다고 느끼게 될까 봐 두려웠다. 나는 에밀리가 거식증 진단을 받았을 때부터 지금까지 무엇을 먹고 있는지 묻고 싶었다. 혹시 나도…….

나는 멈춰 섰다. 나는 할 수 없을 것 같았다. 엄마는 아무 말도 하지 않았다. 엄마 역시 그다지 편안한 기분이 아니었을 것이다. 일이 분 정도 후에 엄마가 말했다.

"마농, 네가 괜찮다면 난 잡지를 사러 아래층으로 다시 내려갈까 해. 이렇게 큰 병원에는 신문 가판대가 있을 것 같거든."

응, 아마 정신과에는 없겠지만 산부인과나 외과에는 신문 가판대가 있을 거야.

엄마가 현실을 마주하기 위해서 좋아하는 잡지인 〈샤틀렌〉 뒤로 숨는다는 생각에 나는 잠시 재미있었다. 그리고 내가 성숙해진 기분이었다. 과거였다면 나는 화가 났을 것이다.

"그래, 엄마." 나는 진심에서 우러나오는 미소를 활짝 지으며 엄마를 안심시켰다. 엄마도 나의 반응을 좋아하는 듯했다.

나는 이 복도에서 내 안의 악마들과 마주한 채 오래 서 있지 않았다. 엄마가 발길을 돌리자마자 지난번에 만났던 여의사가 복도 끝에서 나타났다. '까미유 R.'이 내 안부를 묻는 동안에 나는 그녀의 배지를 쳐다보았다. 까미유는 당신의 맥박을 측정하는 의사나 당신의 대답을 듣지도 않을 그런 사람의 말투를 쓰고 있지는 않았다.

"잘 지냈니, 마농?"

나는 현재 맘에 드는 정신과 의사와 상담도 진행하고 있지만 지금은 그때가 아니고 이곳은 그곳이 아니며 나는 통제하기가 힘들었다.

"아뇨, 힘들어요. 그리고 두려워요."

"네가 두려워하는 건 정상이야, 마농. 우리가 벽에 페인트를 칠을 하긴 했지만 이곳은 무서울 거야!"

"농담하시는 거죠……."

"농담이 아니야, 맹세해! 이런 장소에서 사람들은 어쩔 수 없이 이런 질문을 하게 되지. '그렇다면 나는?' 너에게 그것은 음식이고, 다른 사람들에게 그것은 마음속에 남아있는 다른 불안들일 거야. 우리가 외면해 왔던 어리석은 생각들, 콘크리트에 묻어 버린 기억들. 그건 정상이야."

그건 정상이라고 까미유는 반복해서 말했다. 그리고 그것은 나를 위해서 뿐만 아니라 그녀 자신을 위해서 말하는 것처럼 보였다.

"걱정하지마, 에밀리가 보고 싶지? 네 본능을 따라."

마치 내 불안, 내 질문, 전속력으로 달아나고 싶다는 내 욕망, 내 호기심을 알고 있는 것처럼 까미유는 계속 말을 이어갔다.

"에밀리는 좋아졌어. 너도 에밀리를 만나면 곧 알게 될 거야. 그리고 너 역시 건강해 보여. 너도 곧 헤쳐 나올 수 있을 거야. 너는 이미 아주 잘하고 있어."

이 의사 선생님은 무슨 말을 하는 거지? 어떻게 알았지? 내 멍청한 표정이 그녀를 즐겁게 한 듯했다.

"네 생각이 맞아, 마농. 네가 나를 어떻게 생각하고 있는지. 어찌 되었건 간에 나는 네가 마음에 들어. 네가 처음 방문했을 때 너는 정말 인상적이었거든. 네가 한 일은 많은 용기와 우정이라는 신성한 감정이 필요하거든."

까미유는 그쯤에서 급히 멈춰야 했다. 나는 얼굴이 새빨개졌다. 에밀리를 만나기 전에 이 의사 선생님이 내 방어벽을 모두 허물어뜨리는 것은 싫었다. 하지만 그녀의 말은 너무 달콤했다. 까미유는 내 어깨에 손을 얹었다. 그리고 아무 말 없이 손에 가볍지만 단호하고 섬세하게 힘을 주었다. 그녀의 손가락이 나에게 이렇게 속삭이는 듯했다. '가 봐, 에밀리가 기다리고 있어.'

에밀리는 기다리고 있었다. 에밀리는 침대에 앉아서 초조한 듯 문고판 책을 만지작거리고 있었다. 나는 무엇을 읽고 있는지 물어보고 싶었지만, 내가 그러려고 거기에 간 것은 아니었다. 에밀리는 나를 보고 웃었다. 까미유는 나에게 거짓말을 하지 않았다. 에밀리는 더 좋아지고 있었다. 엉덩이 둘레, 허벅지 둘레, 몸 전체에 붙은 몇 센티미터의 살 뿐만 아니라 에밀리의 시선에서 확인할 수 있었다. 에밀리는 여전히 매우 말랐지만, 뼈가 덜 앙상해 보였다. 심지어 목소리조차도 더 부드러워진 것처럼 들렸다.

"다시 만나서 너무 기뻐, 마농. 너에게 편지를 쓰라고 제안한 사람들은 바로 의사들이었어. 하지만 여기서 공짜는 없어. 100그램당 한 줄, 난 너에게 양면 편지를 쓸 수도 있을 거야. 그들이 이 모든 것을 꾸몄고, 나에게 그걸 설명해 준 건 까미유였어. 단연 가장 쿨한 사람은 그 선생님일 거야."

에밀리는 잠시 침묵을 지켰고, 나는 어떻게 말을 이어가야 할지 몰라 가만히 있었다. 그러자 에밀리가 다시 말했다.

"그들은 네가 내 편지를 읽을 정도로 충분히 잘 지내고 있을 거라고 판단하기까지 했어. 그들은 신중해야 하니까 어쩔 수 없지 뭐. 너에게 내어 줄 빈 병실은 아마 없을 걸."

나는 이 마지막 말을 어떻게 받아들여야 할지 몰랐다. 에밀리는 나를 만나서 정말 행복해 보였고…… 동시에 나에게 공모자가 되기를 제안하면서 나를 직접적으로 공격하고 있었다! 에밀리는 내가 당황하고 있다는 것을 알아차렸다. 그러자 논쟁의 여왕인 킬로드라마가 나섰다.

"어, 내 말을 진지하게 받아들이지 마! 나는 때로 너무 바보 같은 유머를 하곤 하니까. 심지어 자주 하기도 해."

그리고…… 그리고 에밀리는 나에게 다가와 자신의 연약한 손을 내 어깨에 얹고, 그리고…… 나에게 볼 인사를 했다. 아주 간단했다.

"나도, 나도 너를 만나게 되어서 정말 반가워." 나는 마침내 대답할 수 있었다.

그리고 에밀리가 나에게 볼 인사를 했기 때문에, 글로방 선생님이 헤쳐 나갈 수 있도록 나를 도와주고 있기 때문에, 모두가 내가 단지 방문을 목적으로 여기에 온 것이 아니라는 것을 알고 있었기 때문에, 나는 덧붙여 말했다.

"내가 정말로 묻고 싶었던 것이 있어서 너에게 편지를 쓰지 않고 직접 만나러 왔어. 그건 쉬운 건 아니라고 미리 말해 둘게. 하지만 네가 대답을 해 준다면 나에게 정말 도움이 될 거야."

"그게 너에게 도움이 될 거라고……."

에밀리는 혼잣말을 하는 걸까, 나에게 말을 하는 걸까?

"내가 더 이상 도움이 되지 않은 지는 오래됐어. 오히려 나는 보호를 받는 쪽이지. 자 바로 시작해 봐. 질문해……."

에밀리는 잠시 망설였다.

"…… 내 몸무게만 묻지 않을 거라면 말이야."

"에밀리?"

"응?"

"네 몸무게는 상관없어. 아니, 정확히 말하면 난 관심 없어!"

에밀리는 농담을 좋아했고, 나는 에밀리가 속이지 않을 거라는 것을 알았다.

"에밀리, 말해 봐, 너는 왜 나를 보살피기로 한 거니?"

"내가 널 보살폈니?"

"난 너와 게임을 하자는 것이 아니야. 그런 농담은 재미없어!"

실망했다. 나는 첫 번째 대답에 실망했다.

"아니야, 마농, 농담이 아니야!"

에밀리는 진지해 보였다.

"…… 좋아, 더 할 말이 있어. 하지만 내가 '너를 돌본다'는 생각은 하지 않았어. 나는 네 블로그가 좋았어. 그래서 너에게 도움을 주고 싶었어."

너처럼 내가 거식증에 걸린다면?

나는 이 질문을 할 필요가 없었고, 에밀리는 나의 어색한 침묵 속에서 그것을 읽었다.

"내가 너를 도울 수 있을 거라고 진심으로 믿었어. 나는 살을 뺐어. 네가 너무도 잘 묘사했던 그 모든 고통, 다른 사람들의 시선, 음식 괴물이 된 느낌, 나는 그것들을 모두 극복했어. 적어도 나는 그렇게 생각했어."

이번에 침묵 속으로 몸을 숨긴 사람은 에밀리였다.

"에밀리, 네 말이 맞았어. 너는 살이 빠졌고, 너는 사실……."

"나는 이제 다른 방향으로 나아가려고 했는데, 이번에 병원으로 곧장 보내지고 만 거야!"

네가 나보다 더 서투르다는 건 말도 안 돼! 배고픔, 수치심, 네가 바라는 것에 있어서…….

"내가 말하고 싶었던 건 그게 아니야."

"알아!" 에밀리가 내 말을 잘랐다. 에밀리는 미소를 지었다. 미소…… 사랑스럽다. 휴전!

"너도 알겠지만, 나는 한동안 비만 때문에 고민하는 모든 블로그를 읽고 있었어. 어떤 블로그들은 얼마나 지루한지 넌 상상할 수도 없을 거야! 아니면 자기중심적이던가! 오늘 나는 당근 두 개, 무 세 개를 먹고, 채소 주스 두 잔을 마시고, 동네를 세 바퀴나 돌았다. 그래서 살이 225그램 빠졌다! 225그램이라니!"

에밀리는 블로그에서 봤던 이런 다이어트 패러디를 온갖 기교를 넣어 흉내 냈다. 솔직히 아주 웃겼다.

"네 블로그는 달랐어. 너는 끝까지 파고들었고 너 스스로에게 진짜 질문을 할 용기를 가지고 있었어. 단지 네가 섭취한 칼로리만 기록한 것이 아니었어. 그리고 솔직히 말해서 네 초콜릿은 나도 두려웠어. 나도 음식에 대해 약하다고 생각했지만 너처럼 음식을 적이라고 선포하진 않았어."

"네가 너에게 그런 영향을 끼쳤다면, 왜 너는 우리가 서로에 대해 더 잘 알게 되는 것을 거부하려고만 했니?"

나는 이 질문을 하기 위해 편안한 말투로 대화하려고 애썼고, 내가 하고 있는 노력에 나 자신도 놀랐다. 내가 이 정도로 에밀리를 원망했던가? 에밀리의 메일을 통해서 느꼈던 '무관심'에 나는 정말로 상처를 받았던 것일까? 에밀리는 즉시 그것을 감지하고 장난을 쳤다.

"내가 너를 사랑하지 않았다면?"

눈썹을 치켜뜨고, 이해할 수 없는 미소를 활짝 지었다…….

"그게 문제가 아니야……."

초라한 방어벽, 나는 걱정스러울 정도로 임기응변이 부족했다. 다행히 에밀리가 즉시 무기를 내려놓았다.

"마농, 너는 내가 가지지 못한 능력을 줬어. 블로그를 통해서 너와 이야기하고 싶었지만, 나는 동시에 너를 아는 것이 두려웠어. 너에게 도움을 줄 수 있어서 기뻤지만, 너를 내 컴퓨터 화면에 제한시키는 것이 나에게는 적합했어. 내가 원할 때만 나는 너에게 연락했어! 네가 원할 때는 연락을 끊기도 했지. 내가 약간 과장하고 있지만, 어쨌든 그랬어."

이해했다. 나도 에밀리에게 말해야 할 것이다. 나도, 일상생활에서 킬로드라마를 원하지 않았고, 토마스에게나 라파엘에게 킬로드라마를 소개하고 싶지도 않았다. 이 병실, 바로 킬로드라마와 뚱덩이의 세계에 다른 누군가를 위한 공간도 없다는 듯이. 여기 병원에서 그 아이들을 떠올리는 것이 이상했다. 나는 에밀리도 수첩을 가지고 있는지, 먹지 않을 음식을 어떻게 선택했는지 물었다. 에밀리는 자신의 접근 방식이 아주 과학적이었다고 말했다. 먼저 자신이 섭취하는 식품의 구성 성분을 연구했으며 칼로리가 가장 높은 식품부터 자제했다고 했다. 첫 번째 결과를 확인한 다음, 자신의 연구 결과를 계속 보완했다고 했다. 에밀리는 내가 공부했던 그 유명한 다이어트 책자를 외우고 있었다. 에밀리는 이 모든 것을 무덤덤하게 말했다. 그 말을 하는 동안 냉담한 표정을 지었던 것 같았지만, 그것은 마치 모든 감정들로부터 자신을 보호하기 위해 과장된 연기를 하는 느낌이었다. 나는 집중력이 부족해서 다음 질문만 생각하고 있었다.

"그 숫자에 대해서 말해 줘. 네가 나에 대해서 기록했다는 그 문서에 있는 것들 말이야."

드디어 물어보았다! 이것은 내가 에밀리에게 묻고 싶었던 질문 중 하나였다. 수많은 질문 중 하나. 하지만 이야기가 계속될수록, 나는 끝날 것이 두려웠다. 그리고 에밀리의 대답은 더욱 두려웠다.

"그게 네가 오늘 여기에 온 이유니?"

나는 에밀리의 질문 속에 숨어 있는 칼날이 우리 사이의 공간을 자르는 것이 느껴질 지경이었다.

"아니…… 그래…… 사실 그것 때문만은 아니야."

내가 위축되지 않았다는 사실에 스스로 안도감을 느꼈다. 놀랍게도 흔들린 것은 에밀리였다. 내가 에밀리를 만난 후 처음으로 에밀리는 눈물을 흘렸다.

"너에게 설명해 주고 싶었어, 마농. 내가 왜 어떤 목적으로 너에게 그랬는지 말해 줄게. 단지 과학적인 연구 때문이었는지 연민이나 가학성 때문이었는지. 하지만 모르겠어. 간호사가 월요일 아침 늦게 주간 메뉴를 게시할 때마다 내가 왜 그렇게 공포에 사로잡혔었는지, 식탁에서 사람들이 말을 걸어서 방해하는 바람에 내가 몇 입을 먹었는지 세지 못했을 때와 마찬가지로 말이야."

에밀리는 잠시 말을 멈추고 소매로 눈물을 훔쳐 냈다.

"그들이 맞았어, 마농. 나는 병들었어. 이 모든 것을 돌이켜 보면서 깨달았다. 내가 미쳤다는 것을. 병원에 입원해야 할 만큼."

또다시 에밀리는 냉소주의 뒤에 숨었다. 이유를 알 수는 없었지만, 나는 그렇게 해서는 안 된다는 것을 알고 있었다. 에밀리가 방금 열었던 문을 다시 닫도록 내버려 두면 안 된다는 것을. 그래서 나는 에밀리에게 다가가서 그 아이가 편지에 썼던 것처럼 이 '뼈가 앙상한' 연약한 몸을 안아 주었다. 에밀리는 마치 연약한 아기 새 같았다. 하지만 살아있는 아기 새. 에밀리는 다시 눈물을 흘리기 시작했다. 내 눈물도 음악과 섞였다.

얼마나 오랫동안 우리는 말 한마디 없이 서로의 마음을 비워 냈을까? 에밀리가 먼저 몸을 곧추세웠고, 우리는 서로를 바라보았고, 우리는…… 웃었다. 상대방의 모습 속에서 자신의 모습을 보면서 우리는 웃었다. 그토록 한심한 방식으로 우리가 내려놓은 그 '몸무게'에 대해 웃었다.

"와우, 이건 위로가 되는데." 에밀리가 불쑥 말했다.

"그건 사실이야, 난 너에게 한 가지 더 물어볼 것이 있어."

"언제든 물어봐!"

"내가 너에게 나의 새로운 닉네임을 묻는 메일을 보냈었어. 네가 그걸 받지는 못한 것 같아. 너는 그 무렵 병원에 입원했었으니까."

나는 목이 잠겨서, 계속 말을 이어갈 수가 없었다.

"…… 네가 나에게 어떤 닉네임이라도 골라 주었다면 내가 좋아했을 텐데."

"마농, 너는 정말 좋은 이름을 가졌어. 몇 달 전이라면 난 네게 분명히 굉장한 닉네임을 찾아 주었을 거야. 하지만 지금은 확신해. '마농'은 너에게 정말 정말 정말 잘 어울리는 이름이야……."

바로 그 순간에 마치 우리를 지켜보고 있었다는 듯이 간호사가 문을 열었다.

"엄마가 기다리고 계세요."

에밀리가 나에게 다시 볼 인사를 했다. 간호사는 서로 작별 인사를 하는 두 친구를 지켜보았다. 하지만 나는 여전히 이 만남을 통해서 내 '친구'가 다시 살아나고 있음을 느꼈다.

헤엄쳐, 에밀리, 헤엄쳐. 해안은 그리 멀지 않았어…….

42
장

사진.

초콜릿.

라파엘.

킬로드라마, 그게 아니라…….

에밀리?

오빠.

탈의실, 글쓰기의 즐거움.

리자와 쥐스틴, 초콜릿, 우리 엄마.

우리 아빠.

즐거움. 내 엉덩이. 섹스. 토마스.

다시는 날로 먹지 않을 등 푸른 생선. 나의 대모, 토마토. 보리스…….

또 보리스? 그래. 보리스와 토마스, 보리스 vs 토마스. 라파엘 vs 나?

심리 치료는 서로 비슷한 점이 없는 과정들로 이어졌다. 심리 치료는 여전히 진행되고 있다. 여전히 내 뒤를 캐고 있다. 글로방 선생님은 나에게 소파에 누워서 파도치는 내 인생을 모두 자신에게 쏟아 낼 것을 요구하지는 않았다. 우리는 가벼운 가죽으로 된 두 개의 안락의자에 서로 마주 보고 앉았다. 내가 앉는 의자는 팔걸이가 닳아 있었는데, 내 전임자들이 손톱으로 긁어 댔다고 생각하지 않을 수가 없었다. 나 역시 가끔은 손톱으로 긁고 싶었다. 나의 고통만큼.

많은 것을 돌이켜 봐야 했다. 그것은 더 나아지기 위해 치러야 하는 대가였다. 아, 글로방 선생님이 그런 말을 한 적은 없지만 나는 그렇게 느끼고 있었다. 딱 두 달이 지나자 글로방 선생님은 매주 만나자고 제안했다.

"선생님이 더 알고 싶어서 안달하는데 어쩔 수 없지 뭐!" 나는 엄마에게 그 사실을 알리면서 빈정대듯이 말했다.

그러나 마음속 깊이 나는 이 첫 번째 단계를 뛰어넘은 것이 매우 자랑스러웠다. 초콜릿에 대한 충동을 심리 치료에 대한 갈망으로 대체하지는 않았기 때문이다.

때로 나는 완전히 지친 상태로 치료실을 나왔다. 거리로 나오자마자 토마스 때로는 라파엘에게 전화를 걸었다. 아주 자주, 나는 여전히 병원에 입원 중이라 에밀리와는 연락이 되지 않는 것이 아쉬웠다. 얼마 전에는 치료실을 나오면서 엄마에게 전화를 걸기도 했다. 상담 중에 글로방 선생님은 나에게 올해 가장 기억에 남는 세 가지 추억을 말해 보라고 했다. 토마스와의 첫 키스는 당연히 1위를 차지했다. 내 체중계와 최초의 체중 감량이 그 뒤를 이었다. 뜻밖에도 3위는 보리스의 크리스마스 파티를 위해 엄마가 나를 치장해 준 일이었다. 그날 나는 엄마가 골라 준 옷을 입었고, 그 옷을 입고 있는 것이 정말 좋았다. 지금도 내가 너무도 좋아하는 옷이다!

아무튼, 지금은 아주 통통한 편은 아닌 내 엉덩이에 잘 적응했지만(그리고 나는 보리스가 했던 말에 대해서는 신경 쓰지 않는다!), 나는 매우 고통스러운 질문을 나에게 던져야만 했다.

쥐스틴과 리자가 내 엉덩이를 선택한 이유는 무엇일까? (사실

학교에서 뚱뚱한 사람이 나 혼자는 아니었다……) 음식을 줄이면서
나는 무엇을 줄인다고 생각했던 것일까? 그 아이들이 사진을 찍
었던 순간부터 나는 왜 그 사진을 지우게 하려고 노력하지 않았을
까? 나는 어떻게 뚱덩이를 만들게 되었을까? 뚱덩이는 어디에 있
었던 것일까? 내 주위에, 내 안에, 내 옆에?

나는 다른 질문들에도 답해야만 했다…….

뚱덩이는 항상 내 적은 아니었다. 뚱덩이는 나를 보호해 주었
다. 다른 사람들로부터. 나로부터. 그렇다. 아빠가 살이 빠지는 모
습을 지켜보는 것이 나에게는 이상하게 여겨졌다. 그건 아빠의 건
강에는 좋은 일이었지만 아빠는 더 이상 예전 같지 않았다. 만일
아빠가 더 약해진다면? 아빠가 대화를 시도하려고 할 때마다 나
는 왜 아빠를 밀어내면서 동시에 아빠의 부재에 대해 끊임없이 비
난했을까?

우리 오빠……. 우리의 관계에 대해서는 더 신경 써야 할 것
이다. 내가 약간 더 노력할 필요가 있다. 하지만 나는 그렇게 하
고 싶지 않았다. 아직은 아니다. 나 혼자만 노력하고 싶은 마음
은 없다.

그래, 나는 에밀리에 대해 자주 생각한다. 나의 '다이어트
자매'.

오늘 나는 다음 주 일요일인 부모님의 결혼기념일 카드를 미리 샀다. 그리고 카드를 막 꺼냈다. 거기에 "사랑합니다. 그리고 모든 것에 감사드립니다."라고 쓰고 내 이름을 썼다. 그런 다음 다시 넣어 두었다. 나는 이 카드를 부모님께 드릴 것이다.

오늘 나는 라파엘과 내가 '평생 우정으로 연결될 사이'라는 것을 알고 있다.

오늘 나는 지구상에서 가장 멋진 남자와 사랑에 빠졌다. 그리고 토마스는 그 사실을 나에게 아주 잘 느끼게 한다.

오늘 뚱뚱이는 영원히 사라졌는지도 모른다. 몸무게는 이제 나에게 문제가 되지 않지만, 나는 여전히 그 부분에 대해서는 확신할 수가 없다. 나는 지금 일주일에 한 번만 몸무게를 재고 있다. 하지만 그건 단지 아빠가 다이어트를 계속하도록 만들기 위해서 엄마가 체중계를 감춰 두었기 때문이다. 지금은 생선을 사서 길거리에서 먹어 치우지 않는다 하더라도 나는 여전히 섭식 장애를 가지고 있다. 먹는 것은 아직 나에게 자연스러운 행위가 아니다. 나는 수첩을 찾았지만, 그것을 다시 아주 잘 숨겨 두었다. 목록을 맨 아래에서 위로 올라가면서 음식의 이름을 하나씩 수첩에서 삭제했다. 매번 음식을 적당히 먹기 위해서 나에게는 강철 같은 의지가 필요했다. 나는 나 자신을 위한 보호 장치를 찾아냈다. 주방이 아닌 다른 공간에서 식사하는 것을 금지하기로 한 것이다. 치즈는 짝수 날에만 먹는다. 그리고 음식은 모두 디저트 접시에 담아 먹기로 했다. 약간 유별나다고 생각할 수 있을 것이다. 에밀리처럼?

아직 수첩의 목록을 끝까지 다 거슬러 올라가지 못했다. 첫 줄 직전에서 멈췄다. 나는 초콜릿 한 조각을 먹어 치우는 것을 단 일 초도 상상하지 않는다. 하지만 그 달콤한 맛은 등에 식은땀이 날 정도로 생생하게 상상할 수 있다.
무엇보다 다행스러운 점은 내가 뚱뚱한 엉덩이에 대해 생각하지 않고 지낼 수 있도록 산딸기, 토마토, 그리고 무엇보다…… 가족과 친구들이 내 곁에 있다는 것이다.

작가의 노트

이 이야기가 전적으로 나의 경험은 아니지만, 적어도 초콜릿과 관련된 나의 몇 가지 에피소드에서 영감을 얻었습니다. 예를 들면 내가 글을 쓰는 동안 얼마나 많은 칼로리를 섭취하고 소모하는지 여러분에게 말하고 싶지만, 난 잘 모르겠습니다. 나는 단지 음식은 나에게 복합적인 주제일 뿐이라고 생각합니다. 초콜릿은 달콤한 약입니다. 그리고 몸무게는 때로 독입니다. 그렇다고 해서 내 인생이 덜 아름다운 것은 아닙니다. 나에게 빼야 할 살이 없었다면, 이 책도 없었을 것입니다.

이 이야기 속에서 나는 지지해 준 스테파니 포레스티에Stéphanie Forestier와 카린 술르보Karine Soulebot에게 다시 한번 고마움을 전합니다. 우리의 우정은 마농과 라파엘을 하나로 묶고 있는 것처럼 영원할 것입니다.

심리학자로서 나에게 귀중한 도움을 주신 엘렌 다 로샤Hélène Da Rocha에게 감사드립니다. 그녀가 없었다면 마농의 치료가 어떻게 진행될지 누가 알겠습니까!

내가 쓰고 있는 것에 관심을 가져 주고, 즉시 반응해 주고, 이 즐거운 음모 속에 푹 빠져 있게 해 주었던 다비 리텔David Littel에게 감사를 전합니다.

내 소설에서 청춘의 모습을 진지하게 생각하게 해 준 마티유 Matthieu와 마린Marine에게 감사합니다. 그들의 의견은 내게 매우 소중했습니다.

사려 깊고 열정적으로 이 글을 읽어 준 안느 파Anne Far와 크리스틴 스파다치니Christine Spadaccini에게 감사드립니다. 이 이야기가 크리스틴, 네게 그토록 아름다운 영감을 주었다는 것이 나는 무척 기뻐.

글자와 문장에 흔적을 남긴 그녀의 대단한 빨간 펜에게, 그리고 편집자 세실Cécile, 고맙습니다. 그 펜은 정말 실용적이야!

단 일 초도 최고의 의사가 될 거라는 데에 의심할 여지가 없는, 내가 사랑하는 카미유 R. Camille R.에게 천 번의 키스를 보냅니다.

초콜릿

초판 1쇄 발행 2021년 6월 30일
초판 2쇄 발행 2022년 6월 30일

지음 소피 라로쉬 | **옮김** 강현주 | **기획편집** 박진영
표지일러스트 이수진 | **디자인** 프레임
펴냄 박진영 | **펴낸곳** 머스트비
등록 2012년 9월 6일 제406-2012-000154호
주소 경기도 파주시 심학산로 12 303호
전화 031-902-0091 | **팩스** 031-902-0920
이메일 mustb0091@naver.com

ISBN 979-11-6034-146-1 43860

※ 책값은 뒤표지에 있습니다.